2020 中国微型小说年选

花城年选系列

中国小说学会 主编
卢翎 编选

南方出版传媒
花城出版社
中国·广州

图书在版编目（CIP）数据

2020中国微型小说年选 / 中国小说学会主编；卢翎编选. -- 广州：花城出版社，2021.1
（花城年选系列）
ISBN 978-7-5360-9334-8

Ⅰ. ①2… Ⅱ. ①中… ②卢… Ⅲ. ①小小说－小说集－中国－当代 Ⅳ. ①I247.82

中国版本图书馆CIP数据核字(2020)第263969号

出 版 人：肖延兵
责任编辑：欧阳蘅　蔡　安　李珊珊
技术编辑：薛伟民　凌春梅
封面设计：扉Design
丛书篆刻：朱　涛

书　　名	2020 中国微型小说年选 2020 ZHONGGUO WEIXING XIAOSHUO NIANXUAN	
出版发行	花城出版社 （广州市环市东路水荫路11号）	
经　　销	全国新华书店	
印　　刷	佛山市浩文彩色印刷有限公司 （广东省佛山市南海区狮山科技工业园A区）	
开　　本	787毫米×1092毫米　16开	
印　　张	17.5　1插页	
字　　数	320,000字	
版　　次	2021年1月第1版　2021年1月第1次印刷	
定　　价	56.80元	

如发现印装质量问题，请直接与印刷厂联系调换。
购书热线：020 - 37604658　37602954
花城出版社网站：http://www.fcph.com.cn

目录

序：我们内心的秘密
——2020 年微型小说述评 | 卢　翎　　……001

第一辑

灭毒 | 孙春平　　……001
庚子年纪事之海洋里有什么 | 女　真　　……004
温柔的新月 | 方丹洪　　……006
非常 | 袁炳发　　……009
长发飘飘 | 陈　毓　　……012
紧急停靠 | 麦浪闻莺　　……015
疫情热线 | 张　丽　　……018
面馆复工 | 侯建臣　　……021
白天和夜晚 | 李义文　　……024

第二辑

罗家村 | 聂鑫森　　……026
精准扶贫往事 | 吴卫华　　……030
落水的羊 | 江　岸　　……033
最后一个贫困户 | 赵明山　　……036
老歪其人 | 三　石　　……038
荞麦花开 | 李德霞　　……041

送穷 | 黄大刚 ……044
这里的山会歌唱 | 原上秋 ……047
烧酒 | 黄　静 ……049
五十米灯光 | 陈凤群 ……052
麦浪无声 | 薛培政 ……055

第三辑

我是飞人 | 张　炜 ……057
挑衅与喝彩 | 安　纲 ……061
二舅的儿子 | 津子围 ……063
落日湖 | 李治邦 ……065
J | 周洁茹 ……069
拳王 | 姬中宪 ……073
深夜远眺 | 艾　玛 ……076
机器人时代之精神分裂患者欧之的潜意识之旅 | 刘　按
……080
月亮的女儿 | 邓文静 ……084
风、雨、月亮 | 阿微木依萝 ……089
《甴曱人》之《方老太》| 汤　雄 ……092

第四辑

将军的眼泪 | 马新亭 ……095
从预谋到预谋 | 奚同发 ……097
摊事 | 相裕亭 ……100
暗涌 | 胡　炎 ……103
手心手背 | 万　胜 ……106
不存在的父亲 | 何君华 ……108
古槐 | 曹洪蔚 ……111
狄塔 | 王小东 ……113
算法时代 | 黄超鹏 ……116
你要有情怀 | 安　谅 ……119
陪我坐会儿 | 丛　棣 ……122

第五辑

归来｜周海亮 ……125
玫瑰糕的味道｜李伶伶 ……128
1984年的寒风刺骨｜陈树茂 ……131
永远的青春模样｜杨 烨 ……133
树碑｜李小庆 ……135
特等射手｜喻永军 ……138
会笑的花树｜王祉璎 ……141
在春天，有许多事情发生｜冷清秋 ……144
不老的月亮｜吴 苹 ……148
南方来的张木匠｜陈德鸿 ……151
杜鹃花开｜孟凡勇 ……154

第六辑

硝烟下的流泉｜符浩勇 ……157
一条大河｜马 犇 ……160
翻越大雪山｜韦延丽 ……162
莽昆仑｜墨 村 ……165
相逢｜梁 丰 ……167
一条鲈鱼的生死较量｜吕啸天 ……170
红糖锅魁｜曾 颖 ……172
歌声｜李学志 ……175
奶奶的青岛梦｜乔正芳 ……178

第七辑

你是砍柴的，他是放羊的｜佘朝云 ……181
月亮船｜周 蒹 ……184
爷爷去哪了｜朱红娜 ……186
一位孤独症患者的自白｜劳丽炫 ……189
二胎后遗症｜纳兰泽芸 ……192

儿子丨马　克	……195
挂在故乡的钥匙丨欧阳明	……197
哑叔丨张维菊	……200
旅行的路丨崔　立	……203
项链丨陈　融	……206

第八辑

第一个飞翔的故事丨李　浩	……209
第三个飞翔的故事丨李　浩	……211
《山中故事》之《郑某》丨陈应松	……215
《山中故事》之《崔某》丨陈应松	……217
《众生》之《陈大夫》丨金仁顺	……219
《众生》之《宋惠玲》丨金仁顺	……221
塔兰的商店丨索南才让	……223
它们来了丨索南才让	……229
《梦熊杂钞》之《琴高》丨许梦熊	……233
《梦熊杂钞》之《万回》丨许梦熊	……235

第九辑

南京往事丨刘兆亮	……237
上海夜晚的风丨刘兆亮	……241
木楼梯与高跟鞋丨王　溱	……244
龟背竹与仙人掌丨王　溱	……247
《餐饮人笔记》之《小菜一碟》丨赵文辉	……250
《餐饮人笔记》之《传菜少年》丨赵文辉	……253
长康伯丨岑燮钧	……256
僵卧丨岑燮钧	……259
安哥拉的鸟丨谷　凡	……262
海桐花和车轮梅丨谷　凡	……264

序：我们内心的秘密
——2020年微型小说述评

_卢 翎

  文学是关乎心灵的，对心灵的关注是文学不可推卸的责任，诚如一位小说家所言，"小说世界，是平行于现实的秘密世界。优秀的作品，提供了比现实更加真实的人生图景。小说家像侦探一样，他在现实生活中捕捉密码，破译它，然后构建他发现的秘密世界。我说它是秘密，是小说承载和体现了人类的最多隐秘之念，是我们意识不到的欲望、是我们幡然醒悟的心愿、是幽微至深的疯狂，是你不承认的拒绝、反抗和失败，最终，是你将理解和认账的所有全部。"（须一瓜：《小说是人类共秘密》，《小说界》2011年2期）2020年微型小说着眼于人的内心世界或主观情感，微观化、内心化的叙事表达，书写日常生活中人的内心意绪，探寻我们内心的隐秘。即使是现实生活的记录，也由人内心感受出发，捕捉内心精神世界的万千变化，形成了一份微型小说之于现实社会生活世态人心的精神备忘。

一

  2020年初，一场"战疫"席卷中国大地。微型小说以其文体之长，敏捷、迅速地记录下这场"战疫"中的感人事迹：医护人员白衣执甲逆行出征，全力以赴抗击新冠病毒（如麦浪闻莺《紧急停靠》、陈毓《长发飘飘》等）；为阻击疫情，基层防控工作人员舍弃小家不分昼夜坚守岗位，"疫情就像一列高铁，载着我们出了一趟离家最近、时间最长的差"（如张丽《疫情热线》、李义文《白天和夜晚》等）；还有许许多多的普通人，深明大义抛弃成见彼此帮扶共度时艰（如侯建臣《面馆复工》、袁炳发《非常》等）。其中，给我留下深刻印象的是这样一些作品，它们关注疫情中每一个个体的内心感受，那是他们在特殊的日子里的期盼渴望，是他们心中的秘密，而这些秘密是现实生活投射在心灵的"投影"。

女真《海洋里有什么》（系《庚子年纪事》系列微型小说之一）选取了疫情期间独守家中的孩子作为叙述者，讲述了一个孩子内心的秘密：独自留守家中的恐惧；日日重复同一个游戏的无聊；渴望过年吃过团圆饭就不再回家的父亲陪他游戏；佯装坚强，只是为了掩饰内心的失望与担忧。孩子内心的寂寞、恐惧、压抑与渴求以及无法言说的委屈与不解，反衬出无数普通"抗疫"战士们无私、非凡与伟大。方丹洪的《温柔的新月》则聚焦于异乡打工者居家生活。因复工由武汉返回深圳，"她"开始了居家隔离与线上工作。经过了最初的惶恐，"她"全身心投入工作中，却因此感冒。一支体温计、一张便笺，传递着陌生的邻居的关心。萍水相逢的陌生人因为疫情而彼此关心相互帮助，这来自陌生人的善意温暖了四月还有些凉意的夜晚，温暖了一颗孤寂漂泊的心。在天台上看升起的月亮，"她"和"他"心中充满了暖意，这是"战疫"中普通人心中最宝贵的真情。

如果说人物内心的秘密是"战役"中最为动人"心事"，那么，孙春平的《灭毒》中被隐去的"真相"，则是对"灭毒"一线"战士"们的深深的敬意。

《灭毒》是一篇构思精巧意蕴丰实的作品。因突发疫情打乱了旅行计划，主人公夏老师乘夜车返家，途中巧遇缉毒警察勇斗毒贩惊心动魄的一幕。作品题目"灭毒"，一语双关，它既是实写旅途经历——缉毒警察缉拿毒贩，消灭犯罪，同时，它也是暗喻广大战斗在抗疫一线的"缉毒警察"们，为保卫人民的生命健康，正在与新冠病毒进行着一场更为艰巨的殊死"战役"。夏老师承诺警察们写作时作"假语村言"，是向忠于职守的警察们致敬，更是致敬另一场"战疫"中无数舍生忘死坚守岗位的"灭毒"的"警察"们。

生活中的点滴小事，令人感动的瞬间，在微型小说中汇聚成为"战疫"生活的画卷，正如女真所言："及时抓住生活碎片中那些闪光的时刻，那些打动我内心也可能会打动读者的意蕴……拾掇起被生活撕碎的点点真相，或许可以慢慢拼接成更大的画卷"。（女真：《撕碎了拼接》，《百花园》2020年3期）个体经验与公共经验在这里完成了一种转换，于是私人性的文学表述长久印刻在公共领域之中。2020年记录我们"战疫"生活的微型小说如同"碎片",终将"拼接"成为我们时代的"共同想象",并长久地"印刻在公共领域之中"。

2020年是不平凡的一年,不仅仅在于发生了一场全民参与的"战疫",还在于它是我们国家打赢脱贫攻坚战、全面建成小康社会的决胜之年。作为这一重要历史时刻的见证者,微型小说瞄准当前农村的扶贫工作,由细微处入手,记录下这一项伟大的事业。

黄大刚《送穷》、吴卫华《精准扶贫往事》、赵明山《最后一个贫困户》、三石《老歪其人》、原上秋《这里的山会歌唱》、江岸《落水的羊》等,描写了基层扶贫干部们不辞辛劳地奔波忙碌,"挖出心思找脱贫的办法",帮扶贫困户脱贫,表现了乡县基层扶贫工作的繁难艰巨和扶贫干部们巨大的付出。同时,这些作品还以扶贫干部帮助贫困户脱贫过程中出现的种种矛盾,呈现出一个值得深思的农村社会现实问题:个别贫困户(如《送穷》中的张山、《落水的羊》中的老吴头、《最后一个贫困户》中的于卓等)因懒惰、自私和愚昧,采取各种不光彩的手段,保留贫困户身份,以享受国家的救济。脱贫,不应该仅仅是物质上脱贫,更重要的是精神上的脱贫,如何帮扶张山们精神脱贫,成为有独立人格与健全精神的人,有尊严地生活。

二

我们内心的秘密是深藏记忆深处的往事,因岁月的浸润而变成美好与温暖的记忆。如津子围《二舅的儿子》、乔正芳《奶奶的青岛梦》、陈树茂《1984年的寒风刺骨》、喻永军《特等射手》、马犇《一条大河》、李伶伶《玫瑰糕的味道》、曾颖《红糖锅魁》等。画作中出现的儿童是二舅的爱情,它让下放的日子有了色彩与暖意(《二舅的儿子》)。同样是寒冷岁月中的往事,父亲藏在心中的秘密是患难与共的真情(《1984年的寒风刺骨》)。还有玫瑰糕里的秘密,打开三十年心结的是我们的善良与宽宥(《玫瑰糕的味道》)。而藏在特等射手指间的秘密,是对生命的敬畏(《特等射手》)。《我的祖国》传唱了七十年,七十年前的"抗美援朝"成为了记忆,南方人杨二到了北方,守护着永远留在了北方的父母。令"老伙计们面面相觑"的是多少年里杨二歌声里对父母的深情相念(《一条大河》)。尘封于内心的往事,是我们生活的艰辛与苦难,在岁月的磨砺中,成为了我们心中的善与爱。

与往事的回忆相比，2020年微型小说更加关注当下发生着巨变的城市生活，书写城市的"心事"。

随着中国社会现代化进程的加快，城乡关系发生了巨大的变化，"城镇中国"的新型社会范式在逐步形成，这一切给文学叙事带来空前丰富的资源。近年来微型小说创作发展的一个趋势是，关注城市人的生活，书写那些城市漂泊者的心境和意绪。王溱近年来致力于城市生活"魔法公寓"系列微型小说的写作，在关于"魔法公寓"的创作谈中，她写道：城市是冰冷的，"打拼"二字意味着刀光剑影。"我写的公寓系列，其实没有魔法，一切亦真亦幻，或虚或实，你要是想理解成那是人的心魔，也是可以的。但不管真幻虚实，传递的都是世间万物天然的善意，是一种都市天然散发的、让你我还能在都市里继续坚持下去的温暖"。这"温暖"我们"骨子里的不可泯灭的善良"，是"战胜弱点的神奇力量"（王溱：《感受都市的体温》，《百花园》2020年8期）。它让在城市打拼的职场新人建立起自信（《木楼梯与高跟鞋》）；让失意者在经历了艰难与挣扎后走出了潮湿阴冷的房间，"走在街上，他清醒过来，怀着对房东一家的愧疚和感激，幻想着有一天，他怀抱一盆鲜绿的仙人掌重新回到这栋木头公寓"（《龟背竹与仙人掌》）。这份心底的希望与幻想，是人性内在的坚韧。这是王溱感受到的城市生活的"心"。不同于王溱关注城市年轻人轻快的步履，刘兆亮关注的是城市里被"城市时钟"带动向前，步履"沉乏滞缓的人们"。无论是《南京往事》还是《上海夜晚的风》，主人公们"携带着隐秘与愉悦的沉乏"、"忆苦思甜的莫名惆怅"，辛酸、苦楚、无奈，这些在城市漂泊的人们的秘密是酗酒后说出的"最深情最有诗意的话"，是夜晚风中的"泪水"。"生活中，每个人与城市的关系，冷不防一句话，都能像时钟的那根秒针，微小而纤细，转动，转动，冷不防就能精准地触发到你的心尖上去。"（刘兆亮：《城市时钟》，《小小说选刊》2020年17期）微型小说的魅力也在于此，微小而纤细，却能击中我们内心最为软弱的地方，它的意味也借此达到广大与深远。

佘朝云《你是砍柴的，他是放羊的》，举重若轻，于轻盈之中传达出城市奋斗内心的矛盾与痛苦，心中诗意的远方与现实的平庸苍白之间，他不得不选择妥协，这妥协是内心无法诉说的心事，是城市中奋斗挣扎的苦楚与辛酸。而姬中宪的《拳王》则用想象中一记记重拳打出心中的愤怒。此外，还有李治邦《落日湖》、丛棣《陪我坐会儿》、劳丽炫《一位孤独症患者的自白》等作品，寻幽探微，写出了城市人内心的孤独、寂寞。

无论是王溱的"魔法公寓"系列微型小说，还是刘兆亮描写城市漂泊者的作品，抑或是《落日湖》《拳王》等等，微型小说之于城市（现代化大城市）的书写，似乎总是脱离不开一个基本的"想象方法"（也可以称之为一种写作"套路"），即书写城市生活的艰辛时总离不开冷漠、孤独、寂寞、荒芜等现代人的精神性体验。在城市的发展已经越来越深刻地参与到人类社会历史进程的今天，勘探城市最为隐秘的"心事"，创造属于城市的独特意象——建立在城市对小说文本叙事产生的深刻影响之上，是微型小说城市书写所面临的挑战。

三

我们内心的秘密还有那些幽暗，蛰伏于阴暗之处，是我们看不见的。其实，我们的内心深处都有这样一个幽暗地带，它们与生活世界潜隐着的昏暗、人性无法看清的暗处有更为密切的关系，是比善或恶更能决定我们行为方式的一种内在力量。2020 年微型小说关注这一幽暗地带，烛幽探微。

《陈大夫》是金仁顺的《众生》（《众生》由十二篇短章组成，本选本选了其中《陈大夫》《宋惠玲》两篇）之一。小说叙述者犹如一位冷眼看世事的旁观者，不动声色讲述着芸芸众生的喜怒哀乐和世情百态。作为这"众生"中的一员，陈大夫虽然脾气不好，却因医术精湛，"没有谁不奉承讨好他的"。最为奇特的是他与妻子、情人之间的微妙关系，多年来工作、生活在一起，竟然相安无事。然而陈先生一次饭桌上的发火，终将这"和睦"的"关系"撕开一条缝隙，人性深处的痛楚和弱点因此显露。作品的故事单纯简单，叙述冷静克制，一如金仁顺的风格。这是她对人和世界展开的"化骨绵掌"。"这时，虽然我们无法分清楚金仁顺究竟是想质疑和揭露什么，还是要彻底地击碎什么，但小说所带给我们的则是叙述文字之外无限的精神延伸"。（张学昕：《小说世界里的"化骨绵掌"》，《长城》2018 年 5 期）其实，今天的小说家已失去了扮演上帝的热情，他们更愿意隐身于种种谜团中，留出足够的想象空间，任我们自由"驰骋"。

如果说金仁顺《陈大夫》具有一种"冷"的质地，那么汤雄《方老太》（系汤雄同题微型小说四篇《由甲人》之一）将"狠"表现到令人不寒而栗的程度。日日端坐佛堂，虔诚早课、晚课，却又如此阴险狠毒。这是我们不愿但又不得不面对的"隐秘"。与这"冷"与"狠"不同，曹洪蔚《古槐》、万胜《手心手背》、相裕亭《摊事》等作品小心翼翼地在一些看似无事的烦恼剥离出尴尬、嫌隙、芥蒂，让它们盘旋于我们的心头，挥之不去，丝丝缕缕缠绕着。对弈、游戏、随份子，于习焉不察之处，洞悉人性的真相。而何君华《不存在的父亲》、奚同发《从预谋到预谋》以荒诞的手法表现"父亲"、吴剑桥病态的极端性的行为，是何等的厌恶，让有着曼妙歌喉的父亲三十年的时间里装聋作哑，又是怎样强烈的仇恨，让吴剑桥一次次谋划离婚。在疯狂的心态、行为和非常态的人生中，是个体生命的诡谲与疼痛，人性的晦暗、复杂与无以名状的精神之痛。

无论是常态还是病态，我们都是带着自身的弱点与缺陷与整个世界的问题发生着种种关联，并陷入困境的。知晓了这个世界的秘密、人性的幽微、荒诞的本相，他们以荒诞的形式传达这种尖锐的感受与痛苦。不轻视每一个生命所承受的创痛，这些创痛对人性的扭曲，如何使人一步步沦落。在这个过程中细心地呵护脆弱的人性，展现一个个生命复杂而又痛楚的生命感觉。这是文学的担当，也是深切的人文关怀的体现。

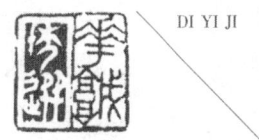

第一辑

灭毒

_孙春平

今年春节,我去南方的一个城市,原计划是与几位老友同过一个旅游春节的。万没料到,因为疫情,武汉市紧急封城。一夜间,满世界都紧张起来。老友们决定抓紧订票,各回各家。宾馆客服说,飞机就别想了,只能乘坐火车。我说,最好是下铺,我年纪大了,夜里好起夜,请多多关照。客服很快答复,说总算订到一张软卧,但只有上铺。我犹豫有顷,客服催促,请快拿主意,有客人在等候这个铺位呢。

时间还算从容,我推开软卧包厢的时候,只有20号上铺有个年轻人仰靠在行李上看手机,他倒是时髦,已戴上口罩了。当我去跟列车员提出调换铺位的请求时,列车员说,等19号下铺和20号下铺上车,你们自己私下商量吧。但这两位旅客迟迟没有上车,那一刻,我已心存侥幸了,要是有人漏乘,我倒省事了。

但站台上预备开车铃声响起的时候,眼见一辆救护车急匆匆停在软席车厢门口,列车长和乘警帮忙将一副担架抬送上车,一直送到20号下铺位置。担架后面跟着的,是一位四十岁出头的妇女，略显发福了，脸上满是汗水，看样子像是乡下人。细看病人，男性，六十来岁，谢顶的头上包着绷带，裸露的左小腿敷着药，上面还挂着医用胶管。女人在安顿好病人后，说我先垫补垫补，饿惨了，我吃完再喂你。病人"嗯"了一声，眼睛却一直眯缝着，看不出任何表情。女人泡好方便面，坐在19号下铺哧溜哧溜吃得那叫畅快，连汤水都喝得干干净净，看来真是饿得不轻。在我登铺的时候，她说，我应该喊您叔吧？要不您睡下边？

我说，你得照顾病人，咋好意思和你换呢，谢谢啊。只是我上下铺的时候，腿脚笨，别碰了你和病人就好。在说这些话的时候，20号上铺的年轻人仍在摆弄手机。现在的年轻人呀，手机就是魂儿，都这德行。

不敢喝水，满以为这样可以不会起夜。可是过了半夜，还是去了两趟卫生间。我回来时，见女人已坐在过道的边座上，临窗远望。大地已是一片雪白。

我问，你家人是什么病？

女人叹息，脑梗，人一下子就废了。

我又问，你是他什么人？

大叔您看呢？

应该有点儿亲戚吧？

不沾点儿亲，这钱谁愿挣？

他没儿女吗？

老太太先走了。儿子打架，伤了人，坐牢了。当爹的一股火，就这样了。医院开了药，说回家养着吧。

上车时怎么来得那么晚？

这不是闹疫情嘛，又赶上过年，病人急着出院的多，手续好不容易办利索，奔车站的路上又堵车。

我又问，病人吃晚饭了吗？

女人说，怕他屎尿多，将就将就吧。

包厢里有了动静。20号上铺翻了个身，被子险些掉下来。女人忙起身，把被子往上掖了掖，对我说，不说了，别惊醒别人。

黎明时分，列车员来换铺牌，并提醒做好下车准备。原来病人在前方站点下车，那个20号上铺刚好也下车。列车已减速，列车长和乘警又赶过来，准备帮助抬送病人。女人对20号上铺说，大兄弟，拜托您帮把手，我手上带的东西多。

20号上铺没拒绝，他将双肩包背好，左手便抓牢了担架的把手。见他抓担架的前右方，我便抓担架的后左方。乘警说，老先生，后面我一个人就行。我说，多只蛤蟆二两力，我总比蛤蟆力气大点儿。几个人都笑，20号上铺也跟着笑。

列车进站，站台上很安静。担架放到洁净的站台上时，有个中年汉子悄然靠前，从 20 号上铺肩头接过背包，似乎还说了句什么，然后转身离去。

但就在那一瞬间，让我万没料到的一幕陡然出现。一直卧床不动的病人突然豹子般腾身而起，一下就将接包人扑倒在地。20 号上铺见状，拔腿欲跑，却被一直跟在他身后的女人抓住臂膀，一个漂亮的背飞，眨眼间他就被重重地摔在了站台上。说话间，只见人群中闪出几名便衣，转瞬便将两人扭走了。

一切似梦，猝然反转，让人目瞪口呆。豹子般的病人站在我面前，用力地跟我握手，说，夏老师，一路委屈您了，但愿后会有期。我怔了，原来他不光身健如豹，还知道我的姓氏和退休前的职务，看来，一切都不简单啊。

会擒拿的女人也跟我告别，笑着说，我知道夏老师好写文章，如果写到今天，还是假语村言吧。我们缉毒警察的任务复杂又漫长，而且风险极大，还请多支持。

我知道，她这不是玩笑，缉毒工作极其隐秘，力求人赃俱获，且要顺蔓掘根，我把此篇小文中的具体时间、地点和车次尽皆隐去，也算是对缉毒工作的一点儿配合吧。

我说，真没想到，大过年的，又是全国防疫，警察同志的工作还这么紧张。

女警察说，越是在这种时候，越不能让毒贩们趁机作乱。

开车的预备铃声响了。女警察跟我说的最后一句话是：19 号下铺是您的了，内勤同志已打过招呼。祝夏老师吉顺安康。

（选自《天池小小说》2020 年第 6 期）

庚子年纪事之海洋里有什么

_女　真

上午我看书烦了,想打开电视。妈妈说:你刚看完书,眼睛挺乏了,看电视还不是继续累眼睛?咱俩玩个游戏吧!

妈妈陪我玩,太好啦!我问她:什么游戏?

妈妈说:咱俩玩"海洋里有什么"。我先说"海洋里有什么",然后你接着说一样海洋里的生物,我接龙再说,谁接不上来或者说错了,要惩罚。跳绳50个怎么样?

我有点胖,跳绳是我弱项,但这个游戏好玩!我有一本快翻烂了的跟海洋有关的书,我爸、我妈几次带我去海洋馆,我五岁那年冬天我们一家三口还曾经去三亚度假。我喜欢海浪拍打脚丫,也喜欢在沙滩玩堆城堡。那么,开始玩吧!我说了"海洋里有什么",我妈马上说了"美人鱼",然后我接了"大白鲸",海洋里面的东西可真多呀,我们俩说了半个多小时,连翻车鱼都说到了。后来我妈妈说:口渴,歇会儿吧,有空再玩。

下午休息时,我们把"海洋里有什么"换成了"森林里有什么"。森林里面的动物也很多,有老虎、狮子、狗熊、大象、狼……当我实在想不起别的,说出"蝙蝠"之后,妈妈马上接了"穿山甲"。这两个最近总能听到名字的动物,实在不怎么吉祥。我沉默了一会儿不说话,我妈笑说:儿子你输了,跳绳吧。我跳了50个,这一段游戏就结束了。我妈说,她该准备晚饭了。妈妈说我们一定要把饭吃好。好好吃饭,保证营养,身体才能对细菌、病毒有抵抗力。

晚饭以后,我和妈妈又玩了一会儿"超市里有什么"。以前我们每个周末去一次超市,我爸推车,我和妈妈负责往车里装东西。最近只有我妈妈一个人去超市，我说去帮她提东西，她说超市里面也不安全，还是她一个人去吧，再说我跟她出去一次又要浪费一个口罩。超市里面的东西我当然能说出很多，很多我爱吃的，比如牛排、巧克力、冰激凌平时都是我往车里装的，但现在吃不到牛排和巧克力了，妈妈说没有货。就连我喜欢的牛肉也不是天天有，要看运气。有时候有货，排队时间太长，她等不及。

今天晚上，我和妈妈玩的最后一个游戏是"医院里有什么"。我提议了，妈妈刚开始不同意。我再三坚持，她就又同意了。医院里有医生，有护士，还有病人。医院里还有药、纱布、吊瓶、止血钳。医院里还有病毒，有手术刀，有麻醉师。我爸爸就是麻醉师。自从年三十晚上吃过团圆饭，他就没再回家。我以为他是和我妈妈闹别扭，两个人是不是要离婚。我爸我妈有时候吵架。我同桌李洋洋的爸爸就跟她妈妈离婚了。爸爸为什么不回家？我妈妈说他下班以后住酒店，他不敢回家，怕身上带病毒传染给我们。我妈妈说这次的病毒特别厉害，医院里病人很多，爸爸很忙，也很小心，我们要理解他。他是为我们好。

可是我想爸爸了。虽然他每天晚上都跟我们视频报平安，我还是想他。我喜欢他早晨起来进我房间，一边用胡子扎我，一边说一年级的小豆包起床了，上学快迟到了。我不能给他打电话。我从小就知道白天不能跟我爸视频，连电话都不能打，他要上手术台，我们不能分他的心，有事情等他晚上回来讲。我爸说他白天没有时间跟我们视频，必须得晚上下班回酒店以后。那他今天为什么还不打过来呢？这么晚，我已经困了，到平时上床睡觉的时间了。

我注意力不集中，没有接上妈妈的龙，妈妈说我又输了，罚我起来跳绳。我跟她耍赖。我说我不跳。晚上我懒得跳绳。再让我跳绳我就哭啦。我妈妈说：男子汉大丈夫，不许哭。今天太晚了，不跳绳也行，早点睡觉。我说要等爸爸视频，我想告诉他今天的游戏特别有意思，我想跟爸爸玩一会儿，但是我没有手机，妈妈你手机借给我一个晚上吧。

我妈妈说她手机不能借给我，万一单位临时有事打电话给她呢。我妈妈说她明天值班，我得一个人在家。

今天晚上我要求跟妈妈一个房间。我不害怕一个人睡觉，我三岁就自己单独住了，我只是不想错过爸爸的电话或者视频。我努力不让自己闭上眼睛，我叮嘱我的耳朵：万一我睡着了，你可千万要醒着呀。

晚上，我真的跟爸爸玩了游戏。我爸爸太厉害了，他什么都能接上。当我再次输给他时，我醒了。

原来是一个梦。

（选自《四川文学》2020年第6期）

温柔的新月

_方丹洪

夜很深,路灯昏黄,但他老远就认出了她纤细的背影。

她从湖北来,用满怀的忐忑和戒备把自己层层包裹,那一身厚厚的迷彩服,似乎不太适合亚热带4月初的天。

她进入楼栋,选择爬楼梯。他瞥一眼那幽深如黑洞的楼梯间,犹豫几秒后便跟了上去。

他担心这个不知名的姑娘会怕黑。

她拖着重重的行李箱刚爬了几个台阶,突然听到身后的安全门后发出了一声骇人的喘气声。

她猛一回头,看到了他。虽然戴着口罩,但他还是那个他,眉目英朗,身姿挺拔。

他走近她,示意要帮忙。

她连忙把手挡在身前:"别靠近。"真好笑,邻居一年多,打过无数次照面,她对他说的第一句话竟然是"别靠近"。

他僵在原地,犹豫着要不要摘下口罩。

她语无伦次:"那个,我没消毒,我刚下飞机……"

两个人保持一定的距离,先后回到了自己的公寓。

她很懊恼,为了让父母放心,出门前任由他们把自己包裹成一个粽子。但迷彩服又不是防护服,他肯定以为自己是个白痴。

一墙之隔的他却莫名地开心,很长时间未见隔壁房间的灯火,以为她已经离开这座城市。可能,她来自湖北?幸好,她平平安安。

她开始居家隔离,每日与外卖、面包、牛奶、泡面为伴。

他几次看到她取包裹,知道她生活得粗心,禁不住担忧。

某一天在楼顶的天台相遇,他出来透透气,她去收被子。

他犹豫着是否给她一点儿叮嘱,她却为了身上那条又肥又皱的睡裤懊恼不已。

心思不在同一频道,对话就显得没有温度。

他说:"嘿……"

"嗯?"

"在家办公吗?"

"嗯,隔离十四天。"她下意识地往后退了退,跟他拉开距离。

他本想说,在家也要吃点儿好的。但她戒备的姿态把他的话堵了回来,最后变成:"哦!"

接下来的几天,她赶图纸,灯火彻夜通明。

他知道她又熬夜了,但爱莫能助。

几天之后她终于交差,顾不上饿得抽搐的胃,她把自己重重摔在床上,天知道,她已经二十个小时没合眼了。

一觉醒来已是黄昏。天色不好,窗外像挂着一块灰色的布。

她动了一下,怎么浑身没力气?心头冒出的凉意瞬间覆盖全身,她猛然爬起来,双腿很软,脑袋又沉又晕。想起那些烂熟于心的早期症状,不自觉地,身体开始发抖。

怎么觉得很冷?我是发烧了吗?下一秒她就哭了出来,长时间地对于病毒的恐惧让她精神极度紧张。

冷静之后,她觉得自己应该去医院量量体温。

刚推开门,碰见下班归来的他。

"出去吗?"

"嗯。"把门拉得剩下一条缝,她开口,"请问你有体温计吗?"

他的心紧了一下:"有。"

几分钟后,她收到了体温计、一碗云吞,外加一张纸条,纸条上是他的微信号。

没有发烧,她第一时间告诉他。

他秒回:"是不是最近熬得太厉害了?吃点儿东西,好好睡一觉。"

她很听话,睡得很踏实。

第二天一早她微信他:"谢谢你,我身体无恙,最近总是自己吓自己。"

他回:"没事就好,记得好好吃饭。"

4月的天真好,空气里似乎有一股甜滋滋的味道在四处游荡。在这么美好的时光里,他们开始有一句没一句地聊天。

于是,她知道他来深圳六年多,目前一个人。

而他知道她来深圳一年多,一直一个人。

这应该是2020年以来,听到的最好的消息了吧?

隔离期满的第二天,她梳洗了及腰的长发,穿上小清新的白衣长裙上了楼顶的天台。

他果然在。

两个人站着聊天,他时不时转头看她,眼睛很亮很亮,像旷野夜空中闪烁的星。

当夜晚稀薄的凉意蔓延开来,他知道有些话还是由男生开始比较合适。

"嘿……"

"嗯?"

"等摘了口罩,一起去吃热干面吧?"

"好!"她转头冲她微笑,"还要吃你最喜欢的饺子。"

这是他第一次看到她笑,她笑起来有弯弯的月牙眼,像极了她身后慢慢升起的那弯温柔的新月。

这座城市的月色,原来这么美。

(选自《羊城晚报》2020年5月3日)

非常

_袁炳发

齐小男和郭珊珊结婚四年了。

小两口平时好得跟一个人儿似的，可是一到过春节，齐小男的心里就打怵，他知道，又到吵架的时候了。

结婚四年来，齐小男一直为这棘手的家事苦恼着。

齐小男的父母都是企业的普通干部，母亲是工厂的一名会计，山东人。可能是山东人的耿直与倔强，母亲做事认死理，连父亲都惧她三分。

齐小男和郭珊珊谈恋爱的时候，母亲是不太满意的，说郭珊珊人虽然长得漂亮，但看那装扮和说话的神态，就觉得不是会过日子的人。听说她还是单亲家庭，是她父亲有了外遇，母亲才与其离婚的。

齐母顾虑的是，万一上梁不正下梁歪那可咋办？

齐小男没管母亲的这些顾虑，在他的眼里，郭珊珊就是他的心尖尖好宝宝。有多少人追郭珊珊，齐小男的心里是有数的。

郭珊珊呢，知道齐小男的母亲没看上她，但她想，这并不重要，有齐小男真心喜欢她就够了，反正结婚后也不和他母亲一起生活，大不了以后少见面就是。

这种情况下，齐小男和郭珊珊结婚了，齐母的心里就结了一个大疙瘩。

每逢年节，婆媳的关系就更紧张。

齐母认为，郭珊珊嫁过来就是齐家的人了，每年年三十儿，必须在她齐家这里过，至少也得吃了饺子，过了十二点，才可以回自己的小家。

郭珊珊认为齐母的这种要求让人难以接受，都什么年代了，还守着老皇历。谁说女孩嫁了人就是男人家的人了？宪法规定了吗？妈一个人把自己从小带大也不容易，结了婚，难道就不要妈了吗？现在都是独生子，谁的妈年三十儿都需要陪伴，凭什么每年春节都必须在你家过！

就这样，齐小男夹在两个女人之间，左也不是，右也不是。这一夹，就夹了四年，每年一到年关，齐小男就绞尽脑汁心里盘算着如何闯关。

农历二十八那天，母亲给齐小男打电话，让他和郭珊珊年三十儿早点儿回家。齐小男哼哈答应着，合计着晚上该怎么和郭珊珊说。

谁知晚上一到家，郭珊珊先开了口："齐小男，这个春节我们不能去你妈那儿了。"

齐小男一听就来气了，问："珊珊，你什么意思啊？"

"齐小男，我可不是跟你找别扭。是这样，我们医院通知了，现在武汉的疫情很严重，随时都可能传到冰城来，让我们随时做好抗击疫情的准备。"

"有那么严重吗？！"

郭珊珊没再搭理齐小男，拿起手机找院里的通知。

郭珊珊是冰城第三医院呼吸科的护士长，自然知道疫情一旦蔓延到本市，对这座城市意味着什么！

想到这里，郭珊珊说："齐小男，你明天给你妈打电话，告诉她，多储备一些吃的，这个春节恐怕不能太平。"

果然，事情真的如郭珊珊预想的那样，农历二十九那天，冰城发现十例输入性新型冠状病毒感染病例，一时间，整个冰城如临大敌。

市三院紧急开会，布置增加发热门诊和疫情值班。郭珊珊当时很犹豫，本来想过了年要小宝宝的，如果参加疫情值班，意味着有被传染的可能，可是一想到自己是护士长，脸便唰地一下红了。

郭珊珊毅然报名参加疫情防控第一线。

那晚她到家的时候，已经十一点了。进屋后，把口罩装进塑料袋，扎紧，扔进垃圾桶，又去卫生间洗手，这时，正听见齐小男在打电话，听声音和口气应该是她婆婆。

郭珊珊一股无名火就冲了上来，她想，一定是婆婆又在给齐小男吹风，让他们回家过春节。

郭珊珊洗干净手后，走到齐小男身旁，想要抢他手里的电话，当看见齐小男的眼睛里闪着泪光时，她的手停在了半空中。

齐小男看着郭珊珊，按下了电话的免提键，婆婆的声音："我今天看了一天的电视新闻，疫情可能随时都会在我们冰城蔓延，形势严峻。珊珊在医院，那可是抗疫的前线，你不能拖她后腿。这种时候，我们的家事不算个事了，大是大非面前，妈拎得清。没有国哪有家，这个道理妈还是懂的。在这场疫情里，人人都不是旁观者。这些天？你辛苦一下，把车消消毒，一定要天天开车接送珊珊，自己的媳妇儿自己疼。春节你们都不要来了，这个春节，你的重中之重，就是照顾好珊珊！"

　　郭珊珊已经泪流满面。

（选自《小说月刊》2020 年第 4 期）

长发飘飘

_ 陈　毓

自古泊今，没有一个美女的头发是不好的。

你在夸我是美女？

你当然是美女，你美极了。

这是李云霓和丈夫亢大风的情话。

李云霓天生一头秀发，亢大风直言他就是先爱上李云霓的头发接着爱上李云霓的。有人纵然头发丰茂，却也扛不住时光如水涤草，左右流之，日渐稀少。三十八岁的李云霓仍是一头如瀑秀发，简直和十八岁时无有分别。如果李云霓的头发只是浓密秀丽，那也不用多说，但偏偏，闪耀在这浓密秀丽之上，让李云霓头发格外出众的，是她头发的色彩。亢大风还不是李云霓丈夫的时候给李云霓写情书，他是这么说的：我看见彩虹的时候就想您的头发是彩虹，但立即觉得用词不当，您的头发比彩虹更让我惊讶赞叹；我看见孔雀，我看见热带海洋中遨游的鱼群，我看见雨林中雀跃的鸟儿，我都想起您的头发，但那遨游的鱼群、飞翔的鸟类和展翅的孔雀，它们的美还是不能和您的头发给我的赏心悦目相比。是的，亢大风在情书里用的就是"您"。

等后来两人结为夫妻，亢大风再要赞美妻子的头发，努力把自己多年来难用语言说出的感受细说分明，亢大风把李云霓的头发在自己的指尖盘绕又盘绕，说，李云霓啊，你知不知道面首是什么意思，为啥古人把好看的男人叫面首？亢大风自问自答：《词源》里解释，面，貌之美；首，发之美。面首就是脸和头发都长得好。

十八岁的李云霓是护士，亢大风是医生。李云霓听见亢大风夸她的头发却不是夸她，最初还有点儿不甘心。后来想，头发不是长在自己的头上吗？她从第一天认识亢大风起,就知道他实在是个不善用语言表达的人,能用那么多句子给她的头发,已经很难得了。这样想的时候李云霓感觉到丈夫浓浓的爱情。

三十八岁,李云霓是护士长,亢大风已经是院长。各自效力自己所在的医院,偶尔的烦恼有点儿相似,开心也有点儿相似。他们慢慢长成两个很默契的人。而这一次,两人面对的境况、面临的抉择非比寻常,方向一致。

亢大风的单位要派医护人员驰援武汉,作为院长、传染科的高职医生,亢大风毫不犹豫,亲自带队。亢大风出发的那天特意嘱咐李云霓,不要送行。亢大风说,我俩心心相印,都要俭省,都把精力省下来,力气要用在刀刃上。嘱咐李云霓,有空儿休息好,我们以此爱助对方。她当然理解,但心里却还是慌乱不安,毕竟疫情严峻,那么多医护人员感染,又是千里驰援。李云霓在屋子里竭力让自己不乱手脚,她把他要带走的东西掂量了又掂量,要实用、要简洁,最后鬼使神差,她把自己去年秋天遵朋友之嘱切晒的橙子皮装成的一个橙子布袋塞进亢大风的行囊。朋友寄来鲜橙,说橙子是直接从树上摘下来就寄的,不打蜡。吃了橙子皮别扔,可以切碎晾干做个护袋,治疗颈椎最好。橙子果然是她今生吃过的最好吃的橙子,橙子在厨房里切,一屋子的橙香气,闻着真吉祥。沙发上的亢大风当即点评。

轮到李云霓的医院集结救援人员,李云霓积极报名,她的心思急切,恨不能拔腿就走。驰援武汉,她觉得于公于私她都不能迟疑。

不用和谁告别,丈夫已经出发,儿子困在另一座城市,她想起丈夫那句"力气要用在刀刃上"的话,不奇怪这戴着口罩的一车人是如此安静。

丈夫比她早去半月,那半月,只在他到达武汉的第一天给她发了个微信表情,是一个红红的苹果。那天她看电视,手里握着电话,于是立即回复一个拥抱的表情。往后,每隔两天三天都会发一个红苹果来。她想着电视里每天看到的情景,不敢纠缠,唯回复一个拥抱的表情。一个拥抱,像是要把疲惫的人隔空撑住,让他暂且有个可停靠的臂弯。

她和丈夫驰援的是同一家医院。她却无从打听他在哪里,更不知哪个白色身影是他。好几天之后,有一天她推着病人疾走而过,看见另一个背影那么像他,然而却不能停下来仔细辨认确切,两人擦肩而过,不能停留。

她忙得忘了自己,忘了丈夫。

丈夫出发那天,李云霓看见本位医生群里讨论医生感染新冠肺炎的人数是1372个,等李云霓出发那天,她知道感染新冠肺炎的医生人数上升到1401个。看见那些数字,除了心中对彼此说"保重"外,他们还能说什么呢?就像战士听见前面的枪声,却依然要冲锋,就是这个道理。

李云霓换班下来,就赶紧看一眼手机。这一次,那个红红的苹果在手机里等候她多时了。李云霓喜极而泣，赶紧发一个拥抱的表情，这次还附加了一个红唇。李云霓再一次换班，却没看见手机里的那个苹果，顿感一阵心慌，待了很久，眼泪流了下来。但她必须压抑，忍住给丈夫打电话的冲动，而一旦她把身体从沉重的防护服里解放出来，她是那么疲惫，她的双腿好像行走了一万里的路。

在指定给医务人员住的酒店里的那张床上放平身体，把双腿伸直，噢，还有把她那像草捆一样捆扎的头发解开，让头发兀自散下来，她觉得整个自己要像烟一般化开了。她努力撑开眼皮，聚拢精神，支起身体，给丈夫亢大风发出那个拥抱表情，之后将头跌进枕头，立即陷入黑沉沉的睡眠中。

三个月后，李云霓所在的医院奖励在庚子年初参加抗击新冠肺炎疫情的医护工作者。当领奖台走上一群头发如新草般的姑娘的时候，大家给姑娘们热烈的掌声和善意的笑声。当长发飘飘的李云霓走上领奖台的时候，更热烈的掌声和欢呼声响了起来，人们像是要在她们头上的屋顶开一扇天窗，把天上的游云拉进来一起欢庆似的。

李云霓的耳边响起几个月前动员会上领导的声音：姑娘们，你们的长发穿防护服辛苦累赘，要剪短吗？剪短。有人回答。要剃头吗？剃。你呢，李云霓护士长。不，我宁愿自己辛苦一点儿，我不剪我的头发。

李云霓这一会儿觉得长发飘飘的自己能走上这个奖台真好。她能把一个长发飘飘的自己完好地送进丈夫亢大风的怀抱，真好。对了，她还要在下一个秋天再做一个新的橙皮布袋。亢大风说，橙子的味道闻着吉祥。

（选自《宝安日报》2020 年 5 月 24 日）

紧急停靠

_麦浪闻莺

宋健时在客厅里来回踱着步子,丈量着儿子家中的里里外外。

其实不用脚步量,宋健时闭着眼睛就知道,从卧室到客厅的距离是13步,铺有地板砖16块。从客厅到阳台的距离是18步多一点儿,铺有地板砖22块半。那么,从客厅再到阳台的距离呢?刚好是9步,铺有地板砖12块。这些,他早已烂熟于心。

老伴儿埋怨他说,哎,老头子,你别老在我面前晃行不行?难道你就不能坐下来,跟我们好好聊聊天,或者喝一杯茶!

儿子也笑说,是啊,爸,难得您来柳州一次,就安心在这儿多住几天吧,也好让我们尽尽孝心。

宋健时紧蹙着眉头说,我也想高高兴兴地喝茶呀看电视呀,可我实在坐不住!昨天呐,医院通过微信群,将紧急召回令发给我了。我是一名在职主任医生呀,我得赶回德城去,回到我的工作岗位上去!让我老在这儿窝着,我觉得我自己就是一个临阵退缩的逃兵——

还是在年前腊月二十二,经不住儿子和儿媳的一再邀请,宋健时跟老伴儿踏上了去柳州的动车,去看他们新买的房子。

说实话,儿子很独立,大学毕业后到柳州找了工作,随后就在这座西南地区工业重镇成了家,成为车城里一名汽车制造工程师。儿子在电话里反复说,柳州是全国历史文化名城啊,壮族的歌、侗族的楼、苗族的舞、瑶族的节,堪称柳州民族风情四绝。您跟妈妈一定要过来好好看一看!

于是,他就跟老伴儿出发了。

按照宋健时的计划，在腊月二十四这天，一家人聚在一起开开心心地吃个小年饭，再抽空去逛逛柳侯公园、大龙潭景区这些名胜，他就准备返回德城过春节。因为大年三十到正月初二，他还要值几天班。谁知，一场突如其来的新冠肺炎疫情，一下子就把他的计划给打乱了：先是新闻里报道说武汉封了城，实行交通管制，控制人员流动，减少病毒传染；接着又说武汉周边的一些县市，也纷纷采取了断然措施，开始封城封镇封村，以加强疫情管控。让他特别坐立不安的是，德城与大武汉田地相连、人文相亲，常年有十多万人在武汉打工经商讨生活，自己能在这场没有硝烟的战争中独善其身吗？

没承想，柳州这边也紧急行动了，铺天盖地地宣传，挨家挨户地摸排。为此，宋健时就主动到儿子所在的社区去登记。社区的工作人员说，您是从疫情重灾区过来的，虽然现在没有出现发烧、干咳和乏力这些症状，但也必须主动居家隔离。在这14天里，您必须每天早晚两次向我们报告身体健康状况……

这样，宋健时就留在了千里之外的柳州，人却时刻牵挂着家乡疫情。他先是在网上看到，德城确诊的新冠患者才13例，疑似人员46例；然而等到了第二天，确诊病例就一下子猛增到56例，疑似人员也飙升到153例！所以，他就闹腾着非要回家。

儿子知道留不住父亲，就跑去给他订机票。

机场人员解释说，由于武汉疫情严重，所有往返的航班都暂停了。

儿子又跑去给他订火车票。先是订到了正月初五返回德城的票，第二次也订到了正月初六返回德城的票，但因为处在特殊时期，铁路部门都取消了火车在老家的停靠。儿子苦笑着对他说，爸，我们三番五次地折腾，已经尽心了！再说，今年5月您就要退休了，何苦呢？

宋健时立刻变了脸说，再怎么讲，你爸也是个有着32年党龄的老党员啊！现在，我不是还没退休嘛。说着，便砰地一下把自己关在房里。

儿子吓傻了，只好愣在客厅再想招。

没过一会儿，宋健时却突然打开房门举起手机说，哎，有了有了！我刚查到正月十四有一趟南昌到北京的火车，我可以先到南昌去啊，再赶乘这趟车回去——

儿子连忙接过手机看，随即失望地说，爸，您查的这趟火车，在德城也不停啊……

宋健时却挥舞着手机大笑着说，哼，这点事儿，是难不倒你爸的！

老伴儿过来摸着宋健时的额头说，老头子，你没发烧吧？

正月十四那天，宋健时一登上这趟由南昌开往北京的列车，就立即拿出医院的紧急召回通知和医生从业证，找到列车长说，我要上前线，就在德城下车，请给个方便——

　　补记：据《湖北日报》2月10日报道，2月7日22时17分，经铁路部门紧急调度，一趟由南昌开往北京的列车在德城站临时停靠了一分钟。下车的，只有两位老人。此时，空寂的月台上，全体站务人员整齐地向两位下车旅客敬礼作别。

（选自《金山》2020年第3期）

疫情热线

_张 丽

六部电话,六个人接打,铃声、解答声把办公室的空气撕开又聚拢。一进值班室,我就被卷进疫情的漩涡。

您好!这是县防控指挥部,请问您哪位?需要什么帮助?我问。姑娘,我是李大成啊,我家隔壁刘婆婆的药完了,没有药吃。话筒那边传来熟悉的声音。

哦,李叔!请问婆婆得的是什么病,吃的是哪种药?我让乡里干部去买。我说着,忙拿起笔。

她有高血压、糖尿病,还有点儿老年痴呆,药有好几种,我也记不住,以前都是她儿子儿媳买回来的。听得出,李叔挺着急。

那她的儿子儿媳呢,不在家吗?我问。

哎呀,莫提他们。腊月二十八开车回来,说是要把刘婆婆接走过年的,行李都收拾好了,临走时接到电话说要出差,叫我照顾他们的老妈。两人走得急,丢下一个老人孤零零的。唉,这要是出个什么事,我可怎么办啊?李叔越说越急。

不急,不急,您报下地址,把电话号码给我,让我来安排。我安慰说。

嗯,大河乡青林村二组……我一边重复着老人的话,一边做着记录。

哎哟,这可是热线,别耽误时间了!旁边的小王小声提示我。

我捂住话筒,对小王"嘘"了一声,又叮嘱李叔说:您把药盒准备好,就在那里等会儿,我让村干部去找您。

我挂了电话,对小王说:我当然知道李叔的信息,这不是怕他着急嘛,多聊几句,缓缓气。老人热心防疫,我们也该有耐心,是不是?

嗨，看你年纪轻轻的咋也成了事儿妈！小王打趣我。我马上把电话打到大河乡政府，接电话的小崔说："呵呵，又是李大成，真是事儿爹。好，我马上安排。"

我笑着说了声"辛苦了"。

他们确实辛苦。自从"新冠肺炎防控指挥部"安装了96120疫情热线后，一天300多个来电，求助、举报、投诉，五花八门。这才4个小时，全县14个乡镇区，只我这部电话，大河乡就有5个发热病人求助、11个密切接触者需要隔离。小崔接到电话后，必须第一时间以最快的速度上报乡领导，及时处理。

我把李叔的诉求刚刚抄写在来电记录本上，指挥部综合督导组的李兰组长就来了。李组长拿起记录本，一行行检阅，边看边点头，最后唰唰签了一行字。

换班时间到了，你们要做好交接呀，不能断档！李组长叮嘱了一句走了出去。我面前的电话又急促地响起来，又是那熟悉的声音。

姑娘，我是李大成。刚才乡里把刘婆婆的药送来了，就是缺精神病类药，说是要县里统一去买，估计得三五天。谢谢啊，你们办事好快！李叔说。

嗯，好。您叫婆婆等着，不要急啊。我说。

好，不急！可我还有个事求助。我家孙子要上网课，老师打了几次电话来催，可我的老年机不能用。他爸是警察，天天值班回不来，你能不能跟他妈妈说说，县里送药来的时候顺便带个手机回来？李叔的语气中带有讨好的味道。

他妈妈是谁——在哪呀？我问。

他妈妈就是我小女儿，叫李兰，在指挥部上班。

李叔的话让我有些发蒙：李兰？指挥部？难道是李组长？

那，那，您打她手机呀？我还没缓过神。

这丫头太忙，不接我的电话。她总说我不要添乱，要拿出老党员的样子，把村里老老少少守护好。嗨！指挥，指挥，养个姑娘还指挥老子！李叔的语气里有些自我解嘲。

怪不得您那么热心，原来——好，我一定转达！

挂了电话，做完记录，我拿起本子翻阅起来。

1月22日（腊月二十八）下午4点20分，李大成反映，大河乡青林村二组的李学文和柳青梅说是要出差，把有病的老母亲刘婆婆丢家里不管。调查结果：两口子分别是县医院的主任医师和护士长，接到任务后从老家返回，带领队伍在隔离病房工作。处理结果：乡、村两级干部要关心照顾好刘婆婆。领导签字：李兰。

1月24日晚上9点，李大成反映，刘婆婆在村里卡口哭闹，非要找儿子儿媳回来一起吃团圆饭。处理结果：让李大成和妇女主任陪老人过除夕。领导签字：李兰。

3月2日上午9点，李大成求助：刘婆婆的药没了，儿子儿媳还没有回……

记录本上，还有一行墨迹未干的字：疫情就像一列高铁，载着我们出了一趟离家最近、时间最长的差——李兰。

(选自《孝感日报》2020年4月28日)

面馆复工

_侯建臣

天黑下来了,灯光从小窗户的玻璃上爬出去,像大病不久的样子,踉踉跄跄。

风吹了一下,风似乎不大,但仍然吹得那看上去时间长了有点儿发皱的布门帘微微晃动。店里很静,静得空气似乎一直凝固着。已经到了吃晚饭的时候,但店里还没有一个顾客。一位上了年纪的老人坐在靠门边的桌子旁,穿着已经不算太白的短上衣,一看就是本店的工作服,口罩的两边挂在耳朵上,但罩面却没有捂在嘴上,而是越过了嘴,直接捂在了下巴上。柜台在最里边,朝着店门的方向,只要顾客一进来就能看见,所以当门帘一挑,坐在柜台后边的店老板一下子就弹了起来。

"欢迎您!要吃面吗?削面还是豆面?"老板老远就喊。

随着老板的声音,屋子里的空气一下子就流动了起来。

进来的人走得不是很坚决,向四周看着,店里连一个吃饭的人都没有,他究竟要看什么呢?摆放整齐的桌子板凳也并没显出与以前有啥不一样。来人慢慢地、犹犹豫豫地走到柜台边,抬起头看正上方挂的价目牌子。确实也没有什么好看的,一个小面馆,就那几种面,刀削面和压豆面都是大碗7元、小碗6元,另外还有一些附加品,鸡蛋一个1.5元,豆腐干一块0.5元。然而,那人一直看,一直看,直看得老板心里都有点儿发毛了。

"您要吃啥?"老板又问,"刀削面?还是压豆面?"

那人这才把目光从上边的价目牌子上收回来,却不看老板,只是莫名其妙地看着一个什么地方,抬起手来挠挠耳朵,许久才从嘴里蹦出一句话来:"我想卖鸡蛋。"

老板突然就泄了气，忍不住想再坐到柜台后边的椅子上去，但想想还是没有坐下。

"鸡蛋我们有，前几天刚刚进的，这不，饭店开了几天，还没有几个人进来吃饭呢！"老板搓了搓手，就揪大拇指指甲边上的一块皮。不知道为什么，老板这一刻特别想揪手上的那块皮，那是开店前收拾厨房时不小心擦起来的，当时也没有感觉到疼，现在也没有感觉，但老板看着那块皮总是想揪，总是想揪。

店是三四天前开的，这个小城开削面馆的店多，人们早晨和晚上一般都会到面馆吃面。政府一发餐饮业可以复工的通告，老板就忙着开门了，但他没有想到进来吃面的人会这么少。网上许多人都说想刀削面都想得茶不思寝不安了，原来大家都是在调侃而已。

"也是，也是。"那人尴尬地笑笑，站也不是，走也不是，便也尴尬地随了老板的目光扭过头来朝门口望着。

一个人从门口晃了过去，又一个人也晃了过去，人们似乎突然变得不喜欢吃饭了。

"店门开了好几天了，也没有几个人进来吃过。"老板似乎是自言自语，又似乎是对那人说。老板一边说，一边还在揪手上的皮。

"确实是，确实是，人们好像不喜欢吃鸡蛋了。"那人说。

"可不是，人们好像连饭都不喜欢吃了。"老板也说。

"人终究还是要吃饭的。人怎么能不吃饭呢，是不是？"那人比刚才说话流畅了一些，然而还是不怎么看老板的脸，主要是不看老板的眼睛。

"谁知道呢，谁知道呢，"老板的嘴咧了一下，原来是老板还在揪手上的皮，突然就揪出血了，突然就疼了起来。

"有好几百斤鸡蛋堆在家里，没有人要就都要坏了，没有人要就真的都要坏了！"那人又尴尬起来，说，"管它呢，管它呢，来一碗削面吧，小碗，不要鸡蛋，不要豆腐干……"说到这儿，那人的话停住了，竟暗暗地咬了咬牙，从嘴里又憋出一句话来："加……还是加一个鸡蛋吧。"

老板的脸动了一下，似乎忘了手上的疼，朝着后边喊了一声："一碗削面，小碗！"

面上来了，那人夹了咸菜，倒了醋，吃得很快，面都吃完了，汤也喝完了，那个鸡蛋还在。

那个鸡蛋一开始搁在面的上面，后来浮在汤的上面，面和汤都没有了，那鸡蛋就在碗底孤零零地待着。那人把筷子伸向鸡蛋，却没有夹起来，而是一下一下地拨弄着，碗很滑，那人一拨，鸡蛋就会动很长时间，过一会儿，那人就再拨一下。

老板朝门那边看看,再看看那人。老板看到了那人拨鸡蛋的样子,看着看着,就看到有一群鸡蛋在那人的碗里动。继而,老板看见一群母鸡在那人的眼睛里走来走去。

结账的时候,那人掏出钱来。老板就又看到了那人眼里的那群鸡,也看到了鸡群后边一颗一颗的鸡蛋,就说:"还是给送些鸡蛋吧,但不能太多。进来吃饭的人确实不多,这你也看到了。"老板停了一下,"不过兴许过几天来吃饭的人就多起来了,兴许是呢。肯定是呢,你说是不?"

那人拿钱的手抖了一下,那人第一次看着老板的眼睛。

那人的脖子动了一下,似乎他刚才吃进去的鸡蛋一直在嗓子里停着,听老板这么一说,那鸡蛋就顺着嗓子滑下去了。

"是呢,是呢。人终究是要吃饭的,人终究是要吃饭的,兴许明天吃饭的人就多起来了。"

"怎不是?怎不是?"老板附和着。街上的风似乎大了一些,风一吹门帘又动了起来,门帘一动,竟然真的有几个人推开门走了进来。

……

夜有点儿深了,吃饭的人都已经走了,店老板还在柜台后边坐着。摘了在店里才戴的帽子,老板看上去还很年轻。老板专心致志地看着手机,只看着手机,一动不动。似乎是下定了决心,他慢慢地拨通了电话:"睡了吗?噢,没睡?……今天人还是不多,以前的人不知道一下子都到哪里去了?政府出台了优惠政策,今天收煤气的来了,煤气费优惠了,听说水电啥的也会免一些。还有工商税务似乎都有政策……管他呢,管他呢,反正是,生意总有一天会好起来,总有一天会好起来。只是……只是咱们的婚礼恐怕是要推迟了。两三个月没有开张,给你买戒指的钱恐怕也得挪用了,布置房子的事也得搁一搁了……你说这事,你说这事……"之后,便是一串尴尬的笑声,让从外边拥进店里的黑暗也尴尬了起来。

之后呢,年轻的老板又开始说话:"今天有一个人来店里,说他家里存下了好几百斤鸡蛋,你说这事……你说这事……我从他的眼睛里竟然看到了一群母鸡走来走去,还看到了一颗颗白生生的鸡蛋晃来晃去。"

"你说这事……你说这事……碰到了这坎儿,谁都不容易哩,谁都不容易哩。兴许是,肯定是,挺一挺,再挺一挺,一切就都过去了。你说是不是?"

说着话,老板竟然睡着了。

(选自《大同日报》2020 年 4 月 12 日)

白天和夜晚

_李义文

早晨六点,楼道里还比较暗。李勤按了一下楼道灯,灯光照得门框边的烫金婚联闪闪发光。他用钥匙轻轻地扭动门锁,姜丽还是听见了。姜丽早就醒了,只不过是她舍不得离开温暖的被窝,还想在床上多赖一会儿。

李勤把鞋子脱在门外,轻轻地带上门,在门口换了拖鞋。他用酒精将手心手背喷得湿漉漉的,然后将门把手、手机、口罩、警服一一消杀。他把口罩放入垃圾桶,脱下警服,换上妻子备好放在沙发上的睡衣,把警服晾到阳台通风,来到卫生间慢慢地洗手。这些是他每天执勤回来必做的功课,不敢有半点疏忽,唯恐病毒趁机而入。

李勤轻轻地打开卧室门,姜丽坐在床上,已穿好了毛衣,正弯曲着右臂套着羽绒服的袖子,一绺头发耷拉在前额上,脸上带着慵懒的娇媚。她望着靠着门的丈夫,眼里充满柔情,有一种撒娇的冲动。要是在疫情前,李勤会情不自禁地去拥抱她,给她一个深情的吻。而今天李勤却说,懒猫,快起床吧!

李勤煮好饺子,姜丽已经梳洗完了,两人坐在桌边开始吃早餐。姜丽一边把饺子往嘴里送,一边问李勤,外面下雨没?李勤嘴里嚼着饺子,说,回来时不下了。昨天半夜下了一阵大雨,帐篷、地面上水直流,连站的地方都没有。姜丽心疼地看着丈夫,说,你们值夜班真辛苦。

姜丽扫了一眼墙上的时钟,突然叫道,不好了,上班要迟到了。她丢下筷子,匆忙戴口罩。李勤拿着她的小背包送她到门口,姜丽接过背包匆匆下楼,还不忘叮嘱丈夫一句,你好好补上一觉。

李勤回到桌前,继续吃着饺子。他的心却随着妻子去了。他知道姜丽此时启动了那辆粉红色的电动车,她要用一分钟到达小区大门。大门关闭,有社区人员值守，姜丽停车出示工作证，社区人员放行。用三分钟穿过碧玉巷左转进入建设路，八分钟后右转到绣林大道，九分钟后左转进入解放路，这时可以看见石桥社区服务中心那栋楼房了。三分钟后姜丽停好车，走进办公室，在一张有电脑的办公桌前坐下，那些各种各样的统计表在等着她。

　　吃完饭李勤洗了个澡。走进卧室，妻子起来没有叠被子，她的被子还保持着她起床时的形状，而自己的被子孤独地蹲在一边，还是昨天自己离开时叠的。他展开自己的被子钻了进去，感觉被子里有些冷，就把一只脚伸进妻子的被子里，紧接着又把另一只脚伸过去，慢慢地，把身子也移了过去。脸贴着妻子的枕头，嗅着妻子的体香，感受着妻子被子里的余温，一会儿就响起鼾声。

　　晚上六点三十分，姜丽回来的时候李勤做好了晚饭。在这之前，李勤涮洗了丢在洗碗池里的碗，洗了家里换下的衣服，给乡下的父母打了电话，还在电视前消磨一段时光。

　　李勤听到上楼的脚步声，知道姜丽回来了。他迎在门口接过姜丽的背包，然后用酒精帮她消毒。

　　看到桌上的饭菜，姜丽觉得有些意外，与李勤相识到结婚，除了煮过熟食，他就没有下厨房做过菜。她好奇地夹了一块腊肉放在口中，咸！又夹了一口白菜，还是咸。她虽然对菜的味道不满意，但心里还是高兴的。

　　吃完饭，姜丽给丈夫的开水瓶灌满开水，在门口目送着他离去。屋里又剩下她一个人了，她赶紧到厨房收拾碗筷。厨房里凌乱不堪，橱柜上沾着菜叶，地板上湿漉漉的，残留着垃圾，洗碗池被饭菜渣堵住了。她一边收拾一边埋怨起丈夫来。

　　外面又下雨了，雨点打得防盗窗上的铁皮"啪啪"作响。姜丽想着李勤正站在国道湘鄂交界处的帐篷里，监视着前方风雨中的铁栅栏，身上突然觉得一阵冷，立刻停止了埋怨。

　　上床休息时，看到丈夫的被子没叠，以为他的被窝里会暖和些，就钻了进去。没想到很冷，于是又挪到自己的被子里，自己的被窝里是暖的。原来，他是在自己这边睡的觉，想到这，心里立时暖了起来。

（选自《天池小小说》2020年第7期）

第二辑

罗家村

_聂鑫森

这块地方叫走马坪,周围虽是莽莽苍苍的大山,却懂事地让出一大片平地,真的可以走马。现在当然不必走马了,有一条很规整的公路通到这里来,还有一个几十栋红砖青瓦屋舍的村子——长乐村。

长乐村原名罗家村,是从七十里外的大楚山麒麟谷,易地扶贫整体搬迁来的。麒麟谷山穷水恶,村民靠可怜的山田维持半饥半饱的生活,交通极不好,只有缠绕不清的羊肠小道,土产品要靠挑担子运出去,还变不了几个钱。一方水土硬是养不活一方人,要脱贫只有离乡别土。县里做出大规划,让罗家村搬迁到走马坪,又通过专家论证,把麒麟谷谷口封起来,变成一个湖,用来发展乡村旅游业。

村民在这里房子住得舒适,照样分了自留地、自留山,只要愿意还可以加入专业的种植、养殖队,孩子们可以到离此不远的镇上学校去读书。就连老人最记挂的祖坟,县里也考虑得周全,专门拨出一块山地安置。谁还会有异乡客居的烦愁?

下了好些天的春雨,终于停了,云缝里透出了几缕晴光。

四十岁出头的村支书罗广文，匆匆吃过早饭后，快步走进村办公室。刚刚坐下，一个青皮后生就闯了进来，大声说："罗书记，出大事了！"

罗广文惊得从椅子上弹了起来，问："出什么大事了？"

"罗奉宗失踪了，他家的门也没锁，人却不见了。邻居说，昨晚碰见他出门，说是掉了一样东西，要去找。"

罗广文说："多叫几个人，去把他找回来！"

这个罗奉宗，按辈分是罗广文的叔公，读过私塾，当过乡政府的文书，如今八十多岁了，腿脚还硬扎。老人是接到村委会的电话，前天才从长沙的女儿家赶回来的。长乐村按政策给他留了一栋房子，所有的东西都替他搬来了，门也上了锁，他可以安心住在省城。谁知他雷急火急赶回来，并立即找到罗广文，捋着一把山羊胡子，火气冲天地说："村长开会去了，我找你。不要叫什么长乐村，要用老村名，罗家村是上了族谱的！"

不断地有手机电话打来，告诉罗广文，老人没找到。

罗广文猛地一拍大腿，老人只怕是去了罗家村。他有什么金贵的东西藏在老屋里？存折？金器？现款？不可能，这些东西即便有，他去省城也会带在身上。按规定，今天下午六时，麒麟谷谷口的大坝合龙，水位就会往上升，罗家村是要淹在湖底的！罗广文看看电子手表，已是上午九点，离合龙只有八个小时了。只有打手机向镇政府求援，借用一下那辆破旧吉普车，人命关天啊。

这消息全村一下子都知道了。罗广文的妻子也赶来了，眼泪汪汪的。

罗广文说："我又不是去上刑场，赶快揩干这几滴猫尿，让人看笑话。"

镇里的年轻司机罗广孝，把吉普车开来了。罗广文决定不带任何人去，这毕竟是件危险的事。

吉普车喘着粗气开始奔跑。

"快！快！"

罗广孝也是罗家村人，和罗广文虽不是亲兄弟，却是一个字派的同辈人。"罗书记，这车又老又破，就这个速度！"

两个小时后，吉普车进入麒麟谷，沿一条窄窄的土路往山下小心地滑行。太寂静了，罗广孝不时地摁响喇叭，为自己壮胆。

"你把车停在猴石坪，从那里到罗家村，还有十里路。我下午五点前赶回，若是没来，你就往回开，不要等我们。"

"罗书记，你一定要赶回来！这是我给你们准备的面包和矿泉水。"

车到猴石坪，罗广文跳下了车，提着塑料袋，撒腿往罗家村跑去。崎岖蜿蜒的小路，树枝、棘丛刮得衣服哗啦啦响。

正午，他赶到了罗家村。

一片残垣断壁，房屋的木梁、木柱、木门和瓦，早卸下来运走了，菜畦上空无一物，只有一些院子里的树，还在无忧无虑地站着。罗广文一边喊着"奉宗叔公"，一边奔向罗家的小院子。

"广文——我在这里——"

声音从没有屋顶的卧室里传出来。

罗广文穿过堂屋，蹿进卧室，只见罗奉宗一身破破烂烂，满脸是土灰和血痕，瘫坐在地上。

"叔公，快走，要合龙了！"

"不！"罗奉宗说，"我的腿跌断了，我没有力气了。这里有把破锄头，快把墙角那堆破砖烂瓦扒开，里面有宝贝！"

"金银财宝也不要了，命要紧！"

"比金银财宝还宝贵。快！"

罗广文赶快打开矿泉水瓶盖，又拿出一个面包，递给罗奉宗。"你先喝水吃面包，我来找宝贝。"

罗奉宗嘿嘿地笑了。

罗广文也喝了几口水，狼吞虎咽了一个面包，抡起锄头奋力扒开那堆砖瓦，露出一块青石板，再把青石板撬开，居然露出一个小小的石室，里面放着一个旧樟木匣。

"广文侄，快给我！"

罗奉宗接过木匣，抽开木盖子，里面竟是一叠古旧的线装书，封面上用毛笔写着"石城罗家村罗氏支谱"一行楷字。

"叔公，就为这个？你跑这么远的路，还跌断了腿！"

"这是罗氏总族谱的支谱，是罗家村的命根子。你知道吗？罗氏族人到这里来有几百年了。'罗'字的繁体字，是张网捕鸟的意思，那是我们老祖宗谋生的手段。我们这一支的先人，肇始于湖北枝江的罗国。罗氏子孙繁茂，出过不少大人物，名将罗成，写《三国演义》的罗贯中，当过岳麓书院山长的罗典……没有这个支谱，罗家村的后人就不知道是从哪里来的，岂不是成了无根之木、无源之水？"

罗广文很感动，眼圈红了。他赶快脱下外衣，把木匣包扎好打上结，再寻根废麻绳，横竖缠扎后挂到胸前。

"叔公，我背你走。还要快，五点合龙哩！"

"我不走，我不能拖累你。你来拿走这木匣，我死而无憾了。"

"叔公，我求你了！"

罗广文边说边把挣扎的罗奉宗背到背上，大叫一声："罗家村，我们走了！"

　　一路跌跌撞撞，赶到猴石坪时，五点还差十分！

　　罗广孝正在吉普车边，像一头困兽不停地在原地转着圈。见他们来了，赶忙去发动车，再去搀扶罗奉宗上车。

　　车轮子转动起来，罗广孝用力地撼响几声喇叭，一踩油门，车子开始加速。

　　"罗书记，叔公到底带回了什么好东西？

　　"命根子！"

　　……

　　十天后，长乐村经镇政府批准再改名为罗家村！挂牌的那天上午，村口响起经久不息的鞭炮声。

（选自《广州文艺》2020年第1期）

精准扶贫往事

_吴卫华

老郭是县物价局的干部,也是我的好邻居。县里推行精准扶贫,老郭帮扶着大屯村三户贫困人家。政策内的事都好说,可政策外的,有时真让老郭哭笑不得,又不能不认真对待。我喜欢听老郭讲在乡下的扶贫故事,一次老郭讲到周广财的事,我听后心里感到异样温暖。

大屯村的孤寡老人周广财,老郭帮扶了他两年多,已脱贫,本着脱贫不脱政策,他还是老郭的帮扶对象。周广财一辈子没老婆儿女,但为人真诚老实。老郭第一次去周广财家,就碰到了一件凶险事。当时周广财正在蹲厕所,听见外面说扶贫干部来看他,拎起裤子想从厕所出来,不承想因为便秘蹲的时间太长,刚站起来就头晕目眩,一头扎到了砖砌的地面上。老郭不嫌污臭,把头破血流、昏迷不醒的周广财用车送到镇医院,自掏腰包给周广财付了医疗费,并给周广财买了身新衣服换上。周广财对老郭感激得不知说什么好。

老郭今年夏天到周广财家时,让周广财有什么困难只管说。周广财直搓两只粗糙的大手,双眼在自家院子里乱瞅,好像要随机找出一件困难事帮助老郭交差,可院子里满跑着鸡,圈里养着猪,粮囤里有小麦,堂屋里显眼处还有县里送的米、面、油,实在找不出衣食上的困难。末了,周广财捡出一篮子鸡蛋塞给老郭:"真要我说困难,就是养的鸡下的蛋太多了,我一个人吃不完,又怕坏了,这些年老是受政府救济,我心里过意不去,这篮子鸡蛋你就代政府收下吧!"

老郭忙说:"我是来帮扶你的,怎么能从你家里拿东西?"

周广财急了:"你不要这鸡蛋,以后就别来我家了。"

老郭没办法,只得折中说:"那你卖给我吧,白送真不敢收,有受贿的嫌疑。"

周广财想了想，蹲下身子一个个仔细地向篮子外数鸡蛋，整整100个，这数目怎么都像是提前准备好的。周广财数完鸡蛋说："5毛钱一个，100个正好50块钱。"

老郭知道乡下的笨鸡蛋一个卖1.5元钱，他说："大爷，哪有这么便宜的？"

周广财把鸡蛋又一个个放回篮子里，执拗地说："我就这么卖的了。"

老郭需要这篮子鸡蛋，周广财贱卖他只得贱买。老郭提着篮子向外走时，周广财在后面紧着嘱咐："这些可全是乡下真正的笨鸡蛋，我养的鸡，都是吃青虫、草粒、小麦长大的，没添加一点儿激素饲料。你家老大媳妇坐月子，正好吃笨鸡蛋补养身体。"

老郭愣了一下，周广财怎么知道他大儿媳妇坐月子在找笨鸡蛋的事？唉，自己对周广财的情况还有所不明，现在倒是周广财对他了如指掌了。

两年多的帮扶，把老郭和周广财紧紧地联结在了一起。有一次，周广财吞吞吐吐地同老郭说："我光棍一个，也没个什么大事，不知向外随出了多少礼钱。"

老郭笑说："你那意思想搞个事情，把礼钱收回来？"

周广财的老脸红了一下："我无儿无女，结婚办满月的机会想都别想，只有我死了办丧事，乡里乡亲可能来给我上礼。"

老郭吓了一跳："大爷，你千万别想这歪主意。"

周广财说："我还没有糊涂到要财不要命的地步，你要是肯帮我一个忙，我就能实现这个心愿。"

老郭说："只要能帮上忙，我决不推辞。"

周广财看着老郭："你得说话算数。"

老郭一拍胸脯："我三天两头朝你家跑，不就是来帮扶你的吗？你的事就是我工作上的大事，只管说。"

周广财说："我的年纪是你父亲辈的，我想让你给我当干儿。"

老郭想不到周广财说出这样的话，不禁怔住了。周广财又说："你是县里下来的干部，给我当干儿确实委屈了你。"

老郭怕周广财尴尬，又想："老爹"在古代只是对老者的一种称呼，无关远近尊卑，也就坦然了，笑嘻嘻地说："从今儿起你就是我的老爹了。"

不想过了几天，周广财突然打电话要老郭紧急去他家一趟，也不说什么事儿。老郭急急地赶了去，进院就见周广财家摆了好几桌酒菜，许多乡亲坐等老郭的到来。老郭不明就里，问周广财："老爹，家里什么事招待这么多人？"

在座的乡亲都瞪着眼看老郭，老郭进门那一声"老爹"，把他们全逗笑了，大伙儿齐刷刷地站起来敬周广财喜得贵子。老郭一下子明白过来，周广财为了收回多年随出去的礼金，还真把他当干儿公布于众了，这不是出老郭的洋相吗？老郭无可奈何地配合周广财把戏演下去，心里对周广财很是生气。

等乡亲们吃喝完全部离开后，周广财把5000元礼金和他的25000元积蓄，全部拿出来递给老郭："这是3万块钱，别嫌少，先拿去给老二救救急。"

老郭一下子明白了周广财的良苦用心，眼泪再也止不住地流下来，老郭的二儿子开车撞伤了人，因为刚买的车，只上了交强险，保险金额低，车祸惨重，得赔偿人家二十多万元，老郭正为筹钱焦头烂额。老郭紧紧地握住周广财的大手："老爹，这钱我真的不能要。"

周广财生气地说："我也算是老二的干爷爷，你怎么尽跟我说见外话?!乡亲都知道咱爷儿俩是干亲，钱财来往跟国法毫不相关。"

老郭跟我讲完这些，眼睛湿润润的。我俩都沉默着。老郭又开口说话时，就显得很动感情，他说："这钱，我一定要还上。这情，我要记一辈子的。"

（选自《百花园》2020年第1期）

落水的羊

_江 岸

春末的一天，高永清驾车翻山越岭，不远数百里，一路颠簸开到了黄泥湾，开始了他驻村任第一村支书的生活。

黄泥湾村地处大别山腹地，既闭塞又落后。别的方面，他都能将就，就是每天忙罢了，苦于晚上无法痛痛快快洗个热水澡，只能用木柴烧一壶热水，擦擦身子，这让他极不适应。他毕竟在城里生城里长，没有农村生活经历。

好在夏天很快到来了，他这个棘手的生活问题便迎刃而解。

依傍着黄泥湾村的，有一条大沙河，名唤洗脂河。河水清澈见底，河底是白亮亮的细沙，水中可见三五成群的银色小鱼穿梭。每天吃过晚饭，高永清就来到河边，换上泳裤，欢欢实实地在水潭里游几个来回，既清洁了身体，又解乏。

到这个水潭里游泳的，除了他之外，还有村里一些半大的孩子。这些山里的孩子只会狗刨，不会正规的游泳姿势。高永清和他们混熟了，就演示蛙泳、蝶泳、自由泳等泳姿给他们看，还手把手地纠正他们不到位的动作。一来二去，这些孩子也游得有模有样了。

有一天，高永清因为工作忙来晚了，他到的时候，水潭里已是一片欢腾。他脱掉长裤，背转身换泳裤的时候，孩子们一起哄笑。

你们笑什么？他好奇地问。

有一个大一点儿的孩子说，我们这里的人，都是光屁股游泳，穿裤头游泳的，过去只是在电视上看过。

高永清也笑了，他将泳裤扔到沙滩上，光着身子扑腾一声跳进了水潭里，温润的河水一下子彻头彻尾地包围着他的每一处肌肤，舒服极了。还别说，这裸泳的感觉就是好。

高永清能和村里半大的孩子们很快打成一片，和村里的成年人就更不用说啦。这些村民都没拿他当外人，工作范围内的，工作范围外的，能说的，不能说的，什么事情都会和他说。高永清既感到欣慰，有时候也不免有些烦躁。但是，他一想起上级的要求，"群众利益无小事"，就静下心来，洗耳恭听，能出主意、想办法解决的，当然没问题，实在无能为力的，也能温和地安慰几句。

很快到了梅雨季节。高永清第一次见到山洪暴发的场景。上午连续下了两个多小时的暴雨，风停雨住的时候，平时温驯如猫咪的洗脂河，俨然变成了一匹奔腾的野马、一条翻滚的巨龙。他和许多乡亲一起伫立岸边看洪水，但见洗脂河洪水奔涌，浊浪滔天。他真的没想到山洪暴发的时候，一条小小的溪流居然有了大江大河的磅礴气势。

突然，一个老人拖着哭腔在不远处喊起来，快救救我的羊，快救救我的羊啊！

高永清循声看去，是村里的贫困户老吴头。说话间，老吴头已经跌跌撞撞跑了过来，直接跑到了他的面前。

老吴头紧紧抓住高永清的手，慌忙地说，高书记，快救救我的羊啊！

高永清说，吴大叔，您别急，慢慢说，您的羊怎么了？

老吴头说，掉河里，掉河里了。

高永清往河里一看，只见一个白色的羊头在洪水浊浪里若隐若现，从面前湍急的水流中疾速漂了过去。

老吴头催促道，高书记，快啊，晚了就来不及啦！

高永清搓搓手说，吴大叔，这水也太大了，恐怕我也没办法救您的羊。

老吴头说，听孩子们说，你不是会游泳吗？

高永清苦笑着说，那和现在不一样啊。

洪水裹挟着老吴头的羊疾驰而去，不一会儿，羊就没影儿了。

老吴头抹着眼泪，转身走开，一边走一边嘀咕，我的羊，我的羊……

高永清有些不忍心，想了想，冲着老吴头的背影说，吴大叔，一会儿您和我一起到村部去，我赔您的羊。

高永清随身携带的现金也不是很多。到了村部驻地，他打开行李箱，取出皮夹子，掏了一千元出来，递给一路跟过来的老吴头。

老吴头没有任何推辞，双手接过去，蘸着唾沫，点了点钱，闷声不响地走了。既没有道一声谢，也没有说一声再见，就那么心安理得地走了。仿佛他吴某人是债主，高某人欠了他的债一样。

高永清的心突然被针刺似的痛起来。

村支书崔玉山闻讯，跑过来问他，你赔老吴头一千元钱的事情是真是假？

高永清点了点头。

崔支书说，高书记，你傻不傻啊？你也不问问清楚，他的羊有多大，几斤几两，就急着赔他钱。据我所知，老吴头被冲走的只是刚生下来不久的一只小羊羔，根本值不了多少钱。

哦。高永清淡淡地应了一声。

高永清本来有雷打不动的午休习惯。可这天整个中午，他坐在办公桌前纹丝不动，内心翻江倒海。好在被洪水冲走的只是一只羊而已。如果是一头价值近万元的牛呢？他赔不赔？如果家家户户都有牲畜被冲走呢？他赔得起吗？如果，再如果，今天洪水冲走的是一个活生生的人呢……

高永清感到不寒而栗，不敢再往深处想了。他叹了口气，看来这扶贫工作真的还有许多的工作要做。

(选自《奔流》2020年信阳卷)

最后一个贫困户

_ 赵明山

我驻村帮扶的于家屯的十几户贫困户都脱了贫,唯独于卓这一户摘不了帽儿。

说是一户,其实也就他一个人。于卓是个光棍儿,贫困户的帽子戴了十几年,戴着戴着就长在了头上,像头发一样,揪都揪不下来。别人想帮他摘下来,可他自己捂着摁着,好像这顶帽子是他的宝贝。他背地里说,贫困户咋了?有低保有救济,过年政府还送油送米,旱涝保收,比干啥都强。

我刚进村的时候,于卓正在跟几个老太太打麻将。村主任叫他,他头都没抬,一边摸牌一边说,我现在啥都不用操心,反正你们得让我过上好日子。上边说了,有一户脱不了贫,你们都交不了差。半支烟在他嘴里一翘一翘的,烟灰飞得满桌子都是。村主任上前拉他拉不动,他的屁股像粘在了凳子上。一个老太太不耐烦地朝于卓摆手,赶紧走,赶紧走,你欠的两块钱我也不要了。村主任把于卓拽到一边说,这是来咱村扶贫的赵主任,你有什么难处,赵主任帮你解决。于卓瞟了我一眼说,那就来点儿实际的,先给我几百块钱把账还了。

村主任偷偷跟我说,你先不要考虑让于卓搞养殖脱贫,到头来肯定是竹篮子打水。前两年有个帮扶单位给于卓买了两只羊,没过几天就让他给偷偷卖了,卖羊的钱还没揣热乎就花光了。你要是给他弄一群鸡,过不了半月准让他给炖了。他给人家打工,三天打鱼两天晒网,没常性。还是想想别的法子吧。

我说,看来还得仔细给他号号脉。村主任望着我的脸:你还懂医术?

我在于家屯工作很顺利,扶贫由"大水漫灌"转变为"精确滴灌"之后,扶贫就像滴灌,节水又高效。我和镇村干部对症下药,因户施策,十几户贫困户变化很大,不仅都有了稳定的收入,而且日子一天比一天好。

但就是这个于卓，总不叫人省心。我接了一个电话，马不停蹄赶到朋友的工厂。只见于卓躺在工厂保卫室门口，手里攥着一个酒瓶子，醉得一摊烂泥似的。厂长站在旁边呼哧呼哧喘着粗气，圆圆的肚子一鼓一鼓。厂长说：赵主任，别怪我不给你面子，这个人我是一分钟都不能留了。你们扶贫要成绩，我总不能拿自己的企业开玩笑吧？于卓晚上值班时把自己灌醉了，工厂大门忘了关，溜进几个人一阵子翻腾，幸亏被工人发现，才算没丢东西。

我和村主任把于卓塞进车，像拉回一件被退货的残次品，灰头土脸回到村里。村主任端起一盆凉水哗地浇到他头上，于卓一个冷战睁开了眼。村主任气得转磨，于卓啊于卓，叫我说你什么好呢！赵主任求爷爷告奶奶给你找了一份工作，你可倒好……丢人哪！于卓却不领情：主任，甭费事了，我自个儿都不嫌自个儿穷，你们忙活个啥！说完缓缓地站起身，晃晃悠悠走了。

村主任呸了一口，他娘的费力不讨好！

我突然问村主任，于卓为什么没娶媳妇呢？

就他？村主任的嘴撇到后脑勺，谁家的闺女会嫁给他！家里穷得叮当响，除了喝酒就是打牌，哪个女人愿意往火坑里跳？

于卓如果结了婚，是不是就改变了？我像是在自言自语，也像是在问村主任。

村主任说这跟结不结婚有啥关系，再说了，现在农村男多女少，年轻小伙子找对象都困难，何况他一个四十多岁的人。他叹了口气又说，于卓的爹妈死得早，日子恓惶，一晃就错过了结婚的好年纪，越来越难对付了。

回到宿舍，我给另外几个村的扶贫干部打电话，跟他们讲了我的想法。他们听了哈哈大笑，说老赵你是不是闲得没事干了，县里是让你来扶贫，又不是让你来当媒婆，你是不是管得出圈儿了？我说你们先别笑，照我说的去做就行了。

没过几天，有电话打过来，这个镇的张庄有一个寡妇，丈夫去世两年，带着一个孩子过日子。因为给丈夫治病，背了不少债，也是一个贫困户。张庄的扶贫干部说，我看这事希望不大，两个贫困户加在一起，那成什么了？我说先不用那么悲观，行不行只有试试才能知道。

托人一提，见了两次面，亲事就成了。

于家屯的人不相信于卓还能娶上媳妇，连我自己都有做梦的感觉。真正感觉在做梦的是于卓两口子，是一个来得太突然的梦。于卓家的院子里不但有了笑声，而且还有了鸡鸭的叫声，母羊产下小羊羔，咩咩叫着满院子蹦蹦跳跳。

麻将桌上再也见不到于卓了，几个老太太挤眉弄眼地说，麻将哪有新媳妇好啊？

其实，于卓真没空打牌，他正与媳妇一起，在奶牛场挤奶呢。

（选自《沧州日报》2020年5月22日）

老歪其人

_三　石

乡里为加强脱贫攻坚力度，由班子成员带队成立工作组，组员则从各自分管口子调取，每组挂一个贫困村。

我是副乡长，虽刚从其他乡提拔过来，但也得带一个组。问题是我分管的口子是办事中心，人虽有几个，但一个萝卜一个坑，不可能抽得出人跟着我下村。乡长说，那就让老歪帮你吧。我心里直犯嘀咕，这老歪，都奔六了，还是乡办一打杂的，能帮什么？乡长笑着说，别看老歪长得憨厚老实，平时不显山露水，脑子却活络，歪点子多，关键时刻能顶用。

对于乡长的话，我虽然心存疑虑，但也不好明言。但之后发生的事，感觉乡长所言非虚。

贫困户曹德明，家境不顺，父母妻儿轮流住院。曹德明疑神疑鬼，听信风水先生胡言乱语，说是门前新修的小路致风水外泄。趁月黑风高，曹德明砌砖垒石，一夜之间将路封个严实。我带着村干部上门做工作，摆事实，讲道理，曹德明不理不睬，听得烦了，说，我家要出了人命你负责？我咬牙说，行，出了人命我负责。曹德明不屑一顾，切，你负得了责，谁都负不了。也是无奈，准备组织人员强行拆除，老歪却不同意，说若强行拆除，动起手来对谁都不好。我没好气地说，站着讲话不腰疼，你有办法你来？老歪说，没问题，我去试试。

老歪怎么做的工作我不知道，只是老歪回到村委会时，胸有成竹地说，放心，明天曹德明准来村里解决。

果然，第二天一早曹德明就来了，骂骂咧咧，说是有人将他家出路给封了。原来，头天夜里，曹德明前面一户人家，将侧边一条小路用砖石砌了。本来曹德明封了自家门前的路，还可从这户人家侧面经过，这下好了，两条路都封了。老歪对曹德明说，你能封，别人就能封。你家不拆，我们也不好叫人家拆。

曹德明泄了气，夜里悄悄拆了个干净。

这事虽然解决得漂亮，但我还是觉得，这种"发动群众斗群众"的方式，有些不妥。老歪不以为意，这又不是原则问题，解决了就好。

村里有一个光棍，名叫曹小站，年纪不到五十，却懒得要死，整天缠着要当贫困户。平常倒也没什么，但如果有上级领导来调研，曹小站就成了麻烦。有一次，有领导要到村里来，我不敢大意，安排村干部去曹小站家做工作，让他别给乡里村里找麻烦。老歪却说，这一去，不是提醒曹小站了吗？我说，不事先做工作，你能有什么办法，难不成将曹小站控制起来？老歪说，那倒不用，交给我吧，保证明天见不着曹小站人影。

第二天下午，领导如期而至，在村里待了足有两个多小时，其间曹小站一直没有出现，甚至连老歪也不知去向。

领导离开后，老歪却出现了，醉醺醺的。我问他，曹小站呢，你没把他怎么样吧？老歪嘻嘻一笑，这小子喝多了，躺床上睡大觉呢。原来，午饭时，老歪带了两瓶酒和一只烤鸭，就在曹小站家，两人拎瓶对吹，生生将曹小站给灌醉了。

我松了口气，但仍觉得老歪这方法有点馊。老歪不以为意，这又不是原则问题，目的达到了，就成。

类似的事还有几件，就不一一道来了。

贫困村项目不少，修路建桥、改厕改水、农田改造，大部分是县、乡组织实施。但也有例外，有一个不小的项目，乡里将权力下放给了村里，好多人都托关系找路子，这其中，就包括老歪的准亲家。

老歪的儿子三十多了，好不容易说了门亲事，都谈婚论嫁了，这忙老歪要是帮不了，还没煮熟的鸭子，指不定就飞了。这事，老歪没有开口，我和村干部也没有明说，但私下合计将项目给了老歪的亲家，也算成全一桩姻缘。不想老歪却坚决反对，我提醒他，你可想好了，这可关系到你儿子的终身大事。老歪嘿嘿一笑，说没事，按我说的办，这事好解决。老歪让我到乡里要来一纸公函，指定项目必须采取公开摇号的方式，确定施工队伍。这一摇号，能否中标，凭的是手气，谁说了也不管用。老歪的亲家虽然报了名，不过手气不佳。

据说，事后老歪亲自向亲家赔罪，还说原本已经运作得差不多了，可乡里突然出面干涉，他也没辙。亲家虽然有些气恼，可老歪毕竟尽了力，也不好过多怪罪。

我问老歪,后来怎样了?

老歪笑笑说,下月初六请你喝喜酒。

我也笑了,笑过之后突然想起一个问题。老歪,若是因为这事,你亲家怪罪于你,悔了婚,那你怎么办?

老歪看了我一眼,淡然地说,那也没办法,这是原则问题,马虎不得。

(原载《南方农村报》2020年8月8日)

荞麦花开

_李德霞

一大早,爹从车棚里倒出小四轮儿拖拉机,给水箱注满水,往油箱加满油,又挂上车斗子。车斗子里,有带着尖尖犁铧的铁犁,有满满一麻袋荞麦种子。爹来到东院墙根儿下,隔着院墙喊:"大春哥在家吗?"

"在!"大春正在吃早饭,端着饭碗跑出来,"兄弟,啥事?"

爹说:"上午你有空吗?能不能帮我撒撒荞麦种子?"

大春说:"你要种荞麦?"

爹说:"今年春旱,大田没收成。这不刚刚下了场透雨嘛,荞麦生长期短,种荞麦还能赶得上趟。这叫大田不满小田补嘛。"

大春往嘴里扒拉一口饭,边嚼边说:"好好好,我帮你撒。"说着回了屋。

爹从东院墙走到西院墙,扒着墙头喊:"二贵兄弟在家吗?"

二贵屁颠儿屁颠儿跑出屋,笑嘻嘻地对爹说:"你和大春说的话,我在屋里都听到了。哥,是要我帮你撒荞麦种子的吧?"

爹呵呵一笑:"耳朵真尖。"

二贵边回屋边说:"这算啥事,我吃完饭就过去。"

工夫不大,大春来了,二贵也来了,两人爬上车斗子。爹驾驶着小四轮儿,嘣嘣嘣地跑出门去。

来到地里,卸掉车斗子,挂上铁犁,爹端坐在驾驶座上,整装待发。

大春、二贵挎个笸箩,里面装着满满的荞麦种子。两个人齐头并进,从这边地头往那边地头走,边走边撒,天女散花一般。

爹发动着小四轮儿,一路向前,泛着青光的犁铧翻卷起层层泥浪。

小半晌的时候,荞麦已种了大半。爹把小四轮儿停在地头,招呼大春和二贵过来歇歇。三个人头顶头围坐在地边，爹抛一支烟给大春，再抛一支烟给二贵。爹看着大春说："哥，你就没想过种荞麦？"

大春吸一口烟，吐个烟圈儿说："想过，咋没想过，可我家没荞麦种子呀。"

爹一脸的不高兴，说："没有种子不会说话吗？我家荞麦有的是，种多少，你说个数。"

大春想了想说："我家地多，至少也得种二十亩。"

爹顺手捏起一块小石子，在地上划拉个算式，边划拉边说："二十亩地，按每亩九斤算，二九一十八，要一百八十斤种子，那就是满满一麻袋了。响午回去，我给你称。"

大春连连点头，说："好好好，谢谢兄弟！"

爹扭脸面向二贵，问："你呢？种多少？"

二贵掐灭烟头，说："连我爹娘的一块种，少说也有十亩。"

爹说："一九得九，一百斤足够了。"

二贵点头如鸡啄米，说："够了，够了。"

爹看着大春、二贵说："咱村还有人家想种荞麦的吗？"

大春说："大田没收成，谁不想种？可没有种子咋种？"

二贵说："我表弟狗子昨天还找我借荞麦种子哩。"

爹说："你回去跟狗子说，让他下午来找我。"

那时，我家是村里数一数二的种粮大户，家里囤了不少粮食，有小麦，有莜麦，有豌豆，有荞麦……爹往外借荞麦的事，很快传遍了村里的犄角旮旯。刚吃过午饭，就有人拎着编织袋上我家借荞麦来了。

娘悄悄把爹拽到一边问："咱家荞麦，咋个借法？"

爹说："乡里乡亲的，借一斗，还一斗啊。"

娘拧着眉头说："现在荞麦都涨到一斤一块五了，是个好价钱了，那要是秋后跌了价可咋办？"

爹没有正面回答，而是反问娘："那要是涨了价呢？"

娘瘪瘪嘴，说不出话来。

很快，我家三千多斤荞麦都被村里人借走了。下午，村里没闲人，男男女女齐下地，家家户户种荞麦。

又一场雨过后，荞麦开花了。登高远望，满眼的银白，苍苍茫茫，像覆了一层厚厚的雪。爹最爱看这景儿，常常看得心潮澎湃……

荞麦归仓的时候，又传来好消息：荞麦涨价了，涨到了一斤两块钱。

爹回家，笑眯眯地瞅着娘说："咋样？赚了吧？"

娘一分为二看问题,说:"这是涨价了,那要是跌价了呢?"

爹说:"荞麦可以跌价,但咱的心不能跌价,也不会跌价。你说是不是?"

说这话时,爹像个哲学家。

(选自《天池小小说》2020年第3期)

送穷

_黄大刚

过小年,黄家庄家家户户要"采屋送穷",砍下竹子,留下顶部的竹叶,制成大扫把,扫除屋顶上的蜘蛛网,对全家进行一次大清洁。"采屋"过后的青竹不能留在家里,必须送到村里的垃圾堆烧了,这叫"送穷"。丢青竹前,都要念道:"送穷公,送穷婆,今年吃粿仔,明年吃阉鸡。"看着火把青竹吞没了,心中豁然开朗,没了穷运晦气缠身的重负,来年的好光景隐约可见。

早上起来吃过早饭,张山喂鸡,把鸭子赶到水塘,转来转去,就是不去砍竹子,婆娘看不下去了,催道:"日头都出来了,还不去砍竹子采屋。"张山出去了,日头爬到竹梢时,张山两手空空回来。"你都干嘛去了,竹子呢?""我牵牛去吃草了,你急啥,有啥好急的。"张山没好气地呛了婆娘一句。"到底你采不采屋送穷,我可告诉你,今天不采屋送穷,明日可就不兴了。""就你知道,啰里啰唆的。"张山声音大了起来。

说实在,张山有点不想"采屋送穷",自从当上了扶贫户,张山尝到了帮扶的甜头,帮扶的16头猪出栏了,去年底领到的黄牛下了一只牛崽,连续三年的水稻和瓜菜种植的肥料都是政府给的,那间住了三代的土坯房列入了危房改造,在政府补贴下,盖了起来。家里增加了收入,儿子大学毕业,在城里找到了工作,张山总算喘了口气。

张山的帮扶责任人是王东,村长叫他王科长。说实在的,王东来得勤,节假日除了慰问品还有慰问金,挖空心思为张山找脱贫的法子,特别是建新房,找有关部门鉴定,帮他填申报材料,跑上跑下,费了不少精神,张山打心底里感激他。可每次统计收入,张山就很不愉快,"哪有那么多。""不亏本就好了。""种出来就自个吃,没有收入。"……张山争辩,一副可怜的样子,王科长有时只得顺从他。

王科长对他家的环境卫生很有意见，地上密布着鸡屎、烟头，还有纸屑，脏衣服乱扔。

每次王科长都说："山爹搞一下卫生嘛，古人说，一屋不扫，何以扫天下。"

"科长，我哪有扫天下的本事。"

"一样道理嘛。"

"是，是。"张山把堆在椅子上的脏衣服挂到了绳子上，挥舞着手把鸡轰到了屋外。

王科长动手帮他打扫起卫生来，拦都拦不住，张山只好和王科长一起动手。

王科长指着整洁的屋子，说："山爹，打扫干净点不是舒服多了吗？"

张山满不在乎："领导，我没有觉得有什么不舒服的，打扫干净，不还是要脏。"

王科长说："山爹，你要拐过弯来，思想不要是老样子。"

"是，是。"张山连声应着。可下次来，张山家还是老样子，脏得没法下脚。

王科长多好的性子都忍不住，发了一通火："你干嘛这样？我帮扶你容易吗？来一趟跑几十里山路，我小孩病了都没空陪，就打扫卫生这样的小事，跟你说了那么多次，你就是不做，这事难吗？辛苦吗？明明知道上面要求贫困户打扫卫生，你还这样！"说到激动处，王科长的眼里溢出了泪花。

婆娘看在眼里，记在心上，开始收拾屋里的卫生，却被张山喝住了。女人嘟囔着："你看人家王科长……""你懂个屁。你再打扫给我看？就你能，是不是？"

女人不解地看着他，见他很凶的样子，只得放下扫把。

原以为家里太脏就可以不脱贫，没想到上个星期，王科长，还有村干部和他一笔一笔细算了收入，超过了贫困线，把他列入了今年的脱贫对象。

事实就在那里，他无法狡辩。

听村长说，这几天有暗访组要来暗访，王科长还特意打电话让他做好清洁卫生。

张山如溺水者抓住了稻草，如果被暗访组抓住了把柄，肯定脱不了贫的，张山盘算着。

张山铁了心，这次坚决不"采屋送穷"，虽说不吉利，但那是封建的说法，哪有扶贫政策来得实在。

"山爹，还没采屋啊？"听到王科长的声音，张山的身体不由抖了一下，慌乱站了起来："还……还没呢。砍不到竹子。"

"这样啊，这是春节的慰问品和慰问金。你等一下，我去慰问李池，顺便帮你把竹子砍回来。"王科长把油、米还有红包递给他。

"李池不是脱贫了吗？还慰问。"张山张大嘴巴。

"是，可是脱贫不脱政策，一样得慰问。"

王科长走得没了影，张山才回过神来，精神十足地收拾起屋里的东西来。

(选自《百花园》2020 年第 2 期)

这里的山会唱歌

_原上秋

我把山娃送去的时候,十几个老人一起说"来吧来吧"。十几个老人嘴巴说话,手里的活儿一刻也没有停下。他们都忙着编筐。我打听过,每完成一个,挣4块钱。老人们不停地唱歌,他们说"来吧来吧"之后,又一起唱起来。歌声像流过山涧的河,欢腾不息。

山娃可不是老人,他是一个牛犊一样的山里娃仔。山娃去过上海,他在上海开吊车。他坐在高高的吊车上看过高耸的楼、宽阔的街和潮涌一样的车流。

有一天,他一脚踩空,身体重重地砸在了上海。

山娃从上海回来,少了一条腿。他再也走不出大山。山娃每天看着门口的桃树发呆,桃树上一群一群的小鸟和他说话。他像树一样的安静,像山一样的沉默。

那一年我扶贫到了桃花源,想不到这个诗一样的名字却和贫困联系在一起。春天里,漫天的桃花盖住大山,整个世界灿烂一片。这里的风景能写出很多诗,却打不出多少粮食。他们靠山吃山,有时候山也吃人。每年都有生命消殒在开山的工地,像树叶一样沤在泥土里。

老人所编的柳筐,就是开山运石的器具。他们换回微薄的报酬,有时候换来亲人的尸体。老人们知道,生活不能只有眼泪,还应该有欢乐。德顺老汉说,我们唱歌吧。歌声随即而起,歌声从盛满柳条的小棚,飘满桃花源。快乐被风带着,塞满死寂的大山皱褶。

山娃来了,山娃唱一个。十几个老人给山娃喝彩。山娃不唱,山娃埋头编筐。山娃在上海,听了很多最流行的歌曲。一个人的时候,山娃把右手握成麦克风,能把天地唱暗。今天他唱不出来,他空空的裤管里,掩藏着他的忧伤。

桃花源不只有桃树，旮旯缝隙野生着柳条。桃花解决不了人的饥饿，柳条能。桃花源的老人都是魔术师，他们能将手中的柳条变成各色家庭用具。

山娃从一天编一个，到能编四个了。老人再鼓动山娃唱一个的时候，三娃唱了。三娃唱的是从上海学到的歌曲，既新潮又好听。老人们用脚板拍打着地面，荡起的尘埃迷离了眼睛，有上海滩大舞台的美轮美奂的效果。

德顺老汉八十九岁了，他的手竟然灵活得像一个小伙子。十几个老人中他编得最快，也最好。他的歌大家也爱听。他是这里名副其实的领袖。他的很多歌曲都是自编自创，腔调里满含大山的沧桑。他满嘴的牙齿早已不知去向，他的歌有一种含混不清的美感。听着他的歌，有人会指着他的表情说，看，多像山里的桃花。当然不是指的颜面，是那种凛冽里怒放的灿烂。

山娃一天编六个筐，赶上了德顺老汉。三娃唱歌也不再羞羞答答，他渐渐成了大棚里欢乐的主角。

不管谁一曲终了，山娃都会"嗨、嗨、嗨"，像一个出征归来的将军，敲起得胜战鼓。

上级进行扶贫成果验收，我把山娃、德顺老人和他的伙伴请到了舞台上。他们干着编筐的活儿，唱着快乐的歌，一下子把领导们镇住了。领导看惯了阳春白雪的舞台，山里人的精神风貌让他们吃惊。领导听罢，挨个握着山娃他们的手说，桃花源虽说经济还不富裕，但你们的精神最富有。

为了青山绿水，那些在山上打洞的人都撤下来了。

山娃和德顺老人的编筐没有停止，我把他们的柳筐联系到一个水果产区，平常的水果因精美的"柳编衣裳"价格倍增。水果商踏着山水过来，他在大棚里学会了歌唱。那天水果商和山娃他们一起合唱，南腔北调把山里的桃花都唱红了。水果商学会了快乐，他一路背着柳筐，嘴里哼着歌，在行人眼里就是一副山里人走南闯北的模样。他说他简直卖的就是柳编手艺，水果只是里面的装点。

山娃一天编八个筐，超过了德顺老汉。那一年，德顺老汉彻底退休了。他一头栽进他正在编织的筐里，再也没有醒来。

德顺老汉是一个人。

他的老伴儿早年得病，因没钱医治死在了山上，儿子和孙子先后死在了打石头的洞里。山娃和十几个老人用柳条编织了一副棺材，德顺老人很舒服地睡在了里面。他被埋在山上一棵大桃花树下，山坳里的风来到这里，会有桃花伴舞，有枝头和鸣。

每一个过来欣赏桃花的人，都仿佛听到山在歌唱。

（选自《渤海风》2020年第1期）

烧酒

_黄　静

上河村"三宝"：烧酒、鱼生和米粉。上河村人人能饮，人人好饮。高兴要饮，悲伤要饮，红事要饮，白事也要饮。上河村的酒坊，村头一个，村尾一个。上河村的天空，终日酒香弥漫。

村尾的酒坊，今天连烟酒都带着笑声，因为小主人江福英考上了重点大学。老爹江昌平平时的弯腰驼背、唯唯诺诺全不见了踪影，这会儿也学着村主任昂首挺胸，背着手走路了。村头的竹棚里，一帮人甩着扑克，玩得不亦乐乎，江昌平目不斜视地走过。

"老平，几时请饮？"

上河村人就是这样，谁家有喜事，只要你说出办酒的日子，那天一大早必有一帮人不请自来。他们的分工基本已经固定，甚而熟能生巧，一到主家就能立即上岗，买菜、做菜、洗碗、布台一应杂事，一律不用主家插手。贺客也不用一一通知，人们早已口口相传，到了那天自然备上红包拖家带口来吃酒席。烧酒落肚，平时有多大的嫌隙都放下了，猜码划拳，"哥俩好啊"叫得山响。

江昌平扭头，是潘醒光。这人平时见了他可是眼高于天的，这么热情，可还是头一回。也难怪人家鼻孔出气，人家婆娘争气，生了六个，愣是没一个杂色的，清一色带把。反观自己，生了六个女，招弟、盼弟、引弟、来弟、要弟、求弟的名字全用上了，直到第七胎，才求来了儿子。为了儿子好养活，不得不取个女孩的名字，乍一听，还是个女子。所以江昌平在潘醒光面前一直是自觉低一等，没有底气的。这会儿见潘醒光这么热情，马上反应过来，只有一个儿子怎么了？只有一个儿子也成才了！他潘醒光倒是有六个儿子，哪个读上了高中？立马昂着头，神清气爽地应道：

"还没定呢!定了日子一定告诉大家!"

六个女婿颇给江昌平长脸,做鱼生的鱼是花大价钱买的野生鲮鱼,每一碟肉菜都堆得冒尖儿,贺客吃得酣畅淋漓,把江昌平一家连带着几个女婿都赞个不停,仿佛他们以前从没有欺负或者看轻过他们一家。

酒酣耳热之际,潘醒光忽然叫道:"老江,你这酒有点辣啊!"

上河村米酒的醇厚绵软名扬四方,多少外县外省的酒客慕名而来,多少同道中人以喝到纯正的上河米酒为荣。潘醒光这样说,江昌平就知道,恐怕是心里不痛快了,马上扬声说:"那就不喝了,我叫厨房再上盘鱼生!"

升学酒热热闹闹地吃了三天,全村老少抹着油腻腻的嘴巴,见了江昌平热情得像见了多年未见的亲人。江昌平自觉自己在村里的地位提升了不少。

办完酒席,江昌平就拎着烧酒带儿子走亲戚,把早些年帮助过他家的人都谢了一遍。江昌平说:我们趁机把人情都还清了,你才好轻轻松松去上学。江福英天天跟着父亲起早摸黑,东奔西跑,累极了,从一开始的兴致勃勃到蔫头耷脑,别人的奉承话都听得累了,好不容易这天父亲说,今天最后一个了,江福英顿时觉得空气都顺畅起来。

不料第二天一大早,江福英又被父亲喊起床。

"不是谢完了吗?"江福英嘟哝着揉眼睛。

"昨晚我想了一下,还有一个。等下我们就进城找他。"

"我们家有亲戚在城里?"

"去了就知道了。"

江昌平带着江福英在城里七拐八拐,问了好多人,才敲响一家暗红的大门。

"找谁啊?"一个老头迟疑地打开门,似乎不相信有人会来找他。

江昌平仔细地看着老头,迟疑地说:"郝乡长,是你吧?"

老头马上变了脸色,气汹汹地说:"不是!""嘭"地关上门。

"哎!我是上河村的江昌平啊!郝……老弟,你不记得我了吗?那年我带过烧酒来,和你喝得两个人都进了医院,你忘了吗?"江昌平急忙喊。

"是你啊!"老头猛地打开门,"快进来!快进来!"

屋里灰蒙蒙的,两个老头各拽了一张看不出颜色的小凳,在脱漆的圆桌前坐下来,很快,你一杯,我一杯地干起来。

江昌平说:"记得不,当年我婆娘生孩子大出血,要不是你刚好来我们村检查,你让司机送我婆娘去医院,就是一尸两命啊!"

老头摆摆手:"多少年的事了!"

"多少年我都记得呢!如今这个你救下的小崽子出息了,考上重点大学了，我带他来感谢你。"

"日子过得真快啊！都这么大了！"老头看着江福英感慨地说，"年轻好啊，前途无量，不像我们老家伙，越活越没有劲头了……出来后，我就成孤家寡人了。"

"我不是公家人，不懂公家事，反正你肯救一个老百姓，你就是好人！"江昌平斩钉截铁地说，"来！干！"

两人再次推杯换盏，没多久都晕晕乎乎了，老头说："老哥……你这酒……有点辣！我的心……烧得有点痛……"

江昌平就"呵呵"地傻笑："我家的酒……好酒！"

（选自《广西文学》2020 年第 9 期）

五十米灯光

_ 陈凤群

山坡上围墙南北，校里校外。围墙南，是新南中学学生和教职工宿舍；围墙北，还是新南中学学生宿舍，不过是学生租赁房。由于新南中学学生宿位有限，全校近半学生要租房住。

张亮任教的高三（5）班48位学生，就有23人在围墙北租房走读。

张亮是支教老师，从省城广州第五中学来到边远山区新南县新南中学助教半年，为学生提供心理援助和教学辅助。

助教第二天，张亮发现班上很多学生爱擦拭眼睛，心里起了疑窦。

当天下午最后一节自习课，张亮把班长黄学明叫出课室外了解情况。

"可能赶高考书看多了吧，可能赶高考课程紧听课听多了吧。" 黄学明说。

张亮不高兴了："黄学明同学，老师没高考备考过吗？"

"老师，我不是这意思，我、我、我……" 黄学明支支吾吾，一转身竟然跑回课室去了。

隐忍到自习课下课放学，张亮准备找几个同学问问。可没等走近，同学们就鸟兽散，张亮知道黄学明走漏风声了，情急之下一把拽住落尾的一个瘦小男生。

瘦小男生哇地哭了，抽抽噎噎的。

张亮不忍，说："老师知道你们有难言之隐，老师保证不跟你们老师说，不跟学校说！"

瘦小男生这才止住哭，道了原委。

原来是学校晚自习10点就下课，不许学生延迟，宿舍10点30分统一熄灯，为了争取多一点时间学习，同学们统一阵营，捂在被子里点着蜡烛看书看到 11 点。由于长期这样蒙被窝被蜡烛烟熏火燎，同学们都患上干眼症，眼睛发痒、发干、发涩。

张亮听了眼睛湿润了，立即打电话辗转多人终于联系上一家爱心企业。这家爱心企业翌日便为全校师生送来 LED 护眼台灯。

转瞬助教 10 天。

这天在饭堂吃饭时张亮见班里的卓辉同学独自一隅默默吃饭，招呼再三也不肯过来，往常卓辉可是一见张亮来吃饭便蹭过来探讨学习问题的。

张亮感觉卓辉有心事便走过去。没想一开口问，卓辉眼泪便簌簌下来。卓辉哽咽地告诉张亮，父亲出车祸了，正在深圳一家医院抢救。张亮二话不说，马上跟班主任说了情况，领了卓辉直奔深圳。

经过六个多小时抢救，卓辉父亲终于脱离危险。

有卓辉母亲留院照顾，张亮当天又领着卓辉赶回学校。

回程车上，张亮从卓辉口中了解到学校过半学生父母都在外打工，这些学生有着挥之不去的孤独感和无助感。

回到学校，张亮马上翻出通讯录本，打电话找同学找朋友。一个做企业的同学捐赠 50 台电脑，一个在教育部门工作的朋友联系多家教育机构义务提供心理咨询。三天后，张亮为新南中学全校学生搭起一间网络心理援助和亲情互动室。

每天中午和下午放学后是平台开放时间，看着一个个学生阴郁着脸走进援助互动室，"艳阳天"出来，被点亮"心灯"，张亮笑了。

张亮每天在校园行走，迎面拂来许多知心话语：

"老师，在援助互动室我和爸爸妈妈又视频通话网上团圆啦！"

"老师，教育机构老师给我解开了'少年维特之烦恼'！"

"老师，教育机构老师给我送来生日祝福！"

……

助教第三十天，张亮联系广州图书馆为全校师生开通了数字图书馆借阅资格。当晚，同学们在校园打出横幅——数字图书馆是知识灯塔，是我们心中一束光！转眼高考，高三（5）班全体同学上榜，过半同学上了重点大学。

这天夜里 12 点，张亮如常走出办公室向宿舍走去。校园里寂静，同学们都离校了，领取录取通知书工作也在这天结束了，不过张亮支教工作还有一个多星期到月底才结束。

如常经过校园那条 50 米长斜坡，路灯如常熄灭了，张亮抬头看，山坡上围墙北最高坡上那盏灯仍如常亮着。张亮突然发现，正是这盏灯每晚照亮了这 50 米山坡啊！是哪位学子还在孜孜不倦？张亮决定明晚前去探访。

翌日晚，张亮提前半个小时离开办公室。出了学校，经过菜市场，爬上七拐八弯土坡，登上四五层陡直坡梯，张亮敲开了这间最高坡上的瓦房。

开门的是一个羞涩男孩。

听了来意，男孩讷讷地向张亮说了情况。

原来男孩和姐姐都就读新南中学，姐姐在高三（5）班，弟弟在高二（6）班，姐弟俩一起租房走读。每晚，姐姐都会把闹铃调到11点45分，闹铃一响姐弟俩起来读书读到12点15分，每天深夜读书半小时雷打不动。姐姐高考进了重点大学，一个星期前离开学校回家割稻收花生去了。姐姐离开时叮嘱弟弟坚守到8月初才能回家，每天深夜仍要坚持读书半小时……

（选自《微型小说月报》2020年第8期）

麦浪无声

_薛培政

五月天,亮得早,刚微明,喜田伯就在床上翻来覆去地烙烧饼。

"哎,老头子,又犯老毛病了不是?"被他搅和醒的老伴儿打趣道。"唉,过了小满,就是芒种,俺刚才都听到布谷鸟叫了!"

"净瞎说,这城里哪来的布谷鸟?八成是你这老东西又犯相思病了,咋的,少了你那两把刷子,人家还能把麦子摆在地里不成?"

喜田伯知道自己嘴笨,斗不过她那张婆婆嘴,索性穿上衣服,来到阳台上,隔着玻璃朝外张望,可眼前除了高楼,啥也看不见。他回过身来,瞥了一眼笼子里那只上蹿下跳的画眉,叹道:"你就省点儿力吧,你急,俺比你更急,这关在笼子里的滋味真不好受啊!"

像蚯蚓一样把头拱在泥土里,干了一辈子农活儿的喜田伯,做梦也没想到,六十岁刚出头,就被在城里工作的儿女,连推带劝裹挟进城。

进城那天,把左邻右舍气得眼睛都红了,一街两行围住看,都夸老两口晚年有福。怎料,他却享不惯清福,没几天,就嫌住城里憋得慌,浑身不自在,一天到头想念庄稼地,他觉得庄稼地就是他的命根子。

起初,他腿脚利索,想家了就往回跑。一回到乡下,看啥都顺眼,吃饭香,睡觉甜,枯黄的脸也红润了。蹲在地头,抓起一把泥土,凑在鼻子下使劲地闻,泥土的芳香游丝般地钻入鼻孔,痒痒的,身子骨就舒坦了。

喜田伯是种庄稼的好手,犁耧锄耙,割麦打场,种瓜收豆,样样在行。生产队时,每年割麦子,都是他打头镰。开镰那天,望着一望无际的麦田,他被社员们围在中间,感觉自己就像个将军,底气十足地喊一声:"开镰了!"顿时,镰刀与麦秆碰撞发出"刺啦刺啦"的声音响彻田间。他弯腰弓背,挥镰如飞,长长的麦垄,将旁人甩下一大截子。有人就纳闷了:难道他有神助不成？他笑笑道："俺割麦子从不直腰！"那年月，说起茹冈村做农活儿的喜田，方圆十几个村子的人都夸："那是少有的好把式！"

1978年，生产队抓阄分田，东大岗那坡地，分给谁谁不要，都嫌岗陡地薄。他却二话不说，接手过去，旁人不解，家人埋怨。他却道："只要人不懒，孬地变肥田！"他起早贪黑，精心侍弄。为肥田沃土，他饲禽畜、起塘泥、沤绿肥，还自费打一眼水井，硬把岗坡地变成旱涝保收的良田。麦季里，他站在打麦场上，望着堆积如山的麦堆，抿着嘴笑了。

儿女们接他进城前，他把责任田转包给堂侄，不要任何报酬，只求每年夏秋季节，留几垄庄稼，让他过把瘾。

头些年，侄儿还照办，总要在边角留几垄庄稼，等他回来收割。七十岁那年，他倾力想找回当年打头镰的风采。为哄他开心，亲戚邻居都赶来喝彩，怎奈年纪不饶人，一个来回下来，早已气喘吁吁，汗流浃背。众人不忍心，七手八脚上前帮忙，准备已久的"拿手大戏"，只得草草收场。

十多年悠然而过，被他汗水浸渍过的土地已经几易其主，曾经使过的镰刀，也都被挂在了墙上，使唤惯了的犁耙锄头除少数进了民俗博物馆外，大多丢弃在库房墙角，直至锈迹斑斑地老去。

去年麦收前，喜田伯大病一场后，腿脚不听使唤了。出院那天，他执意让儿子开车送他去郊外。在清爽爽的麦田旁，他被扶下车后，竟双膝扑通跪倒在地，捧着将熟的麦穗闻了又闻，还不停地喃喃自语，看得儿女们泪花闪闪，一个个背过身去。从麦田回来后，他却奇迹般地站了起来。

今年麦季，儿子经不住他再三缠磨，开车送他回村。眼见路边的麦子都熟了，却没人动镰。老人心急火燎地嚷道："蚕老一时，麦熟一晌，这麦子都熟过火了，再不收割，麦头还不掉地里？"

迎上前来的侄子笑着说："大伯啊，那是老皇历了，如今割麦都是等麦焦了再割，麦粒干，脱粒净，好存放。我给开收割机的师傅发了定位，一会儿就到，一小时弄完，不耽误咱吃午饭。"

说话间，一台联合收割机在麦田边停住，侄子上前把麦田四边指给师傅，就喊着喜田伯父子往树下去乘凉。

喜田伯被搞糊涂了，迟疑地问："不是来割麦子的，乘啥凉哩？俺当生产队长那会儿，哪年麦季不晒掉几层皮？"侄子笑得更爽朗了："割麦有师傅，用不着咱伸手，等人家收割完，就把麦子给送到家了。"

望着一望无际的麦田里，一台台大型联合收割机来回穿梭，喜田伯乐得像个孩子一样，禁不住凑上前瞧稀罕，看着看着眼泪竟流了下来。任凭谁劝，他一步不离麦田。

(选自《郑州日报》2020年6月22日)

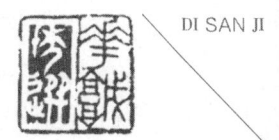

第三辑

我是飞人

_ 张　炜

　　马上要开秋季运动会了,这是整个学校的大事。提前许多天全校的气氛就变了,好像上课什么的全不重要了,最大的事是准备那个会。"都要积极参加,为全班争取荣誉!"班主任大辫子老师鼓励大家。她后来专门找到我问:"你适合报什么项目?"我说:"游泳和爬树。""这些没有!"她有了脾气,"你先想一想,明天告诉我!"

　　我觉得这是一件激动人心的、正在向我靠近的好事。其实我早已打定了主意,要报六十米赛跑。我在海滩上飞跑,还要穿过酸枣林和各种灌木,有时要从刺槐和柞木上一跃而过!这里的操场平平的,跑起来真是再容易不过。我见过训练的老师和同学:老师说一声"开始",同学就跑;老师捏住一个"跑表"在一旁猛地一收,像用力摘下了一个野枣。

　　他们真可笑!不过是跑一会儿而已,还用拉开那么大的架势?我对好朋友壮壮说了,他也认为这事儿一点都不难。"你如果参加比赛,别人谁也不会赢的,我敢打赌。"我同意:"你也报名吧,我跑第一,你跑第二。"他摇头:

"我一跑肚子就疼，每次都这样。"

课余时间好像有一半人在做准备。当然不会有这么多人报名的，他们大概是想提前试一下，看看有没有可能取胜。练得最多的还是赛跑，都觉得这事儿容易：撒开丫子就是，闭着眼，憋着一口气，就能跑到最前边！他们一定在想这样的好事。

老师问我最终确定项目没有？我低头不答。她说："这可不是害羞的时候！你擅长什么，投掷，跳远，还是跑？"我只好诚实地回答："跑！"

一旦确定了项目就得训练。老师为我找来一个高年级的黑脸同学，说："让他教你，必须掌握要领，这可不能蛮干。"黑脸同学高抬腿在原地跑和跳，不停地活动，扩胸，一边扩一边鼓大腮帮，发出"噗噗"的声音。我不喜欢这种声音。可是老师在一边赞扬说："看看人家，动作多标准！快学，快学！"

他不停地活动，我就是不学。他有些累了，回头对老师说："他肯定不行，换一个吧。"老师没听他的，她对我有信心，不过仍然严厉地批评我说："还有一个星期，你抓紧这段时间训练吧！"我点头，心里觉得好笑。真是小题大做，值得吗？不就是一块儿跑跑？这都是闹着玩的事，瞧他们紧张成什么。在我眼里，去海边拉大网、驾船，在老林子里跟妖怪干架，这才是有点意思的大事。

不过临近大会时我还是有点后悔：说不定真是很难对付的一些事啊，瞧那么多人忙着收拾操场，搭小台子，还拉上布条，多么麻烦。我看见校长背着手在操场上走了几圈，不断问着什么。也许我该认真准备一下了，这好像确实是学校的一件大事。壮壮也认为这是一个机会，不能错过："他们天天练，噗、噗地吹气，也许到时候会有用……"

尽管有些慌，真的到比赛这一天，我也没有办法。这一天虽然不像后来作文写的"人山人海，红旗招展"，但人确实很多，而且真的有红旗。附近村子和果园都有人来观看，还有比校长更大的官也来了。只要是戴了呢帽、衣兜上插钢笔的人，更不要说戴眼镜的人了，肯定都是重要的人，说不定还是大官。他们坐在刚搭的席篷下边，头顶是一溜写了大字的红布条。

我们所有参加项目的人都脱得只剩一件衬衣，衣服上还钉了一张纸，上面写了很大的数码。有人手持大喇叭喊："请运动员到'检录处'点名了！"我对"检录处"三个字产生了神秘感，因为第一次听说这个古怪的词儿。我专门跑过去看了，原来是小桌上摆了个小牌，上面写了那三个字。

更让人害怕的是发令枪。这是真正的金属枪，明晃晃的，持枪人嘴里含了一只哨子，先吹一下，然后说一句"各就各位"，砰！放枪了。所有参加比赛的人都没命地应声蹿出，好像晚一步就要挨枪子似的。这种小枪如果换成海边猎人那样的长枪大概更好,举到空中"轰"一放,成群的麻雀就呼一下飞起来,那才是更带劲的。

很快,我就站在放枪的人旁边了。心跳得厉害!我默念:让我飞起来吧,我什么都不怕,这一回要给他们一点厉害看看!老师在三步远的地方,和一群啦啦队一起伸头、举手,准备发令枪一响,就摆手喊叫,它的名字叫"加油"。我紧闭双眼,等着那支枪开火。

分明听到开火了,我往前一挣,撒开丫子就跑。刚跑出一段后面就响起一片嚷叫,两旁的人还做着威吓的手势,我这才明白是自己抢跑了。我赶紧回到起跑线上,弯下腰,两手按在地上,像等待受罚。这一次我变得无比沉着,甚至憋着一股劲儿:不跑,先让他们跑一两步又能怎样?在我这种飞人面前,一切都不算什么。

果然,那支枪又开火了。我纹丝不动。我等其他人蹿出两步,这才稳稳地冲向前方。一开始就飞,而不是跑。不看别人,不看对手,只把翅膀张开,两脚腾空,在泥土上方一寸高的地方滑动。偶尔让脚触一下地面,大部分时间是脚不沾地的。跑道两旁的人在喊叫,震得我两耳发疼,主要是大辫子老师在喊,她的嗓子真尖。

"天哪,还有跑这么快的孩子!"一个粗嗓门在喊。

从起点到终点,好像只不过是纵了几下就算完了。有一道红布条让我当胸撞开,同时有个男子手持秒表做了个熟悉的动作:猛地一收,真的像恶狠狠地摘下了一个野枣。

我知道跑完了短短的六十米。可还是停不下来。我继续在飞,没法落地。所有人都喊:"还跑,还不停下!""天哪,跑痴了,这孩儿跑忘了形儿!""快设法拦下他,这还得了!"我从众多喊声里听到了大辫子老师的声音,于是就收住翅膀,缓缓地落到地上。停下的那一刻,好像觉得双脚在地上磨出了火星,脚趾发烫。

我立住身子,一伙人呼一下围住我。大辫子老师上来捧住我的脸,泪流满面:"了不起啊!你知道吗?破了学校纪录、全县纪录、全省纪录,也许还有全国纪录!"我听不明白,身子一仰躺在了地上。有人叫:"要出事!"一个背药箱的人跑过来,按住我的手,翻开我的眼皮。

那会儿我想起了读过的一本书:有个孩子为了掩盖飞跑的秘密,故意不呼吸,不让心口跳动,结果把所有人都吓坏了!我决定也玩一次这个把戏,于是使劲屏住呼吸。我听到有人大声喊:"天哪,不喘气了,也没脉搏了,眼也斜刺上去了!"我忍住了没有笑,继续屏气。

大辫子老师推开众人说:"来,让我来!"她撸撸袖子趴下,嘴对嘴往我体内吹气，用足了力气。她的嘴原来这么大，气这么足，我像一只皮球，差一点儿就被她吹破了。我求饶，可嘴是被封住的。我要喊："救救我，救救我！"可她的两只大手死死按住了我，我无法张嘴。我真的要死了。

就在我快要丧失意识的最后关头，大辫子老师绝望地松开了手："来不及了……"她的嘴巴和手离开了，我抓住千载难逢的机会，猛地吐出一口气，睁开双眼，盯住了所有探头看我的人。

"啊啊……"他们一齐呼出了一口气。

大辫子老师绝不相信我这么容易就活过来了，瞪大一双受惊的眼睛，捂着嘴退开一步，又阻止别人："不要动不要动，让他缓醒，让他一点一点缓醒！"

我早就醒着，已经不想再躺了，爬起来，拍打一下衣服上的土，把围得太紧的人分开一道缝，独自往前走去。我在心里告诉自己：结束了，比赛！我知道所有人刚才都被吓住了，这正是我的目的。不过这不算一个计谋，而是临时的一个机灵。从今以后他们将另眼看我了。

第一个追上我，伴我走了一段路的是大辫子老师。她脱下了自己的外套给我披上，扶着我，弯下身子看我，小心得不能再小心。她大概真的相信我刚刚转活，说话都不敢大声："啊啊，行吗？我背上你？"我使劲摇头。"真了不起！你自己知道刚才发生的事？"我再次摇头。她握着胖胖的拳头："你成了！你跑出了顶尖成绩！我都不敢相信！你破了大纪录，这事不得了，这事需要上报，一级一级往上报，上边会知道今天发生的事……"我这才如梦初醒，停下步子：

"发生了什么事？"

她跳一下："啊呀！你真的不明白？你刚才像飞一样……"

我马上明白了，深深地吐了一口气："是这个呀，这一点都不难，你如果让我跑，我就再跑一次……"

她听了使劲拍手，仰天大笑起来。

（选自《四川文学》2019年第10期）

挑衅与喝彩

_安 纲

　　这个警察朝我看了一眼,眼里有一种挑衅的光。这种眼光,只有我才能够彻底体会。此刻,我的心结结实实地接收到了这个挑衅的信息。

　　他轻盈地一跳,准确地说,他不是跳,而是以飞行的姿势,从剧院二楼的看台上,轻松地落在了灯光聚集的舞台上。

　　在此之前,我干过一件不光彩的事,被这个警察逮个正着。我的命运就这样被他控制住了。这让我活得非常压抑。有一次,我们单独在一起的时候,我再也无法控制自己濒临崩溃的情绪,我死死地盯着他说:"你可以公开我的罪名,让所有人都知道我是一个道貌岸然的人,一个虚伪的人,老子天不怕,地不怕,大不了让我身败名裂,失去家庭和亲人,老子无所谓,没什么大不了的!"

　　奇怪的是,自那以后,我似乎忘掉了自己干过什么不光彩的事。

　　但在今天这个场合,我感觉有点儿奇怪,在这个警察的目光里,我不仅读到了挑衅的意味,而且更像是一种示威。紧接着,又有一个实习的年轻的警察也从剧院高高的看台上跳进了下面的舞台上,虽然他的身体轻轻地晃了一下,但没有摔倒。

　　剧院二楼上都是我认识的人,我的领导、家人、同学,还有几个从遥远的地方专门赶过来的朋友。

　　我有些犹豫(这只是一闪念的工夫),对自己不再年轻的身体多少有些担心。我没有别的选择,众目睽睽之下,我必须放手一搏。

　　于是,我像高台跳水选手一样从二楼看台向下跳去,在我身体下坠的过程中,我能感觉到我的双手分开围拢过来的空气,忽然间——其实这个忽然间是没有意义的,根本不存在忽然间这个所谓的虚拟的时间的概念。总之,我飞了起来,像在空气中游泳一样,我故意不朝光线集聚的舞台中央飞。

真是幸运极了。我的飞行技术娴熟,动作优雅。我绕着一个红砖垒起的圆柱形建筑物一圈一圈飞了起来。这让我感到前所未有的兴奋。

我对自己的表现都有些吃惊。看台上的那些人,还有舞台上那两个警察,我看见他们灯光映照下欣喜的脸了。他们全都为我今天的表现鼓掌喝彩。

(选自《文学港》2020年第5期)

二舅的儿子

_津子围

二舅是我家亲戚中的怪人。

二舅琴棋书画样样精通，才华横溢，生活中却笨手笨脚，炒菜不是咸了就是淡了，煮个粥也能煳锅底。传说二舅年轻时英俊潇洒，现实中的他却普普通通，甚至有些邋遢。我见到二舅时他已经老了，灰白的头发，干裂的嘴唇，时常带着眼屎。

二舅一生未娶，大概是习惯了独居生活，亲友家庭聚会也难得见到他的身影。也许我与二舅有缘，毕业后我留在了都市，暂且寄居在姥姥留下的老房子里。这样，我就经常与住在后院的二舅打交道了。

一开始，二舅对我并不友善，不友善也不是反感，他只是漠视，说漠视也不够准确，用"忘记"也许更好一些，我与二舅见面打招呼，他神情淡然地看着我，最多也就点点头。那年冬天，二舅滑倒摔坏了股骨头，我先是背他回屋，后来又送他去医院，那之后我们的关系发生了改变。二舅出院后经常叫我陪他喝酒，他酒量不大，但酒瘾很大。

我陪二舅"喝两口"的时候，他会讲一些陈年旧事，比如早年在故宫里整理文物，他教过谁谁谁鉴定文物，谁谁谁还拜他为师。他说的那个谁谁谁可是了不起的大名人，风风光光频繁出现在电视台鉴宝节目里，"大师"了很多年，而二舅却默默无闻。我当然不能驳他的面子，说他吹牛。二舅很聪明，他从我的眼神里承接了问题，主动回答说："你认为二舅在吹牛吗？二舅没吹牛，二舅说的都是实话，有据为证。"说着他从覆满灰尘的书堆里寻找一封信，二舅说那封信是"大师"写给他的，里面涉及请教和致谢的内容。可惜，找了半天也没找到。对此事，我半信半疑。

一次酒后，二舅说了一件更超乎我想象的事情，他说他有儿子，并且，有三个儿子。这还不说，二舅还说孩子的母亲是唐代某某公主，绝对的大美女！我立时目瞪口呆。二舅说："你认为二舅在吹牛吗？二舅没吹牛，二舅说的都是实话，有据为证。"

等了好一会儿，我问："凭据呢？"

二舅说："在博物院呢。"

二舅是这样对我解释的，他说他年轻时在故宫里修复珍藏的字画，吃住都在那个泛着霉味的大房子里，有时忙起来昏天黑地，不知道白天何时遁去，也不知道黑夜何时降临。有一天，画里那个某某公主突然出现在他面前，对他咻咻地笑，他不知道自己是醒来了还是在梦中，反正情不自禁，频繁地和公主会面，并定期偷偷幽会：吟诗作画、琴瑟和鸣；月下对饮，红烛帷幔。他们整整幽会了十年。后来，二舅被下放到北大荒，在北大荒一待就是十二年。二舅返回京城时已经双鬓满霜，步伐老迈。一次参加故宫文物鉴定，二舅见到了那幅唐末仕女图，他惊讶得张大了嘴巴，以为那幅画被人"偷梁换柱"了，因为那幅画中的某某公主束发改变了，原来是未婚的"双环垂髫"，现在是已婚的"云朵髻"。关键是公主的膝下还有三个玩得正欢的孩子，都是男孩的装束。二舅对那幅画做了全面鉴定，可以肯定画是真的，可画里的变化怎么解释呢？二舅苦思冥想，联想到当年他与公主的约会，再仔细端详那几个小儿，怎么看都觉得模样像自己……我想二舅一定是醉了，沉浸在他的幻想之中，或许他的幻想早在修复字画时就已经发生了。

二舅是五年前冬至去世的，那件事随着他的离世也淡出了我的记忆。春天时我陪导师到故宫博物院搜集资料，突然想起了二舅，对二舅曾经说过的仕女图也格外留意。看到那幅仕女图时，我顿时目瞪口呆——那幅唐末仕女图中的确有三个小孩儿，公主的装束与二舅曾经描述的一模一样。我的第一反应是，既然叫《仕女图》就不应该有儿童，后来我煞费苦心，几乎查阅了涉及那幅画作的所有资料，没有任何文字记载证明那幅画里有儿童。

当然，我也这样想象过，画中人物的改变会不会是二舅修复原作时补画上去，这一点，至今没有任何证据。

（选自《山西文学》2019年第11期）

落日湖

_李治邦

  这座城市是省城,城市的北面是机关区,因为这里距离落日湖最近,有风景,而且是上风口,吮的空气就是新鲜的。有不少人专门跑到落日湖呼吸空气,所以经常会看到一些人跑步,还有站在湖边大口大口喘气的。
  这个城市四周都是山,外面的空气吹不进来,城市里的空气又被围在里面。所以这也是一些人愿意到落日湖一带喘气的原因。夏天一来,就等于把一口大铁锅扣在了城市的整个上空。天气一闷热,人就开始浮躁。这里的男人天热了都爱光着脊梁,在霓虹灯闪烁的街头瞎逛。于是,报纸上就批评这种裸露思想是这座城市没文化的表现。不论怎么批评,男人们还是光着脊梁在街头玩耍,在路口摆上台球去打。于是,报纸上又批评说,本来台球是高雅的运动,让光着脊梁的男人一打就成了痞子行为了。
  关子极不情愿去值夜班,他总抱怨一个没有什么权力的部门却总是安排值班。本来他与女友订好了今晚去看电影,可是处长突然让他今晚去值夜班。他张了几次嘴想说不去,但是脸上却微笑着答应了,处长拍了拍他的肩膀走了,什么话也没说。他路过值班室时,看见黑板上赫然写着处长的大名。他悻悻地想,处长一准是和哪个漂亮女人去玩儿,或者有什么饭局。好几次了,都是处长的班,结果每次处长找他去顶。在处里,他是出名的老好人,谁都不得罪,跟谁都赔着笑脸说着好话。于是,处里有什么拌不开的事情都找他,比如献血和义务植树,或者下基层什么的。
  无奈,他给女友打电话,说今晚处长找他有重要应酬,可能跟出国有关,眼睁睁电影看不成了,多多抱歉云云。女友欣喜若狂,忙问,去哪个国家啊?他脑子一紧张,竟说出了塞浦路斯这个国家。女友忙问,塞浦路斯在哪?他找不到合适的语言答对，又顺口说出来，离法国很近。女友兴奋了，说让他一定得到法国的巴黎去一趟，起码是马赛，据说那里的香水很便宜。他慌忙找借口搁下话筒，然后来到值班室，仔细看着墙上那张世界地图，他发现塞浦路斯离法国还隔着三千多公里呢。他觉得自己就够愚昧的了，找的这个女友更是一脑子糊涂糨子。刚熬了一个多小时，他感到无聊透了。干什么呢？值班室里只有一张健硕的办公桌，一台空调和电话机，一本电话号码册，再有就是几张报纸。他把空调开得很低，冷风吹着他，让他浑身起鸡皮疙瘩，但他就想用冷气这么糟蹋自己。实在烦闷了，他只得拿起了报纸，就这几张报纸白天已经翻腻了。他看报纸，除了看电影广告以外，就是照例看征婚广告。当然，男性征婚一概不看，主要是看25岁以下的女性。他并不甘心把女友的名字和他纳入到一个户口簿里，他想找个什么借口就和她分手了。他觉得女友的声音太粗，缺乏女性的温柔。而且，女友也太风风火火，若把头发剃短了，整个一假小子。最关键的是女友没情调，哪次做爱，还没等他怎么样呢，女友早就脱光了等他了。他很扫兴，觉得女人应该是一幅经典的油画，朦朦胧胧的，得有个层次和意境。

屋外不知不觉下雨了，雨滴拍在了玻璃上，发出了单调的嗒嗒声。他觉得生活怎么这么没劲儿，想着就打了好几个哈欠，眼皮顿时发涩，便随意拿起那本电话号码簿，胡乱翻看，打发着时间。猛不丁儿，一个新鲜而又刺激的念头闯进他的脑海，搅得他心跳不止。他闭上眼睛，像是盲人摸字，用手摸着电话号码，然后睁开眼，他看到自己的手指正压在一个单位的号码上。他激动而又胆怯地拨着，占线。他不厌其烦地再去拨，终于通了。一个男的接电话，声音挺浑厚，语调很慢，而且有着一种领导的口吻。他冲着话筒说了一段话，这段话是照着报纸念的，都是哪个领导犯罪的经过。没等他念完，对方就把话筒撂下了。他觉得心直跳，用手一摸脑门，揩出一层汗珠。他知道一般领导的电话机都有来电显示，很有可能那个领导就把电话打过来。他有些后怕，可又觉得痛快。他每次对处长讲话都是很谦卑的，但他心里一直想对他们骂街，或者教训点什么。因为，他觉得自己水平比他们要高出太多。

他又摸，又拨，有个声音说是空号，电话33局改为35局，52局改为32局，后四个号码不变。他挂断，又闭上眼睛，再摸，再拨，通了。一个女的接电话，声音很甜，多少有些嗲，而且很有风情。他战栗了，不知不觉地站起来，他把憋在心里不敢说的话全发泄了出来，赞美语言夹杂着混乱，语无伦次，云山雾罩。他想到什么就说什么，甚至把埋在心里的话都倾泻出来。还没尽兴，对方啪地就把电话挂断，而且还恶狠狠地回敬他一句，你不得好死！出门被车活活撞死，连脑袋都找不回来！他听完沮丧透了，倒不是对方咒他，而是恨对方没把他的话听完。再者让他扫兴的是，本来一个甜蜜蜜的声音，很有可能是一个令他神魂颠倒的漂亮姑娘，竟会说出这么败兴尖刻的话。他想再去拨通，好好地把对方教诲教诲，让她知道女人是需要涵养的，是需要对男人尊重的。可他制止住自己，因为更难听的话可能等着他，实在犯不着了。过了一会儿，他不甘寂寞，又觉得很新鲜，能把自己平时不能说的话都说出来，毕竟还是有人听，即便对方不愿意听。他不由自主地继续用老做法去拨。通了，没人接。他耐心等着。因为这回手指压在一个幼儿园的电话号码上。他知道，有不少漂亮姑娘在幼儿园当阿姨。他甚至有些欣慰，似乎他的手指压在幼儿园的电话号码上是一种天意。

喂？哪一位？

一个柔柔美美的声音，像一股清泉潺潺淌来，似一缕晨风轻轻地摩挲着脸，让人那么透心地惬意，从头到脚地舒畅。他一时张不开嘴，没有勇气去说那些话。我找你……他极力使自己的语气变得文雅一些。

您是白燕的爸爸吗？对方急切地问。

对啊，是我……他来了兴趣，想借机把刚才憋在心底的那些话继续说完，没想到对方拦住了他的话头。

我姓刘，是白燕的老师。我知道您着急了，别担心，白燕在我这儿挺好。我正带你的女儿做手工呢，她今晚吃得挺多，一点儿也没闹，听话极了……您那是不是又忙得下不了班了？那我就把她带回家，还跟过去一样让我来照顾，我会把她哄睡的……关子突然那么厌恶自己，他没有勇气听完，而是把电话轻轻挂上，顿时没了半点儿兴致。他闷闷地抽了一夜烟。外面的雨停了，露出了清莹莹的天。早晨，他下意识地给天气预报部门打了一个咨询电话，回答是：原来预报的阴天转为晴天，风力二到三级。

第二天，有物业的到值班室，见里边收拾得干干净净，感到很奇怪。因为所有值班的人都把里边折腾得乱七八糟，而唯独这次，床铺上的被子叠得方整，尤其是桌子很干净，但有一点是：值班日记上没有名字。

关子出了单位，回家路上去了落日湖，湖面上的水鸟在阳光中飞来，发出的嘎嘎声很清脆入耳。有几只鸟陆陆续续飞起来，在关子的头上徘徊了几圈，然后在落日湖的湖面上盘旋着，有些拘谨，翅膀的抖动也显得有些困难，但很快就飞到了湖畔的树梢上。关子一直在盯着那些，只看见一群群的水鸟在空中交叉着，然后戏弄着湖面的浪花。关子的眼角陡地湿润了，潮乎乎的。女友打来电话，问，处长怎么跟你说的？你什么时候走啊？我昨晚给你写好了法国香水的名字。我没有发你手机，因为你不怎么看。我给你写在纸上，你就不会忘了。太阳在升温，湖面上有了斑斓的色彩，那些水鸟都在岸边歇息，水面上一下子清静了许多。有人在唱戏，声音在水面上尽情跳跃着。关子的父亲是著名京剧票友，他听出来唱的是马派的《借东风》，"望江北锁战船横排江上，谈笑间东风起，百万雄师，烟火飞腾，红透长江！"一派仙音在湖面上缭绕，显得格外有气韵。不知道哪家餐馆轻声地播放着笛子乐曲《秋湖月夜》，显得雨后的湖那么万籁俱寂。远处传来汽车的喧嚣声，好像到了这里就被幽静逐渐吞没了。关子脑子清澈了些，他一夜想的都是那个幼儿园的阿姨，那善良而又美丽的声音，像是小锤子在敲打着他的耳膜，震颤着他的心。

(选自《时代文学》2020年第4期)

J

_周洁茹

银河中有很多星星，它们都很美，闪耀光芒。我穿越银河，我走过很多地方，可是没有停留在任何一颗星球，我四处漂游。我的心已经不再悲凉，我走过很多地方。我被迫离开自己的家，末路狂奔。我四处漂游，找寻可以安身的地方。

乐声幽远。

一个黄金星球。

是这里了，我应该停下来了。天空蔚蓝，我停在了这里，带着我残存的家族成员。

这个星球的生物正备受欺凌。他们的土地里是金子，他们的洞穴深处是金子，他们的水是金子，他们的空气是金子，他们的食物是金子，他们的一切，都是金子。Q 星人占据了这里。现在我看见了 Q 星人的模样，他们长得就像他们的名字"Q"一样，身子浑圆，有一条长尾。

我和我的家族也来到了这个美丽星球，我们暂时安身在一个废弃的城堡。我宣誓，我和我的军队要把侵略者赶出去。

"现在，你的名字？"

"我的名字叫作 A，我的名字叫作 Z，我的名字叫作 J。"

"好了，J，现在你就是 J。"

我睁开眼睛，母亲正坐在床边，忧伤地看着我，说："J，我的女儿，你醒了？来看看我们的新家吧。"

我听见外面嘈杂的声音，那是 Q 星人愤怒的嘶喊。

"母亲，请让我出去应战吧。"

母亲摇头:"我们暂时安全,Q星人与我们还有一段距离,他们不会这么快就来到。这是当地的土著在试探我们,你父亲的部将与他们交谈过,但是他们不相信我们。你的父亲正在城堡的中央,他会打败他们。"

"不,不,我认为还应该和他们谈谈。"我说。我从床上坐了起来。我照镜子,镜子里是一张苍白的脸。"相信我。"我说。

我走下台阶,这是我第一次看见金星的土著人,他们都有着金色的眼睛。我踏在他们的土地上,我的脚下都是金子,我的白色长裙拖曳在我的身后。有风,我的头发和纱裙微微地动。

"我们来是来帮助你们的,我们帮助你们赶走敌人Q,让他们永远也不会再来。"

"我们为什么要相信你?"

"因为你们没有选择。我是你们唯一的选择。"

"那么,你为什么要帮我们?"

"除了金子,我什么都不要,我希望你们能付给我金子作为酬劳。"

"金子?"

"是,我需要金子,我要回我的星球去,我需要金子。"

"好,我们听你的。"

我来到城堡的中央,父亲果然站在那里,怒气冲冲。父亲的部将E站在父亲的身边,面无表情。

"我看见你和土著人交谈,你想干什么?"

"我与他们交谈,让他们归顺我们。"

"你成功了?"

"是的。"

"你跟我来。"

"我跟你去。"

站在城堡的最高处,看着这个星球,我想起我们的家来了。"J,我的女儿,你看这片美丽的土地多么像我们的家乡啊!但它毕竟不是,我们的星球上有广阔的大海、翠绿的大树……"

"我懂了,父亲。我已经把屈辱都吞咽到肚子里了,我会再回去的。"

"好。你到他们中去,与他们说,让他们运金子来,我们会训练他们的部队,教会他们如何使用刀和枪。"

"我是J,我来是要见你们的头领。"

"我就是,你叫我 T。"

"T,我希望你和你的族人尽快送来金子,我们也会尽快训练你们的军队,敌人 Q 离这儿并不远,战争即将开始。"

"是的,我们正在挖掘更多的金子。J,你愿意参观一下我们的洞穴吗?"

"我很乐意。你们都住在洞穴里吗?"

"是的,我们的洞穴很隐秘,Q 星人不大容易发现我们。你看,我们一刻不停地工作,我们是一个坚强的民族,我们从来都没有停止过抗争,我们一定要把肮脏可恶的 Q 星人永远地赶走,终有一天我们会把我们的星球夺回来。"

"T,我会帮你,我们并肩作战。"

"我们并肩作战。J,你很美。"

"谢谢,T。我只是想尽快完成我父亲交给我的任务,我们还有其他的事情要做,它们更重要。我要走了,我觉得你们的洞穴很热。"

"再见,J,我们会再见的。"

"J,你这次出去那么久,有什么新的收获吗?"

"没什么,母亲,我只是让他们快些把金子送来。我厌倦这样的四处奔波,我很累。"

"那么,我的女儿,去休息一下吧。"

"母亲,我……"

"什么,J?"

"我见到了他们的首领,一个名字叫 T 的年轻男子,他长得很英俊,他的头发和眼睛都是金色的。"

"J,你的父亲在等你,他会告诉你应该怎么做的。"

"可是,母亲……"

"去吧,父亲在等你,快去吧。你只想着在城堡里一直待下去,你这样下去会没有任何进展,你的王国、你的未来,一切都会失去的。"

"好的,母亲,我去父亲那儿。"

"部将 E,你在走道上干什么?你跟我走。"

"公主,我会跟你走,但现在我有别的事要做。"

"E,跟我走。"

"公主,还要我重复我说过的话吗?"

"E,我很累,我只是希望你陪着我在城堡里四处走走,不行吗?"

"公主,你不能在那些金子上行走,你的身体和皮肤会被它们灼伤的。"

我是 J,我走出城堡,下台阶,外面很明亮,我在金子上行走,我不顾及其他。天旋地转。

"J，现在要你选择，你可以马上回城堡去，也可以一直这样待在城堡的外面。如果你坚持，你会死。给你五秒钟，你按 Y 或者 N。"

我是 J，我按了 Y。是的，我是 J，我愿意一直这样单独地走路。

"好吧，J，你死了。你看见自己倒了下来，变成了一具尸体，又变成了一具骨架，很快地。现在你是一堆尘土，随风而去。"

"我重新开始了。父亲，我是您的女儿 J，请原谅我吧。我现在重新开始。"

"我们来是帮助你们的，我们帮助你们赶走敌人 Q，让他们永远也不会再来。"

"T，我希望你能和我一起去一个地方，我想告诉你一切，我和我的星球，所有的秘密。"

"现在吗，J？"

"不远，我们很快就到。"

"J，你带我来到这个偏僻的洞穴，这里什么都没有。"

"是的，T，这里什么都没有。"

"为什么？"

"T，你骗了我。"

"J，我不知道你在说什么。"

"Q 星人正在往这里来，他们移动得很快。我引诱你来这里，我知道你会通知 Q 星人，我从一开始就知道。我的军队会依照计划把 Q 星人彻底消灭。"

"J，听我解释，我不得不为我的族人的生存考虑……"

"好了，T，你不要再说了，现在我要杀你。"

刀光剑影。我手指活跃，使尽绝技，不留余地。我忙碌，我耗尽气力，我大汗淋漓，我的血我的眼泪我的生命都在一点儿一点儿消失。最后一战，我与 T 战。T，你终于死了。我的心隐隐作痛。我的 T，我好爱你。

"父亲，我成功了，我伏击了 Q 星人，我也杀死了那些土著人。是的，他们的尸体才是更纯净的金子。我们现在有很多金子。这些金子已经足够我们回家。"

"J，"父亲说，"我知道你现在很累，你需要休息，但是战争永远也不会停止。我们在 3.0 再见吧。"

（选自《百花园》2020 年第 7 期）

拳王

_姬中宪

"费总您好，这是我的名片。"

"费总您好，这是我的名片。"

她叫了两遍我才反应过来，她叫的是我。我不正经的时候喜欢自称姓费，比如接到燃气公司回访电话时，遇到不喜欢的相亲对象时，再比如此时。此时我正参加一个企业界的年会，一进门，迎头被人戴上一条红围巾，围巾上印着祥云和福禄寿。我决定今天姓费。

我接过她的名片，名片很重，中间嵌着一块芯片，我还以为她拿成银行卡了。"这张名片我得留着，"我暗想，"下次住酒店插卡取电时可能用得上。"

她双手仍虚张着，保持着拿名片的样子。"不好意思，我没有名片。"我说。

"没关系，费总，这是我们的宣传册，您可以扫描关注我们的公众号。"她说着又递过来一个三折页，正反六面全是一个秃顶男人意气风发的照片，我以为是植发广告，正想问她疗效如何，结果她说："这是我们公司王总，王总正在会场听讲座，等一下介绍您认识。"

这是一个能容纳千人的大会场，一千个戴红围巾的人坐在座位上，从后面看，能看到很多秃顶，不知道哪个是王总。主席台上，一个专门生产卫生纸中间那个小纸筒、一年产值2.4亿的公司老总正在讲《论语》。

我找个空座坐下，出于礼节朝邻座男人点一下头，男人立刻把名片递过来，让我觉得这个空座是个圈套，不知道已被这男人用来捕获了多少个家里急需名片的人。"不好意思，我没有名片。"我说。

台上那人讲得不错，堪称纸巾界的于丹。我扭头看了下身后的会场，多数人都在玩手机，只有极个别在睡觉。我一扭头的工夫，身后两个人发现了我，递过来两张名片。

我也掏出手机，发现有十几个"附近的人"加我好友，我看了一下他们的朋友圈，第一条都是和这场年会有关，各种以主席台或签名墙为背景的自拍与他拍，我甚至在一张照片的远景上看到了自己：我正在墙上签名，身旁挤满了拍照的人，我的红围巾和一个举着剪刀手的女人的发卡纠缠在一起（后来实在掰扯不开，她把发卡送给了我，还给了我一张名片）。

我通过了他们的请求，瞬间收到几十条消息，一看就是复制粘贴的。其中多数是介绍投资产品的，产品有挖掘机，有猪饲料，有沈腾的新电影，回报率一般在17%—38%之间；有三个人还邀请我参加他们公司随后在上海中心、上海国际会议中心和梅赛德斯奔驰文化中心举行的年会；还有两个女孩发了自拍，看文字风格及照片尺度，应该是相亲的。

他们一律称我费总。是的，我有好几个微信号，其中不正经的那个也姓费。

接下来的环节是企业家访谈，由一个特别活泼可爱的老企业家主持，几位民营企业家被请到台上分享，比较有意思的是他们还请了邹市明，就是那个拿过两届奥运会拳击冠军、参演过《变形金刚》的人。一场年会如果请不到明星，那就太没面子了，果然，邹市明上台的时候，台下拍照的人最多。

听不清他们讲了什么，会场太大，吸音效果不好，只记得邹市明讲完以后，特别活泼可爱的主持人点评："原来你不光四肢发达，头脑也不简单。"台上台下都笑了，大屏幕上，邹市明也尴尬地笑了。

晚宴在顶楼，是一个比会场还大的超级大宴会厅，依次摆满了圆桌，人走进去，需要导航指引才能找到自己的那一桌。中央T台上，二十几位长腿姑娘列队击鼓，声音震天响。我估计总统嫁闺女也就这么大的排场了。

从会场到宴会厅的电梯里，我又收了一把名片。

然而这都不算什么，顶多算餐前小点，酒过三巡，所有人都端着酒杯离开座位，四处找人碰杯时，才是交换名片的高峰期。因为喝了点酒，大家都格外地不见外，"不好意思我没有名片"这句话已经得不到他们的原谅，他们将我团团围住，要从我身上搜出只言片语，好带回公司存档。一不留神，左手刚收来的名片，被我用右手递给了别人，那人并不拒绝，点头哈腰致谢："谢谢啊，陈总，多联系，多联系！"

我开始到处发名片，收获他们的恭维：

"张总您好，久闻大名！"

"是赵总啊，久仰久仰！"

我每次都换一个姓，倒也开心。

"哇呀呀，您就是李总，刚才您在台上讲得太好了！"有人握着我的手说。

还有人要和我合影，理由是："孙总我们又见面了，前年在达活斯论坛上我和您合过影您还记得吗？今年我还要和您合影，您越来越年轻了！"

这样的游戏可以持续整晚，因为总有名片收进来，总体上还是可以做到收支平衡的。

只有几个人稍稍表示了质疑：

"金总，您的名字好中性哦。"

"齐总，您的名字有点像女生的名字呢，不过真的很好听。"

"姜总，咱俩名字一模一样，缘分啊，干一个！"

也有一些比较专业的提问，"成总，您公司的资产流动性怎么样？"

我喝得也有点多，把旁边一个人搂过来，说："这个问题太具体了，让我们副总回答你。"

T台上，某上市公司的员工模特队刚表演完，台上搬来一条长案，笔墨纸砚备好，一位高僧大德上台——一场年会如果请不来一两个大和尚的话就太失败了——大和尚手书"拼搏"二字，当场拍了八万八。

一个扎小辫子的男人领了我的名片，已经钻到下一个人堆里，又钻回来，扑在我身上，浑身上下找我的手，"我是您的偶……不对，您是我的粉……不对……"他整理一下舌头，"您就是大名鼎鼎的世界冠军啊！"他终于找到我的一只手，替我把五指并拢，拢成一个松松的拳头，然后就抱在怀里，说："您是我的亲偶像啊！"

我一拳把他打翻在地。他扒拉开许多鞋，抱住一个桌脚，说："您的脚步移动，天下无敌啊，绝对的！"

我发完最后一张名片，往宴会厅外走。不断有人挡在我面前，手持名片，露出醉汉的笑。我像僵尸片里的男主一样，一拳一个，将他们打倒。

男卫生间里的胖阿姨耐心等我吐完，才拎着拖布和桶进来收拾。我把红围巾连同上面的发卡一并献给她。

至此，今晚这场年会，连同整个2019年，我做到了总体收支平衡。

陆家嘴灯火辉煌，气温低至零下，我走出上海国际金融中心，去赶二号线今年最后一班地铁。最后一班地铁也会离我而去，只有夜色属于我。

（选自《文学港》2020年第5期）

深夜远眺

_艾 玛

小万被警察请去看"那个",夜深方回到家中。廉海砂还没有睡,坐在客栈的露台上等着她。"十一"长假刚过去,这阵子是淡季,客栈没有客人。月光如水,四周寂寥,如果没有"那个"的话,这算得上是个不错的夜晚。

两日前,趁退潮去海中无名小岛采海蛎子的游客,在一块礁石下发现了一只穿着鞋袜的人脚。恰好正逢边防派出所警察例行登岛巡检,得以在潮水来临前及时勘察现场,并将那只人脚带回到岸上封存,以备进一步调查。发现人脚的这群游客刚退休,不缺钱,有大把时间,精力体力都还充沛,他们趁节后清闲,包了一整条船上大岛。他们在大岛上吃海鲜、喝酒、跳舞唱歌,欢腾了一夜后,意犹未尽。由于渔家乐的老板无意中跟他们说到无名小岛上的海蛎子大,于是在第二天,他们从大岛上搜罗了几把小铁钩、一些塑料袋,要求船家把他们载到那座无名小岛上去。他们要去采个头大大的海蛎子。无名小岛位于大岛东南侧,风平浪静时,划一个来小时的小筏子就能抵达。廉海砂小时候常和父亲一起驾着小舢板去那里采海蛎子。小岛四周的礁石上长满了海蛎子。他通常只要长得足够大的那些,至少得有一个小孩的巴掌大,边采边吃,几个海蛎子就能把小肚子撑圆。如今这样大的海蛎子只怕那里也没有了。应该是一定没有了。倘若还坚持"巴掌大"这个标准的话,大约是没得吃的了。

游客回到岸上时还惊魂未定,他们全都两手空空,完全忘了海蛎子这回事。但当有人好奇地上前打听,他们也能捂着胸口绘声绘色地描绘一番,是谁先看到那只鞋子的,又是谁发现鞋子里还有只脚……诸如此类。他们的讲述基本一致,只对一点争论不休,那只脚是右脚还是左脚?有人说是右脚,有人说是左脚。争论本身甚至一度消除了他们的恐惧,想来他们应该很快就能恢复平静,日常生活也应该不至于受到太大影响。

刚听说这事时,渔码头上的人甚是惊诧,这样的事在这一带还是头一遭儿。他们对受到惊吓的游客感到抱歉,却也坚信这事跟自己家门口这片海无关。大海上的垃圾都是漂来漂去的,谁也说不清那些垃圾到底是谁扔的,它们漂在海上,彼此认领,组成一个个新的岛屿。

"警方很快就会搞清楚的。"渔码头上的人彼此安慰道。提到那只来路不明的人脚时,"那个",他们这样说。

警察之所以邀请小万帮忙看看,乃是因为客栈来往的客人多,他们在客栈停留的时间,要比在渔码头上任何一家餐馆、商店停留的时间都要长。

"也许你会想起来点什么。"警察说。

廉海砂起身迎接小万,入秋已深,海风微凉,他把夹克衫往身上裹紧了,两臂抱在胸前。廉海砂问小万:"怎样?"

小万不语,一脚深一脚浅地走进小院。在露台上坐下来后,小万对廉海砂说道:"渴了。"廉海砂赶紧进屋倒了杯水,并顺手把小万挂在门后的一件外套拿出来给她披上。

"走了很远的路呢……"小万捧着水杯,说。

起初,廉海砂以为她说的是她自己。"怎么?这么晚了,他们居然没送你?那你也不给我打个电……"说到这里,廉海砂想起来,刚刚分明看到汽车灯光扫过客栈旁的草地,远远投射到黝黑的海面上。这阵子来客栈的路正在铺沥青,汽车只能开到客栈背后的小广场上。他意识到小万说的可能是"那个"。

"多……多远?"廉海砂问。他心里突然感到了害怕,仿佛也不是他自己害怕,而是他内心里有个小孩,是这个小孩害怕。

小万把水杯放到露台上,缓缓抬起右手,有些迟疑地指着前方那片海。过了一会儿,她又抬了抬那只手,指向更远处的那片海。海面上漆黑一片,只有海浪一波接一波,缓缓从黑暗中扑到岸边,翻卷起一道模糊的白线,瞬间就消失不见。远远的,有船路过,若有若无的一点灯光,宛若流星划过。

廉海砂佯装镇定,给心里的小孩儿打气。他鼓起勇气问道:"大……大岛?"他在大岛长大,岛上的每一个人,他都熟悉。只是这些年来,许多人离开大岛,外出打工,大家彼此间甚少联系。他希望他们都平安。

小万摇了摇头说:"应该不是我们这边的……"

廉海砂抱着双臂,在露台下的小院里走来走去。他心里那个小孩儿,又害怕,又好奇,他使他在小万面前站住了,问她:"那,到底是哪边的?"

小万没有回答,茫然地看着前方。

"那么，也不会是客栈的客人咯？"

这一次小万点了点头。

廉海砂在小万身边坐下来，他舒了一口气。客栈的客人，虽说相处时间不长，而且很难再见，但是，他们在这里，在他和小万的房子里消磨过一段愉快的时光，在他看来，客人，差不多就是朋友了。他希望他们也都平安。

"是右脚。"小万说。

她把水杯放到身边，双膝曲起，两手环抱。她的一只手摸着自己的一只脚脖子，是左脚的脚脖子。她的左脚看上去比右脚奇怪，因为左腿比右腿短了一点的缘故，行走时，左脚要用力支撑倾斜的身体。她看着前方，怜惜地摸着自己的左脚脚脖子，说：

"是个女孩儿……"

廉海砂只觉得心里"咯噔"一下，好像有什么东西被折断了。

"十七八岁……"

"这是怎么知道的？"廉海砂又站了起来，他有些不愿相信地问道。确切地说，是他心里的小孩不愿意相信。他自己可是清楚的，没准就是个女孩儿。如果"那个"属于一个女孩儿的话，那她应该是一个爱运动的女孩儿。先前在渔码头，刚刚从小岛上返回的游客，惊魂未定地说到"那个"穿着一只名牌跑步鞋，缠着水草的长袜筒翻卷过来，露出纤细的脚踝骨。高中生，花季少女。

"测过骨龄了，也做了基因检测，和谁都配不上。"

廉海砂弯腰抄起水杯，喝了一大口水。

"是有五个脚指头的奇怪的袜子……我们没有这样的袜子。"小万看着大海的方向，说。

长度到膝盖的袜子，应该是配学生制服穿的长袜，一种轻便、结实、保暖的纤维，大约是母亲为她买来的。是母亲为她精心挑选了一双价格昂贵、好看的长袜，当然，它的质量也很好，很耐海水浸泡。小万缓缓打开话匣，先是浅溪，后成急流。不吐不快的感觉。廉海砂在她身边坐下来，屏声静气地听着。那只脚，是在海水里浸泡时间太长后自然脱落的，警方排除了针对这只脚的恶意伤害，不是人为砍下来的。至于那个女孩儿遇到了什么，没有人能说得清。也许是意外，比如坠海，总是有对生活感到绝望的年轻人。世界上有那么多难以熬过的决绝又残酷的青春。或是沉船事故。海的那边曾发生过严重的沉船事故，至今还有遇难者没有找到。小万看着黝黑的海面，一口气说完了这些，像是身负一个沉重而神秘的包袱赶路，有什么东西在她身后拼命追赶，为了活下来，她只好急忙把包袱扔下。说完这些话，小万长出了一口气，她从廉海砂手里接过水杯，慢慢啜饮起来。

他们不再说话，一起沉默地看着前方。

海浪保持着同样的节奏从黝黑的大海里往岸边涌来，月光下像是大海吐出的白沫。廉海砂看着前方，一直往海天相接的地方看过去。在海的那一边，在眼前这团漆黑的另一面，有一阵，他看到一个家庭，乖巧的女孩儿，体面的父母，并肩从开满樱花的街道走过。有一阵，他看到的却是一艘即将倾覆的大船，船上的广播一遍遍喊话："同学们不要慌张，请留在原地保持不动……"他内心里的那个小孩开始感到悲伤。

小万把头靠在廉海砂的肩上。廉海砂终于明了，先前那些她没能继续的工作，她无意中看到过的那些大部分人都不曾察觉的事情，比如闽江路上那把打死过人的玩具枪，她家附近那些混在小广告中的可疑的暗记……大约是出于同样的情形，她看见过，也好奇地想知道更多，但最终，她像丢掉包袱一样丢掉了它们。如果不是这样，她成为不了今天的自己。如果不是这样，她不会离开城市，来到这里。如果不是这样，他们也根本不会相遇。廉海砂伸手环住小万的肩，现在他确定她心里也有个小孩，和他心里的那个小孩一样，她心里的这个小孩也时常会对这世界感到害怕。廉海砂紧紧拥着小万，让他们心里这两个胆怯的小孩在这深夜相认。

明天，渔码头上的人一定会来打听"那个"的消息。廉海砂能想象他们站在小院篱笆外的样子，附近渔村的人可能也会来。到时他会出去面对他们。到底是左脚还是右脚？他的港东村的小姑，温泉镇的大姑，他工作的小区的业主，他的同事，所有认识他的人，闲来都会向他打听，打听"那个"的消息。廉海砂打定主意，他只会告诉他们是右脚。他最多告诉他们这个。

（选自《上海文学》2020年第1期）

机器人时代之精神分裂患者欧之的潜意识之旅

_刘　按

　　欧文是人类有史以来精神分裂最严重的人，他有100多万个人格，欧文赶上了意识数据化的永生时代，欧文的100多万个分裂人格全部以数据的形式，保留在一台算力强大的电脑上，欧文是他的主人格，他的100多万个分裂人格在网络中，都分别获得了虚拟肉身。可以这样说，在非常真实化的虚拟网络中，欧文一个人，就构成了一座城市。这座城市中的三教九流、士农工商、小偷、强盗、杀人犯、诗人、音乐家、物理学家、哲学家、生物学家、数学家、医生、教师、律师等等，全部是欧文分裂出来的化身。

　　欧文作为主人格，就像上帝一样，生活在这座城市中。他拥有暂停的能力，只要欧文集中意识喊一声停，这座城市中的100多万人都会凝固在一个暂停的时空中。无论他们做什么，都会停在那一刻，直到欧文喊走，一切才会重新活过来。这是作为主人格的特权。欧文并不是这座城市的市长，也不是这座城市的副市长。欧文的主人格，在这座城市里，是一个翻垃圾桶、睡桥洞的流浪汉。大部分时候，他都很投入，除非几天捡不到干净的食物，他很烦躁的时候，才会偷偷喊一次暂停，去超市随便拿点自己喜欢吃的东西。

　　欧文作为主人格，他管理这座城市的原则就是，尽量少干涉。比如一场车祸，欧文即使提前看见了，也不会喊暂停，哪怕有时被撞的是他自己（作为主人格，欧文拥有怎样都死不了的特权）。或者一次杀人事件，即使欧文看见了，也不会喊暂停，哪怕被杀的是自己。欧文的所有分裂人格构成的这座城市，是在现代文明的规则下运行的。和欧文在没有将自己的意识上传到网络上之前，所生活的那座城市差不多，只不过人口少了一个数量级而已。

　　作为主人格，欧文其实可以进入任何一个人的大脑，占据那个分裂人格的主意识（并瞬间获得他全部的思想数据），占据那个虚拟而又无比真实的肉体。也就是说，欧文可以成为这座城市中的任何一个人。欧文一般在一个角色中生活得厌倦了，才会换一个角色继续生活。欧文的计划是，将所有分裂人格的虚拟肉身都占据一遍，尝遍100多万种不同的人生（可能每种过上几天或几个月不等）。但是有一个复杂的问题，就是这些附属人格也会像正常的人类一样有着生老病死（数据也会消亡重组）。而且这些附属人格还会结婚生子，生下更多的次生人格，然后次生人格还会结婚生子，生下次次生人格（数据是活的，拥有持续繁殖的能力）。据统计，这座城市的人口一直在快速地净增长。

欧文寄生的这台电脑，理论上可以容纳100亿人。也就是说，只要总人口不超过100亿，欧文之城或者欧文星球，就不会崩溃。

有一些附属人格，欧文还没有来得及体会，他们就死去了，欧文只能接受这一点，这是他作为一个主人格的宿命。

这座城市和真正现实中的城市有一个最大的不同，就是它是与世隔绝的，它是封闭的，它之外没有其他人类存在了。这台电脑上，只运行欧文所有的意识活动所产生的数据。

过了100年之后，这座城市不可避免地分裂成了13个城市。每个城市有着自己的特色和自己所执着的建城理念。欧文无法阻拦，任由他的其他附属人格自由生长。欧文在13个城市中，东游西逛。他依然拥有可以任意控制他所遇见的任何一个人的意识能力。他最新的身份是一个中年寡居的小说家，这个小说家每天都去一个咖啡馆写作，这具肉体是他最新占据的，但是他并没有控制这具肉体的意识，而是悄悄进入了这具肉体的潜意识深处。

这个叫陈忘的小说家，他的潜意识入口，是一座无限往下延伸的楼梯，欧文走了三天三夜，饿得要死，才走到楼梯的尽头，也就是陈忘潜意识的最深处。欧文看见一扇门，他站在门前，礼貌地敲了三声，过了一会儿，门开了，一个漂亮的女人出现在半开的门中。欧文谦虚地介绍了自己的身份，一个可以自由进入他人潜意识的友好的灵魂。漂亮女人让开身体，邀请欧文进去。

欧文进去之后，发现这是一个超级震撼的图书馆，或者也可以说，是一个有居住功能的图书馆。在稍后的时间里，漂亮女人带着欧文参观了一下，欧文认为这就是博尔赫斯所设想过的那个天堂图书馆（经询问，确实是）。漂亮女人询问了欧文想吃什么，给欧文做了一顿简单又丰盛的晚餐（在潜意识深处，永远是夜晚）。欧文吃完之后，漂亮女人向欧文讲了她的故事。

这个女人叫郑烨，是陈忘生命中最爱的女人。因为一场陈忘开车的车祸，郑烨不幸去世。陈忘在精神上受到了巨大的打击，他无法接受自己亲手害死了最爱的女人这件事，导致陈忘精神崩溃。为了避免这种情况，陈忘躺在医院床上昏迷时，他的大脑自动启动了某种保护机制，他忘记了这件事，他忘记了这个叫郑烨的，他深爱过的女人。大脑将关于她的一切信息，在意识层面全部清理干净，然后将这些信息深深地埋藏在陈忘潜意识的最深处（一个人永远也意识不到的地方）。在这个保护机制启动的时候，陈忘的大脑也及时地搜索到一个信息，就是当年郑烨向陈忘描述过的理想居所（郑烨复述了博尔赫斯的理想），大脑根据郑烨当年的描述，在陈忘的潜意识最深处，为郑烨搭建了这座天堂般的图书馆。郑烨在这里，有着源源不断的食物和水，以及永远也看不完的书籍（整个人类文明的精华）。

郑烨对欧文说，我其实已经死了，只不过陈忘在他的大脑中用所有他储存的关于我的数据以及他对我的理解，又重构了一个我，我没有想到，这个重构的我，如此真实。这个我虽然被他彻底遗忘了，但是却在他不知道的地方（潜意识的最深处），孤单又平静地活着。

欧文想了想说，你应该可以自杀，你没有自杀，就证明你还不想死。对吧？

郑烨笑着说，是的，一个人看书的生活，还挺有意思的。

欧文又问道，你一个人在这里待多久了？

郑烨说，15年。

欧文叹了一口气，沉默了一会儿，说，哎，有啥话需要我带给陈忘的？

郑烨想了想说，没有。陈忘这个傻子，如果又想起他造成了我的死亡，我怕他崩溃自杀。那样我俩就都消失了。还不如现在这样呢。虽然我们彼此不会再相见，但是待在陈忘的潜意识深处，我还是挺心安的。

欧文说，你难道从来没有想过打开门，爬楼梯上去看一眼？

郑烨说，哎，爬过一次，在楼梯口向外偷偷瞄过一眼，陈忘这个大傻子，他忘记了我之后，整个意识世界，竟然沦为了一片荒原，我只远远地看见，好像有一个机器人站在荒原中央。

欧文笑着说，嗯，我来的时候，和那个机器人打了个招呼，是陈忘正在创作的小说中的人物，是一个专门写小说的机器人，看见我，非拉着我看它写的小说，我看了两眼，写得太烂了。陈忘不知道是不是以自己为原型，创作的这个小说机器人。

郑烨说，哈哈，陈忘肯定写得比它好。陈忘是一个写小说的天才。

晚餐后，他们开始喝茶。欧文听郑烨详细地讲述了她和陈忘在发生车祸前的爱情故事，点点滴滴，事无巨细。欧文一直试图保持旁观，但最后还是被打动了。告别郑烨，从陈忘的潜意识最深处向陈忘的意识表面爬楼梯的时候，欧文一直在想,原来一个这么不起眼的附属人格,也有着这样耐人寻味的人生啊。欧文又想到,陈忘其实就是自己的一个意识碎片,郑烨是自己的另一个意识碎片,两个意识碎片相爱的故事,竟然也如此动人。欧文再次陷入了对自我复杂性的沉思中。

(选自《青春》2020年第4期)

月亮的女儿

_ 邓文静

当最后一抹夕阳隐没在草原深处,晚风呼唤着牛羊归圈,八岁的小萨日摘下裹在头上的围巾,露出雪白的肌肤与秀发、血红色的眼睛——她看起来像白兔雪儿一样,仿佛轻轻触碰一下就会化作一缕烟雾随风而逝。小萨日脱下宽大的蒙古袍,把长发绾起,走出毡房,光着脚来到草地上。

月光照过小萨日,她个子小小的,拖着一条长长的窄窄的影子,在草地上来来回回地跑,忽而停下来,踮起脚尖,双目微闭,仰着脸,慢慢地伸出手来碰触月光。小萨日知道自己和别的孩子不一样,她白天几乎不出门,即便出来也要裹个严严实实,像生活在套子里的人那样,再戴上一副大大的墨镜。她害怕太阳,那些明晃晃的光似乎会刺透她乳白色的皮肤,让她慢慢消融。阿妈说的没错,这样的好天气里,连远处庞大的雪山都会一点点消融在阳光下,何况如月光般薄脆的小萨日呢?小萨日的生活都在月亮底下。就像此刻,她数着天上的星星,雪儿偎在她脚边,抬起前爪抱住她的腿,轻轻地蹭着。月光、小萨日、雪儿,它们白得似一团温暖的雾,浮在这片草地上。

宁静的秋夜,不时有一颗流星,从头顶上滑落。忽明忽暗的篝火,如同小萨日和阿妈,有一句没一句地低声交谈。过几天就要转场了——赶在霜降到来之前,阿妈赶着牛羊,阿爸推着勒勒车,小萨日抱着雪儿,一家人去往冬牧场。小萨日已经习惯了"逐水草而居"的生活,但她喜欢秋天,这个季节仿佛是生命里的一条缝隙,她看见透过来的阳光把牧人们晒得懒懒的,牛羊闲闲地卧在一边养着秋膘。阿妈会一边挤奶,一边望着草地上的牛羊出神:牛羊越肥壮,牧人们越好过冬,小萨日的医药费也就有了着落。可小萨日舍不得卖掉那一只只羊,有一只纯白色的被阿妈唤作珍珠的母羊,身上没有一点杂色,是小萨日儿时的玩伴，和她一起长大的。她偷偷地算过，珍珠小自己两岁或是三岁，可是在这个秋天它已经老得走不动了。小萨日和几只小羊羔围在珍珠身旁，它半卧着，伸出舌头舔小萨日的手心，眼角隐隐有泪。想到珍珠不久将被送到屠宰场，小萨日也流下泪来。

  小萨日也喜欢这片草原的牧民，他们总是在日落以后，骑着马穿过碎银子般的河流，带来各式糕点和糖果，把哈达戴在小萨日的脖子上，亲吻她的额头。他们久久地看着她，抚摸着她的头发，亲切地称呼她"月亮的女儿"。在牧人们古老的经书里，这个有着一双空灵大眼、超萌娃娃音与白皙无瑕的肌肤的白化病小女孩，是上天派给草原的精灵，与哈达一样洁白无瑕，同月光一样明亮皎洁。

  白月光洒下来，幽幽地停在阿妈的心上。霜降到来之前就得转场了，阿妈对母羊珍珠轻轻地说着，又像是自言自语。霎时，风起，月亮隐匿在云层里，阿妈连忙呼唤小萨日和雪儿回来。这里的草原一年四季只刮两种风，冬天的白毛风和春秋两季的黄毛风。白毛风就是雪暴，大风将地上的雪花吹到空中，天地间混浊成白茫茫的一片，常常让人迷失方向，畜群找不到回家的路。黄毛风就是沙尘暴，呼啸而来的风将草地上的浮土刮起，卷起沙石拍打在毡房上、树上、牛羊的身上，天地间灰蒙蒙的一片，风能把太阳吹成月色，把水吹成冰。

  阿妈的脚还未踏进毡房，风就猛烈起来。只见最肥壮的那只黑公羊黑夜正没头苍蝇一般地撞向栅栏，东一下西一下，来来回回，低低地咆哮着。阿妈知道事情不妙，披上袍子，趿拉着鞋，顶风跑到羊圈，一把抓住了黑夜的角。借着手电筒的光，阿妈发现一个塑料袋套在了黑夜的头上，已经被它尖尖的两只角顶出了窟窿，却紧紧地箍住了眼睛和嘴巴。阿妈安抚着黑夜，取下它头上的塑料袋——又是白色！阿妈已经被这些密密麻麻无端生长出来的白色捂得透不过气来，白色的床单、白色的药片、白色的雪儿、白色的小萨日……还有白色的河流……阿妈倏地想起一个月前，海流图河在一场大风后飘起了白色塑料袋和各种颜色的瓶子——这些游客们留给草原的伤疤，阿妈和牧民们打捞了几天几夜。河水泛起白色的泡沫，淌过岸边那棵掉着叶子的杨树，它瑟缩着，像是正在披丧的孤儿；天鹅、地雀等鸟儿们也在落下层层叠叠的白色羽毛后没了踪影。牧人们望着海流图河叹息：河水还能回到以往的清澈，牛羊们还能在此饮水吗？回答他们的只有一阵紧过一阵的风声和不时飘来的难闻气味。然而就在一周前，阿妈的小羊羔野花误食了河里的一个塑料袋，痛苦地站起来又卧下，卧下又站起，不停地哼叫呻吟，时而用头抵着腹部，用后蹄子踢肚子，从口角流出泡沫状液体。三天后，不吃不喝的野花蜷缩成一团，闭上了眼睛……

  阿妈的目光被已经睡着的小萨日和雪儿牵扯回来。白色的床单上，撒着几粒白色的药片，小萨日缩成一团，紧挨着床沿，留下大片大片的白；雪儿缩成一团，紧挨着小萨日，让那大片大片的白又漫延了一点。阿妈对着墙上成吉思汗的像拜了拜，决定明日就动身，卖掉一部分牛羊后去往更远的草原，到县城里的医院找最好的大夫为小萨日治疗。吱呀、吱呀，勒勒车滚动起来，把日月撒向长长的车辙。阿爸阿妈、小萨日、雪儿，成群的牛羊一路跋涉，终于赶在霜降以前，到达另一片草原。这里的景色真美，琥珀色的阳光温暖而晴柔，辽阔的草色铺开绸缎般的绒毯，在青翠的群山后连绵逶迤。

可这里的生活和阿妈想的不一样，和小萨日想的也不一样。这里的人第一次看到小萨日，就微微倾斜身子，后退几步，斜起眼睛，然后上上下下地打量着她——他们从未见过如此模样的小女孩，皮肤白得似宣纸，眼睛却和她怀里的小兔子一个颜色，眉心还有一点红。在他们眼里，小萨日仿佛是邪恶的化身。他们不让阿妈和小萨日去敖包祭祀，不让阿妈的牛羊饮河里的水；他们敲碎玻璃窗，往小萨日家的毡房里扔石子；他们扬言要把他们一家赶出这片草原……

小萨日和阿爸阿妈，恓惶地挨着日子，俨然阴雨天栖落在树丫上抖抖瑟瑟讨生活的一窝麻雀。惊慌失措的小萨日，再也不肯出门，终日像缠粽子一样一层层包裹好自己，只露出一双眼睛，紧紧地盯着眼下的时光和雪儿。小萨日拉着阿妈的手，觉得沿着手臂的桥，阿妈的暖漫过来，融在自己手心里。小萨日没那么害怕了，她和阿妈依偎在一起，在寒风渐起的冰凉里，等待着暖春的复苏。

一场大雪，成为这片草原的隐喻。小萨日在暮色里清晰地听到了窸窸窣窣的声音，她知道那是雪花急急的赶路声，望着这不动声色的黄昏，往昔的记忆卷土重来，她想起家乡的草原，想起白月光，想起牧人们柔软的乡音……雪停了，月亮升起来。小萨日沐浴在清凉的月光里，甜甜地笑了。她起身摸到脚底下，空荡荡的，惊觉雪儿不见了。"雪儿，雪儿！"小萨日急急地呼喊。它一定是从窗子边未堵上的窟窿里跑了出去！这么冷的天！

小萨日来不及告诉正在熬奶茶的阿妈，穿上棉衣棉鞋独自出了门，边跑边呼喊着雪儿。

雪地里清亮空明，皎洁的月光洒在连绵起伏的雪山上，也洒在一匹小狼身上。小萨日和小孤狼劈面相遇。小萨日眼睛睁得圆圆的，小狼的眼睛也睁得圆圆的。小萨日和小狼对视着。小萨日忽然像筛糠般抖了起来，却迈不开步子；这匹小狼也许刚刚和母亲失散，它像是从荆棘中钻出来的，背上的皮少了一块，走路一瘸一拐的。

小狼摇着尾巴，从头到脚、从上到下打量着小萨日；小萨日挺直了身子不敢再动，也只拿眼睛从头到尾、从左到右地看着小狼。也许是那双血红的眼睛让小狼害怕了，也许是那比雪地还白的肌肤让小狼紧张了，它突然扭转头，一溜烟地跑了。

小萨日长长地出了一口气，瘫坐在地上，手心里全是汗；阿妈远远地寻过来，疾呼小萨日的乳名……

雪儿却没找到。小萨日不让阿妈堵住窗子上的窟窿，她要等雪儿。小萨日坐在窗边，望着凝结起的乳白色霜花，不住地哈着气。霜花渐渐融化着，慢慢地出现了雪儿的样子。小萨日大喊"雪儿"，伸出食指描着雪儿的轮廓——雪儿的眼睛怎么是白色的！这怎么成呢！小萨日想到了自己眉心的那个红点，她忍着痛，一点点抠下小红点，血流了出来，这可比护士阿姨给自己打针还疼呢！可小萨日不哭，她把小红点贴在小兔子的眼睛上，这不就是雪儿了吗！小萨日咧开嘴，划过一丝笑意，月光贴在窗子上。太阳照过来，霜花变成水，滴滴滑落，雪儿又不见了。小萨日呆呆地看着 两只手交叉在一起，左手拇指的指甲深深地嵌入右手掌心许久，终于哭出声来。

阿妈走过来，拍着小萨日的肩膀，把她搂在怀里，说冬天是牧人们的一道坎，迈过之后，就能接近故乡了。他们要在第一朵迎春花开以前启程，回到故乡，回到久违的草原。

漫长的冬季总算过去，天空微露初蓝的晴，阿妈和小萨日在早春清新的阳光里，望来时的路。他们像是去年被风吹黄的那些草，又从黑暗中爬起来，一步步走到这个春天。风吹走白雪和黄沙，嫩绿的新芽从杂乱和腐烂的枯草缝隙里探出头来，柳树的蓓蕾在春风中一天天长大，小萨日一家却迟迟没有出发，他们在等，等一个日子，等雪儿回来。一个芽色的黄昏，小萨日忽闻门口有窸窣的响动，像是有谁在敲门，不消一会儿，声音越来越大，"嚓嚓噌噌"地响着，像利爪挠门的声音。小萨日仿佛有了心灵感应，她光着脚跳下来，倏地一下打开了门，雪儿跳进了她的怀里。雪儿瘦了许多，看上去就像个穷叫花子，毛发如枯草般杂乱，肚子干瘪瘪的。

这些日子里，雪儿一定受了许多苦。小萨日把脸埋进它支起的毛发里，想着想着就掉下泪，继而又把雪儿高高地举过头顶，大声地喊着阿爸阿妈。

阿爸阿妈放下手里的活计赶过来。小萨日紧紧地抱着雪儿，阿妈紧紧地抱着小萨日，阿爸紧紧地抱住阿妈——他们抱在一起的样子，就是整个世界的样子。

迎春花就要开了，阿妈告诉小萨日，跟着先人的脚印走，就能找到回家的路。那些日子里，收拾好一切，阿妈赶着牛羊，阿爸推着勒勒车，小萨日抱着雪儿，他们终于在一场南风中回到家乡的草原。软软的风一吹来，小萨日就笑了，她蹲下来，使劲地嗅着草地上的气息，这里的草香独一无二，小萨日即便闭着眼睛也分辨得出；阿妈则跪在地上，掬起一捧土，撒向长生天；雪儿在草地上打着滚，草叶沾在它渐渐滚圆的身体上。转过身，阿妈惊喜地发现，在不远处的河流旁和草地上，来了一群苏木的志愿者——那些"小红帽们"正在清理白色垃圾。阿妈急忙丢下手里的鞭子，拉着小萨日跑过去，加入到他们的队伍中。

日子经过她们，天黑了。这个春日的夜里，月亮从东山上升起来，星星越来越浓稠。月亮是故乡的一枚邮戳，深深地烙印在小萨日的血液里。阿妈站在月光里赶着牛羊进圈，不时地看着小萨日，微笑扬在脸上；小萨日在星空下跳跃，小辫子飞起来，越跳越高，就要跳进月亮里了。

那圆盘似的明月里，想必也住着一个叫小萨日的女孩和一个叫雪儿的白兔吧。

（选自《草原》2020年第4期）

风、雨、月亮

_阿微木依萝

有一天晚上下起一阵小雨，雨后，月亮出来了，之前是不停地刮风。就是这样一个天气不太正常的晚上，阿依陌扛着一根没有点燃的火把带我们到庄稼地里见识一下。

见识什么呢？我们问。

烧虫子呗。她说。

啊，好无聊！我们说。

阿依陌才不管我们怎么感觉呢。她扛着火把就像扛着一杆枪。

到了地里，阿依陌就像疯了似的，点燃火把举着它在玉米地里窜来窜去。

我们说：阿依陌，停下来吧！

她说：为什么？

我们就不知道该怎么劝她了。她也确实好几天没有这样出来透气了。白天她缩在屋里像只病猫，夜里她缩在屋里像个幽灵。好不容易在这样一个坏天气的晚上，她打算出来窜一窜。

随她的便。我们说。

如果她的父母活着就好了。我们说。

如果她的兄长活着就好了。我们说。

如果她不住在亲戚家里就好了。我们说。

如果她……我们终于找不到话说。我们不能体会寄人篱下的感觉，也不能体会失去父母和兄长那种孤零零的感觉。

我们觉得在这样一个晚上，即使有月光也是糟糕的月光，不值得浪费睡眠。如果她不是我们最好的朋友，早把她扔这儿不管了。

阿依陌的火把烧到一半了，就要烧到她自己了。我们站在玉米地上方，打着哈欠，搓着冰凉的手，所处的位置能完全看到这个今夜突然和天气一样失常的人。

一棵玉米被她踩歪了，也有踩断的，咔咔响，断骨的声音——她第一次像个恶棍似的一点儿也不心疼粮食；头发也乱了，摔倒了，又爬起来继续疯狗似的乱窜。

她会不会疯掉？我们想。

如果她疯了……啊，天哪！她会疯吗？我们说。

阿依陌的火把烧到她自己了。

——丢掉！丢掉！我们大声喊。

阿依陌抖了一下手，火把掉在地上，大概她终于被火苗烫疼了。我们走上去，看到她被火烧伤的手指，上面还留着火灼烟熏的痕迹。我们说，你傻不傻呢？用冷水冲一下吧，洗一洗，晾一晾就好了！

她没洗。但是她带我们到水沟旁边坐了好大一会儿。

她始终低着头，看着夜里已经变色的流水。流水会带来一些树叶，她会伸手将树叶捞出来丢在一旁。

我们都不敢提起她很小的时候就死去的父母，以及不久之前她死去的哥哥——那个从悬崖上一跃而下摔到深沟里的少年。听说那天晚上她哥哥喝了很多酒，一个人坐在月亮底下，也是夜雨之后，月亮发了疯似的钻出云层，他在那样一片清冷的月光下摔破了酒瓶就像摔破他再也不想继续承担的生活，丢下他唯一的亲人阿依陌，卸下他年少肩上的重任，卸下他孤苦无助内心的巨石，自己一个人去死了。

阿依陌望着那流水，什么话也不说。

我们望着阿依陌，也无话可说。原来不幸降临在要好的同类身上，我们自己也会感到急迫和窒息。

今晚的月光太糟了……我们想……仿佛天上遭遇了一场水灾，月光落到地面还夹杂着泥沙的味道，风一吹，那味道就钻进我们的喉咙。她很久没有哭了。现在也没哭。

夜雨过后，月亮冷清清地照在玉米地上，玉米叶片间还吊着小雨洗刷后留下的水珠，水珠含着小小的光芒。这样冷的晚上连虫子也不爱的。哪里有什么虫子。

回家吧。我们想说，又都没说出口。

她没有家。

回去吧。我们想换一个词，但也没说出口。

她不再有归途。

阿依陌坐够了,也可能终于感到寒冷,反复摸着先前被烫伤的手指,手掌盖在上面握在手心里,似乎那烧伤的手指从皮层下面冒出来的那一点点热量能温暖她。

我们都穿得单薄,在这样突然跑出来的晚上,谁也来不及加一件衣服。我们在发抖。阿依陌也在发抖。我们没有多余的衣服给对方保暖,我们自身都在风中受着凉。

走吧。阿依陌说。

她没有说"回家",也没有说"回去",她只说"走吧"。

我们就抱着发抖的自己跟在发抖的阿依陌身后。松树林一阵阵传来潮水一样的声响,盛夏的风都吹在我们的额头上,吹得似乎头顶都要被掀开了。我们朝着山路一直往下走,路在夜里看起来非常遥远,很模糊,没个尽头。

(选自《青年文学》2020年第3期)

《㞞甲人》之《方老太》

_ 汤　雄

　　㞞（zhá）；甲（yuē）：粤语指蟑螂；吴语作"促狭"（《契诃夫·套子里的人》）、"促掐"（《水浒传》）、"鏃掐"（《吴下方言考》）。形容刁钻、阴险、计谋超群的人或物。"㞞甲"在旧上海报纸中时有所见。

　　方老太每天早晚都要到佛堂里去念经拜佛的。中华人民共和国成立前，紫竹镇上有些有钱人家会在自己家中专门辟间佛堂，省得跋山涉水劳累自己。方老太是佛信徒，不说全本《金刚经》背得有多么滚瓜烂熟，就看她每天一早一晚在菩萨面前一跪就是一两个钟头的样子，就晓得她对佛菩萨有多么虔诚了。

　　这天晚上，方老太刚在佛堂里做完功课，门丁阿三就小跑着来到了方老太面前。方老太一见阿三那张贼忒兮兮的面孔，就知阿三设的陷阱生效了。方家是当地富甲一方的大户，平时偶有小偷光顾。为此，忠心耿耿的阿三就巧思妙想，在小偷必经的后门夹弄里，掘了一个一人多深的坑，在上面做了一块厚实的活络板。只要小偷从夹弄走，就保准进得来，出不去：活络板一翻，小偷跌到坑里，活络板即会自动死死上闩，任小偷本事再大，外面无人帮助，就再也别想脱身逃离。

　　果然，不等方老太开口，阿三就不无炫耀地告诉东家说：去年东家的挑水短工狗大，居然当起了贼，到东家偷东西来了。方老太一听，紧张得两眼都睁大了，连忙问人怎么了？方老太晓得，这只机关四面密封，且又狭窄，人一旦被关在里面，用不了半天就会活活地闷死的。方老太只怕人死在她家中，到时候事情就弄大了。阿三晓得东家担心什么，就连忙说狗大跌下去一喊救命后，他就连忙过去掀开了盖板，甩下一只活绳结，让狗大自己把双手伸入活套中后，才把他吊绑上来。

听到这个结果，方老太这才松了口气，咬着牙齿恨恨地说：格种贼胚！

阿三就问方老太，如何发落？

方老太想了想，就反问阿三：你看呢？

送镇公所？

方老太摆摆手：这种小事也送镇公所？

阿三挽了挽袖管：辣辣手手打他一顿？

方老太摇摇头：一失手打出人性命怎么办？

阿三搔了搔头：脱了衣裳用竹条抽？

方老太白了他一眼：生怕人家不晓得是谁家打的，做招牌呀？

阿三站在那里直眨眼：那怎么办呢？

方老太不睬阿三了，从鼻孔里哼了一声，然后一边捻着头颈里的佛珠，一边往里屋去：平时你不是由甲念头蛮多的嘛，今天脑子塞牢了？

望着方老太的背影，阿三这才茅塞顿开，不由猛地拍了下大腿，说了一声"我有办法了"。

阿三来到夹弄里，把已被他绑得像只粽子似的狗大一把从地下拖了起来。狗大总以为今天这顿"笋拷肉"是逃不了了的，没想到阿三一记巴掌也没拍他，只是三下五除二，把狗大剥得浑身上下一丝不挂，然后一把头颈，叉着他来到漆黑的柴房里，把他吊在了柴房的横梁上。这还不算，临走时，阿三还奸笑着在狗大身边吊上了一盏明晃晃的桅灯，这才紧闭柴房门，自己扬长而去。

正是热浪烤人的盛夏之夜，堆满乱柴杂草的柴房里，蚊子成群结队，像一团团被风扬起的灰沙，飞来撞去。于是，赤身裸体的狗大顷刻被蚊子包围了……

起先，狗大还嗷嗷地怪叫着，吊在横梁上拼命扭动着身体，试图躲避蚊子的围攻。但由于他的四肢被捆绑着，光凭身体扭动的一点点幅度，根本躲避不了；后来，他就祈求蚊子们吃饱喝足了，可以放过他了。无奈，挂在他身边的那盏明亮的桅灯比蚊子还要可恶：一批恶笑着的蚊子还没退下，又一批嗡嗡大叫着的蚊子在它的吸引下，像一团团烟雾似的扑向了他。到后来，狗大终于被这没完没了的叮咬和这层层叠加的奇痒所麻木了，什么也感觉不到了，他那徒劳的怪叫声，也终于从刺耳变为了嘶哑，由嘶哑变为了无声。

阿三做梦也没有想到的是，蚊子也会把人叮咬死的！翌日晨，当阿三走进鸦雀无声的柴房里想看个究竟时，没想到狗大竟已不知在什么时候吊在那里咽了气，赤裸的身体像只僵直的红萝卜；肿成笆斗般的脑袋上，已分不出哪是眼睛哪是鼻子和嘴巴了……

阿三知道出人命了，急转身跟头把式地去找老东家。

这时，方老太早已端坐在佛堂里，稳稳地敲着木鱼在做早功课了。

（选自《太湖》2020年第3期）

第四辑

将军的眼泪

_马新亭

小时候,爷爷是我的骄傲。爷爷不但是一名将军,还是一名参加过长征的老红军。每逢"七一"或"八一",都会有学校请我爷爷去做报告。爷爷几乎是有求必应,临出门前,爷爷总要换上他那身有点破旧的军装,胸前挂满有点褪色的大大小小的军功章。爷爷腿脚不灵便,每次他都攥着我的手要我和他一块儿去。

到了学校,学生先给他戴上鲜艳的红领巾,再把他搀扶到学校礼堂的主席台上。他坐在一张桌子后面,面对主席台下黑压压的学生,声情并茂、慷慨激昂地讲起来,讲述那些发生在革命年代,他和他的战友冒着敌人的炮火冲锋陷阵的感人故事。讲到动情处,台下的学生,有的脸上挂满了泪花,有的悄悄抹眼泪。爷爷讲到最后,总是叮咛学生们,要珍惜今天来之不易的幸福生活;不忘抛头颅洒热血的先烈们,鼓励孩子们好好学习,天天向上。

爷爷有一个怪毛病,在学校礼堂的主席台上,无论讲战斗多么惨烈,环境多么残酷,从没见他掉一滴眼泪。可是等他回到家,就哭。有时泪如雨下,有时蒙头痛哭。

有一年，爷爷病了。学校又派人请爷爷去做报告。家人担心爷爷身体不好，不让爷爷去。爷爷从床上爬起来说，我身体没事，小毛病，讲一年少一年了，我去。爷爷照例穿上破旧的军装，挂上大大小小的军功章，去了学校。

从学校回来后，爷爷刚坐到沙发上，就又哭了起来。只是，这一次比任何一次哭得都狠。我忍不住走过去抱起爷爷一条胳膊说，爷爷，你咋每次回来都哭呢？爷爷这次忽然说，孙子，你想知道我为啥哭吗？我点点头说，想。爷爷抹把眼泪扭头看着我说，可不许说出去。我狠狠地点点头说，行。

爷爷又抹一把眼泪说，这件事发生在爬雪山过草地后不久，我们的部队遭遇到一股围追堵截的敌军，战斗打得异常惨烈，我们团负责阻击敌人，掩护大部队前进。打到最后全团只剩下我和团长了。不知道大部队走到了哪里，敌军的援军正往这里赶。团长受了重伤，没法走路，我只能背着他行军。团长说，敌军越来越近了，放下我，你走吧，别让我拖累了你。我说，不丢弃伤病员是红军的传统和纪律，我怎么能扔下你不管呢？团长说，多活一个人就是为革命多保存一粒火种。还没说完，团长晕了过去。这时，在公路远处出现了一个赶脚的，走近后，看见一个中年男人，背着褡裢，牵着一头毛驴，毛驴背上驮着两袋子东西。我跑上去抓住了缰绳。那个人也紧紧攥着缰绳，不肯放手。僵持了一会儿，我说，放手，放手。那个人哭着说，这头驴是我家的命根子，没了这头驴全家就没法活了！我犹豫片刻，看了一眼躺在地上的团长，用黑洞洞的枪口对准那人说，再不松手，我可要开枪啦！那人放开手一溜烟似的跑了。我在后面喊道，老乡，你家住哪里？我们以后会还你毛驴的！那人已跑得没影了。我把团长抱起来，放到驴背上，牵着毛驴去追赶大部队……要没有那头毛驴，我和团长要么被俘，要么被打死。后来团长当上了将军，再后来我也当上了将军。

我插话问道，你们以后没再去找找那人吗？

爷爷叹口气说，全国解放后，我和团长都去找过，找了很多次也没有找到那人。这也就成了我一辈子的心事，一想起来我就忍不住要哭，忍不住掉泪。我老是想，那个被我抢了毛驴的老乡，后来怎么样了？他全家怎么生活？都活过来了吗？他去了哪里？

没想到那竟是我爷爷，也是将军，最后一次哭。几个月后，爷爷去世了，临死时，爷爷沟壑纵横的脸上布满老泪。

（选自《微型小说选刊》2020年第14期）

从预谋到预谋

_奚同发

没有别的路可走，几天思前想后，大学教师吴剑桥终于咬牙切齿做出决定。

为确保万无一失，吴老师在小本子上列出详细的计划。比如，工具类，用绳子的话，绳子的长度、粗细，是尼龙、麻质或皮革；如果是刀具，用尖刀、菜刀，还是剪刀、水果刀；钝器，则考虑斧子、榔头、石块、砖头，甚至厚重的书籍，如《说文解字注》《辞海》《辞源》；还可以用水，湿毛巾的捂与闷，水盆或浴盆的淹呛；徒手方式，简单易行，击打太阳穴、锁喉背摔，但胜算不足……在眼花缭乱列表排项后的括号里，他一一打钩，很快又否定而另选他项。

反复衡量得失优劣后，那些子项被多次打钩又抹成黑疙瘩的上方，另用红笔重新标出。

一切准备停当，联系女人回来谈离婚事宜。家里，于他最安全，于她最放松警惕。

令他没想到的是，女人的哥嫂弟妹一下来了七口，他顿时有陷入"人民战争的汪洋大海"的混乱感，最后以另约收场。

从农村一路冲到研究生的吴剑桥，本想一股劲冲往剑桥，为此，还改了当初不雅的村野之名"铁蛋"——户口簿上会永远有那个曾用名。但是，命运并没有让他一直红运当头，研究生毕业，他发现自己的大脑开始变得迟钝，似乎多年的考与学把大脑用到极致，像超过弹性限度的弹簧，连以往张口就来的英语单词，也成为记忆中的一种模棱两可。人生第一次求助于街头那穷困潦倒样子的算命先生。结果，对方说，他没有出国深造的命。因为他姓吴，又叫剑桥。他最终只能选择留校任教。

如果一个月前或更多的以前的周末早晨，吴剑桥一定会懒在床头享受阳光温情的抚摸，甚至拉开窗帘，让太阳直接晒着赤裸的身子，他认为太阳的杀毒与补阳功能这样才原汁原味。妻子一般不配合，总用被子盖全身子，像在外人面前一样，不愿意暴露自己的隐秘。他也不勉强，对妻子婚后三年从没有过任何勉强。他爱她，打心眼里。每天下班回来，他故意不自己掏钥匙，而是呼唤她的名字，等她开门。然后，在防盗门不及关闭之际，便夸张地拥抱这个叫爱珍的女人。他认为，幸福和人造的幸福能坚持下去，爱情就会更加甜蜜……

现在不仅这个回家程序进行不下去，连妻也跟别人跑了。怎么可能这样？怎么可能不是这样？到底怎么可能这样？像一个哲学命题，他进入循环的无解之中。

她与那个男人怎么开始的？为什么一点蛛丝马迹也没有？如今，那个不知羞耻的男人竟把他吴剑桥告上法庭，还要他向他们公开道歉，并赔偿精神损失。啊呸呸呸！他只是把他们的羞耻行为曝光于网络，尤其他那副丑恶嘴脸，与她的不堪。天底下恐怕再也没有如此不要脸的东西，第三者竟告原丈夫侵犯他们"出轨"的隐私权，损害了他们的名誉。猪狗不如的东西，等死吧！

第二次约，他先声明，只许她自己来，两人的事儿不许外人介入。女人在电话里犹豫了一下，答应了。

如意的计划应该是，等她坐定翻阅他写的离婚协议书，他便借机从书房取出榔头，一下敲在她的后脑勺，或者用做成套锁的绳子圈住她的脖颈……最理想的是，她能够自觉喝下桌上那杯放了药的水，剩下的就可以任他从容自若地处理。

女人果然守约独自前来。两人对视一眼，都是冷冷的，谁也不言语。

果真，熟悉的餐桌前，女人毫无戒备地习惯性坐下，拿起那些纸页。

吴剑桥心中一喜，立刻回到书房。只是左手拿了榔头，右手却拿起绳索，一时间，有些犹疑：如果榔头砸歪了的话，有被她夺去的可能，那他是否存在生命危险？绳子，他实在不敢确定自己能么精准地套住她的脖子，如果她尖叫怎么办……

不行，你这根本不公平！还是瞧瞧我带的协议书！女人怒气冲天的锐利尖叫与拳擂桌面的咚咚声，惊得他手上的绳子和榔头都落了地。

女人当着他的面又以拳变掌把桌上那几页纸"啪啪"地拍了拍，像是给上面盖大印。

他不屑地拿起她那个什么乱七八糟的协议书，越看越恼火，越看越气愤，额头滚汗，嗓子冒烟，忍不住想爆粗口。

孰料女人却故意改作平静道,咱俩的事儿,按这个协议,你只要签字立马拉倒,我也不缠你。你跟他的事儿,你俩解决,我说了不算。

许多骂人的词汇聚到他嘴边,出口却变成,你做梦,你做梦……

吴剑桥记得后来自己倒下去时,恰逢起身的女人顺手往肩头甩了一下背包,却精准无误地击中他的面门。他两眼一黑,什么都不知道了。

凌晨醒来的吴剑桥仔细回忆,自己当时气过了头,口干舌燥之间,曾端起给女人准备的水杯,本意想摔了的,却似示威般把杯中之水一饮而尽。

几天后,吴剑桥才知晓,自己那天竟然在女人带的协议书上签了字。这完全是阴谋!

回到书房,他再次拿出小本本,开始制订另一套周密的计划。

(选自《小说月刊》2020年第9期)

摊事

_ 相裕亭

小青妈妈的客人少了。

偶尔,有个客人来,见炕上还有个玩纸船的孩子,犹犹豫豫地张望两眼,找个理由,谎说"去街上吃点夜宵"啥的,闪身就撤退了。小青妈妈慌忙系着衣扣追至门外,温温和和地贴着人家的脸颊说:"没事的,孩子一会儿就睡了!"小青妈妈百般地想挽留人家,可对方还是头也不回地走了。

有段时间,小青妈妈把小青送到他姨家(其实,是一个比小青妈妈还要老的同行那儿)。可小青妈妈仍然招揽不到客人。

小青妈妈上了年岁,眉眼之间,不是先前那样俊俏了;再者,她所居住的那个地方也不行,三五户人家,门挨门地挤在一个小院儿里,进来出去,都避不开邻里们的眼睛。客人们觉得尴尬,小青妈妈也怪难为情呢。

后期,小青妈妈干脆不做那皮肉营生,拾起女人家的针线活计,帮码头上的船夫、盐工们缝补衣裳。其间,也有盐工以缝补衣裳为由,找到小青妈妈这里来过夜的。

但,那样的老客,给钱也不是太多。小青妈妈还是沉下心,以缝补衣裳来贴补家用,闲暇时,她也纳一些花花绿绿的鞋垫儿卖给人家。

小青妈妈的手艺可巧,她纳好的鞋垫儿,一刀切开,便是一双。即左右两只鞋垫儿扣在一起纳花,中间夹些竹叶或苞谷叶,待鞋垫上的花朵、虫鸟纳好以后,用刀片沿着中间夹层切开,两只鞋垫,如同一对双胞胎似的,一模一样地就显现出来。

街口修鞋的宋瘸子,包揽了小青妈妈所纳的那些鞋垫儿。

每天,宋瘸子在他鞋摊旁的两棵小树之间,拉扯起一根麻线绳,将小青妈妈一针一线纳出的那些鞋垫儿，用竹镊子夹在麻线绳上，如同一条条剖膛开肚的咸鱼干似的，一溜儿整整齐齐地悬挂在那儿。前来修鞋子的人，看到那些好看的鞋垫儿，摘下来垫在鞋窝里试过以后，感觉合适，顺手就会买上一双或两双，喜生生地带走了。

隔几天，宋瘸子会选在傍晚收摊以后，一瘸一拐地来到小青妈妈这里结一回账，顺便再带走一些小青妈妈新纳的鞋垫儿。有时，宋瘸子也会在小青妈妈屋里喝碗茶，或小坐一会儿。

有人说，小青妈妈与宋瘸子有一腿。谁知道呢，反正小青妈妈本身就是个"卖"的，谁给她钱，她就跟谁睡呗。至于，小青妈妈会不会与那个指甲缝里都是臭鞋味道的宋瘸子上床，外人就不知道了。小院里的人家，只是感觉宋瘸子每次来，都要在小青妈妈屋里磨蹭老半天，怪不正常的！

民国二十七年（即公元1938年），盐区沦陷。盐河码头上，到处都是荷枪实弹的日伪军。小青妈妈生怕出门惹事情，干脆就不去码头上帮船工们缝补衣裳了，专心在家纳鞋垫儿。那段时间，小青妈妈纳的鞋垫儿多，宋瘸子到小青妈妈那儿跑得也勤。

有一天傍晚，日伪军上门来登记门牌号。

小青妈妈原认为一家一个门牌号。没想到他们那个小院里的几户人家，合用一个门牌号。

当时，小青妈妈就疑惑了，她问那个"叮叮咣咣"往大门上钉牌牌的"二鬼子"："为什么不是每家每户给个门牌号呢？"小青妈妈心里想，万一哪一天，有客人奔着门牌号来找她，找到别人家里去怎么办？

没想到，往门上敲打门牌的那个"二鬼子"，停下手中的活计，白了小青妈妈一眼，说："你傻呀！"

那"二鬼子"没好说，钉上这门牌号，就等于在日本人那里注册了"户头"。往后，日本人摊粮、派草、出劳役，全凭户头来"点卯"，给你们几户人家合用一个门牌号，可以节省劳役和钱财，难道不好吗？

果然，没过几天，日本人摊派劳役时，就依据门牌号来定人头数。比如修炮楼需要20个民工，就从一号至二十号门牌号来"点卯"，一家出一个劳工。其间，日伪军会提前一天把派工单（一个用竹片做成的摊事牌）斜插在你家大门上。那上面堂而皇之地写着两个大字"摊事"。明着告诉你，你家摊上事了。

第二天，那户人家就要持"摊事"牌，到日本人指定的工地上去扛石头、挖壕沟，下死力气地去给日本人卖命。如有违抗，日伪军将会包围那户人家，并将那户人家的主人拉出来"炸屁眼"儿——往屁股眼里塞雷管。同时，召集周围邻居们都来观看，以达到"炸"一儆百的效果。

当然，遇上哪户人家确实没有劳动力，日伪军也会为其指明一个变通的办法，即："出钱不出力"或"出人不出工"。

出钱不出力，很好理解，轮到你家出劳工时，你家确实没有合适的人去干苦力，那就出钱，让别人替你去劳役。而出人不出工呢？这里面的道道就很微妙了！挑明了说，即家中有漂亮的女子，被日伪军看上了，以找去"洗衣做饭"为名，到日本据点里供他们玩乐。

小青妈妈那几户人家领到"摊事"牌时，日伪军，还有小院里的几户人家可能都有那个意思——想让小青妈妈去给日本人"洗衣裳"。

其间，也就是"摊事"牌插到小青妈妈家那小院的大门上时，小院里的一个孤老婆子，见到那吓人倒怪的小牌牌，主动给小青妈妈送来半瓢鸡蛋。言下之意，你就替大家去"洗衣裳"吧，这鸡蛋全当是给你补补身子。

没想到，小青妈妈不去。

小青妈妈提出来，大伙一起凑钱，找人替他们劳役。并带头把她应该摊到的钱数，率先放在当院的石磨上。

另外几户人家，看小青妈妈掏了钱，虽说也都相继随了份子，但是，他们个个都觉得很委屈。甚至，还莫名其妙地恨上小青妈妈。

（选自《边疆文学》2020年第4期）

暗涌

_ 胡　炎

我没想到，多年之后，方黎明会成为我的救世主。

我们在院子里散步。月季花的芬芳令人迷醉。方黎明试图捉一只蝴蝶，我制止了他。他问，为什么？我说，多美的小生灵，何必伤害它？方黎明就笑了，有几分诡谲。他又试图踩死地上的一只虫子，我同样把他拦了。后来，我们望着远处山脊上袅逸的烟岚，陷入短暂的沉默。

世界很美好吧？他挑了挑眉，问我。

我脸上一定有童话般的微笑，我说，是啊，美得像一个梦。

我的确像从一个幽深的梦中醒来，这个诗一般的世界不仅令我痴迷，而且让我的心无比柔软，以至于小小的触碰都让我担心，可别碰伤了它，哪怕是一朵花、一只蝶、一棵小草。

方黎明说，你现在是个天使，不过，是镜子里的天使。我困惑地看着他。他正了色，用不容置疑的口气告诉我，从孩提时期，我就是个"魔鬼"，我会把最漂亮的花摘下来据为己有，我会用折断的树枝抽打惊飞的蝴蝶，并且在飘零的蝶翅间大笑。我还会对着蚁穴撒尿，在荒坡上点燃衰草，只为烧死一只找不到的蝴蝶……至于长大以后，我的胡作非为简直罄竹难书。

你是个很坏的富二代。他说，我以发小的身份保证，我没说一句假话。

我还给他一个冷笑。他应该知道，我不会相信他的鬼话。即便他指着太阳发誓，我也不会。我的灵魂像山岚一样轻逸、柔弱而空明。我对他说，别以为我失忆了，你就趁火打劫。他依旧诡谲地笑着，信不信由你，不过，我的"记忆唤醒器"会让你原形毕露的。

一周前，我遭遇车祸导致失忆。据方黎明说，结合监控视频，我当时车速飞快,在静夜的长街上蛇形疾驶,然后冲过隔离栅,撞到了一棵无辜的白杨树上……

酒驾。他说,你小子从来都是这么有恃无恐,还好,车里就你一个人,如果像平常那样带着两个小妹妹,你麻烦就大了。

我似乎在听一个传说,因为那些记忆全部遁匿无踪。过了一会儿,我说,既然我失忆了,怎么偏偏还记得你?

他说,大概是选择性失忆吧。

我还记得他的夫人赵月皎,江南美人,在一家杂志社做编辑。我好像很长时间没见过她了。她还好吗?我问。方黎明淡淡地说,好着呢。

我们回到房间。他让我躺下,然后取出那台神秘的"记忆唤醒器",把壁虎脚趾一样的传感器固定在我身上的不同部位,整个过程谨小慎微。

遇见我,算你小子运气好。他直起腰,说。

这玩意真管用?我将信将疑。

他拿出科学家的派头,目光深邃,神色庄重,告诉我,这台仪器刚从实验室诞生,全世界绝无仅有,我的失忆恰好可以验证它的实际效果。三天后我来读取数据。他说,然后匆匆告辞。

山中的宁静极利于睡眠,这正是他送我来到此地的原因。这里地处深山,是一个温泉度假村。我渴望在这里找回自己,但也有隐隐的恐惧,因为他口中所说的那个从前的"我",倘若是真的,我断然无法接受。我宁愿相信,那是他的恶作剧,是对我的歪曲、丑化和虚构。

三天后,方黎明如约而至。他把仪器采集的数据转码为文字,看着看着,他的眉头锁紧了。怎么了?我问。他诡秘地盯着我,脸色发白,踱了几步,说,你自己看看吧。

我看到仪器里的那个"我",从毒枭那里买来毒品,去异地贩毒;深夜潜入珠宝店行窃,在程老虎的赌场里一掷千金,还杀死了一个妖媚的妓女……而这一切,仅仅是一个纨绔子弟想寻求一点刺激。

这怎么可能?我满脸惊愕。

是啊,怎么可能?方黎明沉吟着,今晚继续,明天我再来。

第二天,除了方黎明,竟然还来了几个警察。他们盘问我几起案件,我的回答只有三个字:不知道。领头的警察瞪着眼,把手一挥,带走!

我被押进警车前,回头看了一眼躲在后面的方黎明。他迟疑一下,走近我,略显惭愧地说,别误会,千万别误会,我只是……只是为了科学。

不久,案件告破,我重获自由。方黎明来看我,连声抱歉。我说不必,我知道他只是想验证那些数据的真伪。现在你没话说了吧?我揶揄道,你那台狗屁仪器，纯粹是胡说八道。他盯着天花板，良久说，也许现在下结论，还为时尚早。以我分析，尽管有些内容是不真实的，但它恰好是你灵魂的真实。哪怕仅仅是一个念头、一个阴谋、一个邪恶的计划，就像隐藏在水面下的暗涌，它们在你的记忆里扎了根，你能说这些是不真实的吗？或许恰恰是那次意外的车祸拯救了你……

我听得云山雾罩，又无力辩驳。

一个月后，传来了一个爆炸消息：方黎明进了看守所。我不知详情，只听说，他在静谧的午夜，亲手掐死了他的夫人赵月皎。我感到这像一个天方夜谭，与我在记忆唤醒器里的故事一样荒诞不经。我试着把方黎明和那个杀人者对接，但他们无论如何也对接不上。他也许早就想让赵月皎在这个世界上消失了，在无数个难眠的长夜，心中翻涌着那些不真实的真实。遗憾的是，它们最终成为了真实。

一个落雨的秋夜，我在小酒馆里独酌。雨点打在窗玻璃上，汇成一条条小小的水流。我竭力向窗外看，但我看到的只是一片虚幻。似乎有人叫了我一声，也许是方黎明，也许是赵月皎……也许吧。

（选自《小说月刊》2020年第7期）

手心手背

_万　胜

米苏走了，而且走得很突然。

关于米苏为什么辞职大家众说纷纭。有几种说法，却都是出自他本人之口。他对总办的白秘书说自己要到海南去度假，而且决定在那里多待上一段时间，少则三个月，多则一年。现在公司的状况不允许他请长假，因此他只能选择辞职。白秘书羡慕不已。白秘书是最喜欢旅游的了，一听说谁要去旅游了，就会在内心里产生极大的失落感。在白秘书的眼睛里米苏是个很闷的男人，每天的生活都是两点一线，每逢同事小聚邀请他，他都推辞，因此也就没有人再找他。这样的一个人居然能放弃工作去旅游度假，简直是不可想象的事。白秘书对拓展部的刘夏天说，你能干出这种事他都干不出来。

可刘夏天得到的消息却不是这样的。刘夏天说米苏亲口告诉他的，米苏的一个亲属在上海开了一家公司，要他过去帮忙，而且职务比在这里高一级，月薪十五万。刘夏天跟白秘书的反应一样，认为他是在吹牛。刘夏天觉得论为人米苏属于不好不坏、不温不火的那种，你既看不到他干令人发指的坏事，也别指望他能做出让人赞叹的好事。说白了就是毫无闪光点，极其平庸。这样的人会有人重用吗？

第三种说法出自肖经理之口，肖经理是米苏的顶头上司，他说米苏递交的辞职信上的理由是他一个在满洲里的表弟家里有了些变故，这个表弟是做对外贸易的，有千万资产，需要他帮着打理。肖经理对这种说法嗤之以鼻，米苏给他做了五六年的下属，他还真没看出米苏有什么能力。米苏在他心目中是经常被忽略的人。比如公司发点小福利，每个人都有份，统计名单的时候就经常把米苏给忘了。还有的时候部门组织全体人员乘车外出活动，车开到半道了才有人突然想起来缺了个人，这个人就是米苏。

  门卫老牛是乡下来的，为人热情谦卑，见了谁都像见了领导一样，追着聊两句套近乎。米苏走的那天恰好老牛值班，因此，老牛也就有了不同于别人的说法。老牛说米领导亲口告诉他的，米领导半个月前买彩票中了五百万大奖，这辈子够活了，不用上班了。老牛自从到城里来打工就没间断过买彩票，而且把每个月工资的近一半都设定为彩票专用款。他做梦都想发一笔横财，可是这几年来别说是大奖，就连小奖也没摸到过边儿。中大奖哪有那么容易！显然他也不太相信米苏的话。在老牛的心目中米苏是最不像领导的人，他经常想，这样的人如果生在农村，恐怕连自己还不如呢。

  米苏的离开并没有对大家的工作和生活产生多大影响，很快，关于他辞职的猜测就在大家议论的话题中消失了。毕竟他只是一个可有可无的人。

  一个月就这样不知不觉地过去了。到了下个月第一天的早上，上层突然下了一个通知，公司为了节约成本，从当天开始不再雇用保洁人员，公司的保洁工作就由大家一起承担，打扫卫生人人有责。一想到要打扫卫生，每个人心里都像刮过一阵小寒风——纸篓里的痰，厕所里的卫生巾，小便池里的烟头——想想都恶心。大家很自觉地聚到了一起，按照惯例，每次有脏活累活等大家不愿意干的苦差事，都用一个办法来解决。方法很简单，大家围成一个圈子，手心手背，多数淘汰少数，直到最后剩一个人，这个人就成了倒霉鬼。这次大家照例聚到一起的时候突然发现了一个问题——少了个人。从前因为有了这个人，大家都暗地里约定好一起出手心或是手背，每次这个人都被暗算，而这个人却像傻子一样从来没发现大家伙儿的猫腻，这是让大家既开心又轻松的游戏。可今天——大家伙你看看我，我看看你。

  手心手……背。白秘书硬着头皮像往常一样发起了游戏。

  已经是深秋了。银杏树的叶子金光闪闪，像太阳光一样耀眼。被雨水冲刷过的柏油马路漆黑发亮，落在地上的叶子更加显得明艳无比。这么好的景色无人顾及，大家都瞪大眼睛盯着一遍一遍聚拢又分开的手。奇怪的是每一次要么是手心手背各半，要么就都是一样的，根本分不出胜负。白秘书不得不没完没了地喊，直到声音嘶哑筋疲力尽，大家都双眼赤红，青筋暴起，随着口号做着统一的机械动作，收手，出手，收手，出手……

（选自《鸭绿江》2020 年第 9 期）

不存在的父亲

_ 何君华

我们是在整理父亲的遗物时突然发现他根本就不是一个哑巴的。

父亲是突然之间患上哑症的。那是许多年前的事了。

那是个毫无征兆的夜晚,父亲突然开始不能张嘴说话了。父亲就像格里高尔·萨姆沙变成的大甲虫一样,只能无可奈何地挥舞他细小寒碜的手臂,却再也不能说出哪怕一个字。

众所周知,一般的所谓哑症都是聋哑症,是因为听力损害间接导致语言能力丧失的。父亲用手比画着表示他能够听到我们的声音,而此前他也没有任何听力问题,那么他自然不属于此类情况。经过多次医学检查后确认,父亲的发音及听觉器官也均属正常,那么父亲不能言语只能是心理因素造成,而不是器质性原因。

母亲带着父亲找遍全城大大小小的医院诊所,遍访知名不知名的心理科或神经科医生。可是一点作用也没有,不管采取任何治疗手段,父亲仍是难吐一言。

母亲为此伤心落泪,父亲却毫不在意,一次次用手掌轻轻拍着母亲的肩膀,安慰她不必难过。

父亲就这样突然之间成了一个哑巴。直到三天前不幸离世,他再也没开口跟我们说一句话。

直到刚才,我们整理他的遗物时,突然发现他根本就不是一个哑巴。我们在他那个从来不曾当我们面打开的桃红木匣里发现了一摞他荣获歌唱比赛奖项的荣誉证书。

一个哑巴会荣获歌唱比赛的奖项吗?

父亲非但不是一个哑巴，甚至是一个歌声曼妙的获奖歌手！这多么讽刺！

起初，我们还以为这是父亲孩子气的恶作剧，是父亲自己动手制作的颁给自己的假获奖证书，是一个可怜的哑巴无奈的自我安慰。我甚至为此感动落泪，但很快我就发现我们错了。这不是什么恶作剧，根本就是真的——因为我们当即走访了父亲生前工作过的副食品公司。

我们的疑虑获得了证实。父亲确实是一个能够正常发声的健全人（尽管他不苟言笑，但绝非哑巴），那些歌唱比赛也的确是他们公司行政部每年都按期举办的业余文化活动。根据档案记载，父亲的获奖证书都是公司正式颁发的，而父亲也完全是凭实力赢得了它们。我们猜得没错，他的确是一个歌声曼妙的业余歌手，而且绝对实力不俗。

副食品公司上上下下的员工们都为我们来求证这样一件荒唐的事而感到惊诧不已，仿佛我们才是那个恶作剧的毛孩子一样。我们感受到了某种人格和智力上的侮辱，无可奈何地涨红了脸。

我们唯一遗憾的是，父亲参加的那些歌唱比赛都没有视频或音频资料存档，只有几张模糊不堪的现场照片，依稀能够辨别显然是他在奋力歌唱。

由于没能拿到第一手音视频资料，我甚至为此有些庆幸。因为我可以在心里欺骗自己，认为那不过是父亲联合他们公司的人在一起耍我们，他根本就是一个可怜的哑巴，那些所谓的歌唱比赛根本就不存在。

是的，此刻我多么希望他真的就是一个哑巴，就像多年前我是那么地希望他不是一个哑巴（而是一个能跟我们说话的普通的正常人）一样。而明摆的事实是，父亲当真就这样装聋作哑欺瞒了我们整整三十年。

现在看来，当年有些心理医生和神经科医生一些莫名其妙的言语似乎已经暗示父亲是在没病装病（当着父亲的面，他们又不好直言拆穿）。比如，我记得不止一名执业医师曾信誓旦旦地对我母亲保证说："他会好起来的。"而当时父亲的病情根本没有任何好转的迹象。我们当时要是用心听一听医生们的话外之音该多好。

但即使用心听了又怎样呢？你永远无法让一个装聋作哑的人开口说话。其实我们早该发现了。因为父亲罹患哑症后，他所供职的公司却一直没炒他的鱿鱼。我们为此隐隐担心，也为此疑惑不解，一家私人公司还雇佣着一个哑巴干什么呢？父亲却满不在乎，立即用纸和笔向我们解释公司已经将他的职位由产品推销员转成了仓库管理员，他只需要记录一些货物进出库数据即可，用不着说话。我们为公司老板的好心肠感动不已，甚至为此专门登门向他表达感谢。我至今记得那位善良的中年老板当时受宠若惊的表情，而事实上，受宠若惊的应该是我们。

我们对父亲瞒天过海的解释坚信不疑，可我们忘了，世上哪有这般体恤人情的老板呢？

我总是在想，如果父亲不是在半天之内突发脑梗离世，而是罹患慢病尚有足够的时日消磨，他会想方设法事先销毁这些他并非哑巴的"罪证"吗？我不得不认为他一定会这么做。

我不明白的是，父亲为什么要在长达三十年的时间里装作一个哑巴呢？我翻箱倒柜，在父亲另一个隐秘的抽屉里找到一个泛黄的日记本，看到父亲在其中最后一页用粗暴的笔体写道："我受够了，我再也受不了那个喋喋不休的疯婆子了。从今天开始，我要做个哑巴。我发誓一辈子都不再跟那个疯婆子说一句话，一句也不！1980年8月31日，谨记。"

父亲口中的那个"疯婆子"，指的当然就是我的母亲。作为儿女，我们也曾经因为她的喋喋不休而痛苦不堪。但是，我们没有想到父亲会因此做出如此决绝的决定。

我们商量了很久，最后决定不把这件事情告诉母亲——这个唠叨了半辈子的女人，在父亲失语之后言语渐稀，如今年近古稀愈发寡言，有时半天也不说一句话。

将父亲的日记连同那些获奖证书一起烧掉之后，我们长出了一口气，就像烧掉了一些原本就不存在的时间一样。

(选自《鹿鸣》2020年第1期)

古槐

_曹洪蔚

青龙背胡同有一处旧院,院子里有一棵古槐。

住在大杂院里的人不把这棵古槐叫老槐树,而是称它"老槐爷"或"老药槐"。

这些称呼是有来历的。据说,这棵槐树栽种于北宋年间,与陈桥驿的"系马槐"、招讨营的"点将槐"并称为"汴京三槐"。有一年的夏夜,狂风大作,雷电交加,那棵古槐上的一个被虫蛀空的枝丫,在狂风暴雨中突然折断,巨大的树枝掠过屋顶,落在一片空地上,没伤着人,也没砸着房。住户们说,是老槐爷仁义,护佑咱们呢。

还有,古槐能治病。若是谁有个头痛脑热,或是心神不宁的,只要在老槐树下静站一会儿,就会顿感清凉馥香,沁人肺腑,很快就会痛消病除,六神归一。

古槐树身高大,表皮已呈碳化状,显出嶙峋的肌理,一派沧桑古朴。再看树冠,一边枝杈干枯,一边枝叶茂盛,不禁让人生发对岁月无情的感叹,和对生生不息的理解。

正是为了享受古槐的护佑,汴梁人韩冷月和赵德厚就一直定居在这里,过着退休后悠闲的生活。

说起来,老韩和老赵这辈子还挺有缘。当年,老韩从技工学校毕业后分配到了轴承厂工作,不久,老赵当兵退伍被安置到轴承厂上班。过了十几年,老韩当上了厂长,老赵当上了副厂长,一辈子合作搭班子。两人还有一个共同爱好:下象棋。只是,老赵是个臭棋篓子,一辈子没赢过老韩。眼下,老韩老赵都退休了,又都住在一个大杂院里,每天上午到老槐树下下象棋,雷打不动。

有一天,老赵连输两盘后,老韩就又如往常一样数落他:"知道你为啥一辈子当不了正职了吧，缺少大将风度。这棋道如官道，能反映出很多事情。"

听罢，老赵谦卑地笑笑，说："诸葛亮再能掐会算，也只能辅佐刘备，这是命中注定。何况我还不是诸葛亮，不聪明，也只能给你当一辈子副手了。离开你，我还真是六神无主了。"

老韩听罢，喝一口水，开心地笑一阵子，然后说："明白就好。来，再杀一盘。"

退休后的日子，几乎每天都是这样过去的。

千年古槐依然挺拔而立，繁茂的枝叶还是遮天蔽日，可老韩和老赵的日子却有了变化。

这天，大杂院格外寂静。九点刚过，老韩和老赵各自掂着一个小板凳，来到大槐树下，摆开了棋盘。老韩只剩下一个老将、一个相、一个士的时候，老赵居然还有三个兵。

老韩一时间有些发蒙，他站起来，拍了拍后脑勺，又抬头看看大槐树：不缺枝，也不少叶，这是怎么了？

"老赵，你是不是偷偷拜师，又学了两招？"老韩的脸有些发青。

老赵嘿嘿地笑，就是不搭腔。

"再来，我不信你还翻天了。"老韩说着，又摆开了棋子。

一袋烟的工夫，老韩又被杀得人仰马翻。

"老赵，你肯定有啥事儿瞒着我，咱俩一辈子搭帮，一辈子杀棋，有啥事不能憋在心里头，快说，咋回事儿。"

老赵又嘿嘿笑了："老韩，下棋不就是图一乐嘛，谁输谁赢别计较。看我，输给你一辈子，也没见少块骨头少块肉，有输有赢，愿赌服输，很正常的事儿。"

老韩听罢，眼皮儿像是被草棍儿撑了起来，瞪得老大："老赵，你怪委屈啊，你输我一辈子，是你棋艺差，又不是故意让我的，有啥可委屈的？"

老赵又嘿嘿地笑，说："你没动脑子想想，我再是臭棋篓子，能一盘也赢不了？我是不想赢，也不想打破这种格局。多少年了，谁都知道，你老韩是厂里的象棋冠军，打遍全厂无敌手。"

老韩呆住了，像是被将死的老将。

"这棋没法玩了。"老韩先起身掂起凳子走了。

下午，老韩才弄明白老赵赢棋的原因：昨天，厂里搞竞聘，老赵的儿子把竞争对手老韩的儿子打败了，当上了厂长，老韩的儿子当副厂长。

这以后，古槐下面的棋摊儿消失了。人们常见两个老人轮流在古槐下面静站，一站就是老半天。

（选自《大观·东京文学》2019年第12期）

狄塔

_王小东

和我结婚整七年的丈夫毫无预兆地于昨天去世。

消息是小蓝告诉我的,那时我正用古法煮制咖啡。意外来得突然,我有条不紊地将煮好的咖啡倒入杯子里,轻呷一口,味道很苦。

翌日,我简单浏览了灵堂,小蓝将灵堂布置得整洁而庄重。

小蓝提醒我应该发一个 POST,远古时亲人离世人们会发表帖,再后来据说是发讣告,如今,所有昭告天下的东西都以 POST 形式发布。

我特意看了一下小蓝为告别仪式准备的影像资料。从我和丈夫五月的相识讲起,七月的婚礼,十月的争吵,满满的生活气息。

小蓝告诉我,告别仪式安排在后天下午 3 点整,持续 10 秒钟。小蓝俏皮地说,别忘了投一枚钵币开启告别仪式哦。

我和丈夫相识于黄花天,有着甜蜜过往。那时我花大把时间美化自己,300 纳米波段的照射每天进行 10 分钟,是我有生以来最长的美容时间了。不否认,我们志趣相投。我总在清晨 6 点晒太阳,那时太阳谱段最适合我,他也一样。我喜欢食草动物,他也一样。直到得知他也在收集蓝光 DVD,我便决定嫁他了。

婚后,我们的生活习惯仍保持惊人的一致。我们一起晒太阳,虽然只是打开设定的阀门将各自身体放置于同样环境。需要倾诉时,我们会在某一场景中聊得忘了时间。有一次他还差点打破我们的约定,想从虚拟场景中出来吻我。他甚至动情地对我说:因为你,我丢了原本的生活;可因为你,我有了全世界。

不知什么时候我厌倦了这种生活，厌倦来得悄无声息。那之后，我便告诉小蓝用我的分身和他交流。分身出现的那一段时间里，我什么都做不了，但我却可以放松地待着。

用分身应对丈夫这种事最初只偶尔为之，后来逐渐增多，再后来便经常这样。每次过后我都会看小蓝提供的报告，小蓝不断变化策略，上周是温存，再上周是争吵，这周是浪漫，下周是冷漠。总之，我像看待别人的生活那样面对我和丈夫的情感世界。

世事无常，这周的浪漫还没有完成，下周的冷漠更没有到来，他却永远不再了。

小蓝说他是自杀。

此刻，自动补水装置开始给我补水。我回想着和丈夫在一起的美好时刻，某个虚拟场景下我们牵手走过橡树街，虽然只有 10 秒，但却很快乐。有一段时间，我真的认为我懂得了什么是思念。不论我做什么，我都在想他是不是也在做着同样的事。小蓝总会告诉我，他的确也做着同样的事。某天清晨，我煎了鸡蛋。小蓝说，你们没有做同样的事情哦，他是在煮鸡蛋。唉，这个笨蛋小蓝，我们都是在做早饭嘛。

记得有一天，小蓝对我说，你俩的亲和度已经不足 0.5 了。我问小蓝你能看到他那边显示的亲和度吗，小蓝说这是个人隐私一级事项，需要购买大数据公司的特定服务才能查看。

告别仪式如期举行，我恰当地表达了悲伤。告别仪式后小蓝对我说，他自杀前留了信息给我，问我是否想看。我说，OK。

我们神合貌离了 6 年，我购买了大数据公司的特定服务，所以我早就知道你已经有很长一段时间用狄塔来应付我。你的狄塔叫小蓝吧？再见。

看完他留给我的信息后，我面无表情，但心里空落落的。

狄塔是大数据公司最伟大的发明，人们的多数需求都由狄塔完成。情感服务狄塔做得很好，它可以筛选出情感契合的男女帮助他们成就婚姻，当然人们是选择现实婚姻还是虚拟婚姻完全尊重个人意见。此刻，我才对当初选择虚拟婚姻有些后悔。

没错，我的狄塔叫小蓝。我曾问小蓝，你多大了？它说她日志里显示的出厂年份是 2046 年。噢，好老呀！

当我遇到丈夫那一刻，我以为我找到了真正的爱情，我甚至以为婚姻可以按设定模式精准地运行下去，直到现在我才发现，我们刻骨铭心的爱似乎只存在于表象。

告别仪式的当天深夜，我选了在黄花天场景下启动自己的生命终结程序。

是的，小蓝明天又要安排一个关于我的告别 POST，它也会俏皮地提醒我的亲人：不要忘记投一枚键币开启告别程序哦。

(选自《海燕》2019 年第 11 期)

算法时代

_黄超鹏

早上,手机里设定好的程序把陆晓唤醒。他拎着包急匆匆出门,走到小区楼下,掏出手机一瞧,"线路大塞车预警,按现在的速度,自己开车回公司一定得迟到。"他念叨着,马上改变主意,朝家附近地铁站飞奔而去,按手机算法给出的预测,坐地铁上班一定不会迟到。

随着人流挤进地铁,刚驶过两站,突然地铁停了下来,事故的原因很快发布到众人的手机上。原来有位醉汉闯进地铁站闹事,竟打破隔离门,跳进了轨道里,差点酿成意外,地铁被阻隔了十几分钟。

陆晓懊恼不已,怪这十年一遇的怪事让自己赶上。地铁公司的电脑再精密,仍无法精确计算出人的变化,人是最难预测与把控的变量。

如今的时代,是算法的时代,全世界的系统都在一家名叫"算法公司"的垄断大企业手中管理着,无论何种系统何种模式,"算法公司"都可以提供最先进最一流的算法辅助,来帮忙各行业各公司进行日常管理和业务运转。外送员需要通过算法计算出送货的最短距离和时间,商家会通过算法得知顾客们网购的喜好与频率,顾客们则通过算法可比较货物的性价比与优劣等等,似乎当下所有人的生活与工作都离不开算法。

陆晓恰好正是"算法公司"的一名中层管理人员。等他从地铁站出来,气喘吁吁地跑回公司,一看手机,还是迟到了几分钟。经理似笑非笑地将他请进了办公室,客气地说:"不好意思,你迟到了,据公司的算法要求,效率表现不佳或工作失误的员工将会受到降级处理,明天你不用来上班啦,在家办公即可。"

陆晓瞬间垂头丧气,如丧考妣。要知道,在家办公意味着低人一级,先进的时代里，居家办公的人都是基层人员，只有管理人员才有资格回公司办公。也就是说，第二天起，陆晓就得跟公司里大多数基层程序员一样，待在家中，对着冷冰冰的电脑，不停地检测从世界各地发来的代码，检验各种各样的算法里是否有漏洞，并尝试去补救改正漏洞。对于这类人，公司有一个专门的名称——"码农"，另一层意思就是没有感情的代码写手。

他好不容易经过努力，才走过了"码农"阶段。于是，陆晓向经理苦苦哀求，请求再给一次机会。

"只是迟到一点，就受到这样的待遇，太不公平了！"陆晓见软的不行，只好耍起无赖来。

"算法是最公平的。不可能出错，系统算出了今年的人员配置，没有炒掉你已经是加入适当的人性变量考虑了！"经理冷冰冰地回应他。

陆晓继续纠缠，经理一怒之下，唤来了机器人保安，将他押出了办公大楼。当然，他的职业生涯也走到尽头，被公司炒鱿鱼了。

陆晓无奈地回到家中，躺在床上唉声叹气。门铃响了起来，他起来打开门，见到一个有银行职员标识的机器人站在门口。

机器人解释道："陆先生，根据联网系统查询得知，你刚被公司解雇，加入此变量到算法后，结合你在我行的存款总量，我们预测下个月开始，你将无法如期交付车贷，所以我们只好扣押你的汽车，以防坏账，请你原谅！"

"天啊！"陆晓想抱怨，机器人头也不回地走掉了。

没等他关门，公寓管理员又出现在身后，对他尴尬地表示："陆先生，根据联网系统预警提示，你刚被银行列入潜在风险客户，所以你的租户等级也被算法相对应下调，不好意思，下个月开始，你的房租将会升高一级，特此通知你。"

陆晓气得甩门而出，边走边骂："算法，算法，你都被算法算计了！"他觉得算法就是对世界的一个诅咒。散了一会步，漫无目的，他想到反正不用上班了，如此悠闲，不如去探视一下许久未见的孩子。

没等他靠近幼儿园的栏杆朝孩子挥手，幼儿园的保安就拦住了他。紧接着，他的前妻闻讯赶来。前妻见到陆晓，同样是冷冰冰的语气，说道："你以后再没机会见儿子了，我已向法院申请了禁止令。我的律师收到你失业的消息，还有你在银行的信用降级，社会印象分下跌，多种变量加在一起，依据算法的建议，和无法提供赡养费的提示，法官很快就会批下禁止令。"

一想到要与可爱的儿子分离，他感到一阵眩晕。保安站在门前，他无法做出任何举动，只能在心里咒骂该死的算法，当初就是因为算法的预测，才让他圆满的家庭破裂，妻离子散。

天色渐渐暗下去，陆晓像头野兽一样奔跑在街道上，朝着市中心的地标建筑跑去。该建筑正是"算法公司"的电脑中枢所在位置。

"只要破坏掉电脑，一切算法都会完蛋！"陆晓心想。当他快接近目标的时候，突然从路口开出一辆失控的无人汽车，一下将陆晓撞飞。

监控着这一幕的机器大脑没有一丝波动，它清楚，意外只是算法计算好的结果，为的就是清除陆晓这个"病毒漏洞"。

（选自《羊城晚报》2020年9月27日）

你要有情怀

_安　谅

干蒸房的木门"咔嚓"响了一下，光线亮闪，随即一个男人的裸体侧身进入。明人抹了几下脸上的汗水，眼睛也半开半闭，就听这人轻声嘀咕："这，不是明兄吗？"明人抬头定睛，这个肚腹凸出、略显下垂的老头（活脱脱一个袋鼠的模样），竟是刘处长。他应该前几年退休的吧，怎么再无当年果敢自信、纵横捭阖的英武之气了呢？

"明兄呀，我正要找您呢。"寒暄几句后，刘处长就带点羞赧之色开口道。"有什么事，尽管说呀！"明人和刘处长共过事，刘处长职务比他低，但年纪比他长，当年可是管着一个事业单位三千多号人呢。挺威武的。

"就是，那个晓杜，您和他还有联系吗？我想找他帮个小忙。"刘处长还是有些不好意思。

"有联系呀，什么忙，他是你老部下，你不能直接找他吗？"明人有点疑惑。晓杜曾是刘处长手下的副科长，摄影技术是没话说的，好多年前就调地区文化宫工作了。

"您知道，我和他，有点，疙瘩。当年他没能提任科长，一气之下就提出调离了，这个结，恐怕至今还没解开吧。"刘处长的额上、鼻尖上都开始冒汗了，说话的声音也有点嗡嗡的，仿佛嗓子也在冒汗。

刘处长和晓杜之间的矛盾，明人也是早有耳闻。都说刘大处长打压晓杜，晓杜偶尔参加市里的摄影家活动，他也不准假，还老是居高临下地教训他："你要专心致志地工作！"反复说，"你要有情怀！"这是这位老兄的口头禅，一说，就滔滔不绝，说得眉飞色舞、郑重其事，不是什么人都受得了的。

对晓杜，明人还是了解甚多的，他不是个对工作不负责任的人，只是爱摄影,且并未影响他的本职工作,反而还为单位添彩不少。他拍的有关本单位的建设掠影、人物风貌还频频上报。可刘处长就是容忍不了他。在晓杜调离后,把另一位科员直接提拔为科长了。那科长对他从来唯唯诺诺的,没啥能力,干活也是拨一拨动一动的,工作毫无起色,和谁相处也都令人淡然寡味的。偏偏刘处长喜欢起用这样的人。听说刘处长退休后,那科长就改旗易帜,对新任处长唯马首是瞻。刘处长找他办过几次小事,他也竟然都没给圆满办成。只是不知道,刘处长这会儿怎么想起被他排挤过的晓杜来了呢?是他良心有所发现吗?

"不瞒老兄,我退的这几年,人真瘆得慌,头一年老生病,感冒咳嗽不断,好多人劝我找点有乐趣的事做做。您知道,我这辈子都一心扑在工作上了,哪还有什么爱好呀!看人家画画,搞文学创作,有滋有味的,想步人后尘,可这得有点功夫,而且也累人,就作罢了。所以想练练书法,写字总会吧。可一个人在家写,也枯燥乏味,又听说这玩书法的虚头多,也没坚持下来,倒是摄影,自己年轻时也买过海鸥牌照相机,痴迷过一阵。这拿起来方便,又可以到处走走,立竿见影,就逐渐上瘾了,拍了半年,有了几位同伴,都是市摄影家协会会员,他们也一再撺掇我入会。可又说,必须先参加地区的摄影家活动。偏巧管这事的是晓杜,我想他一定还记恨着我,寻思也只有您能够说服他。我犹豫几天了。今天凑巧就撞见您了,这也算是天助我也吧。"

"是呀,这也是太巧了,我每月也就一两次,先游个泳,再干蒸一会儿的。"明人答应替刘处长去说说情,他相信晓杜不是小肚鸡肠的人。

不久,明人就找了晓杜,说了刘处长的想法,晓杜立马就允诺了。

"你不记他的仇吧?"明人开玩笑地问道。

"记什么仇呀,都是过去的事了。何况,他歪打正着,也等于帮我下了决心专职搞摄影。"晓杜爽朗地说道。

明人立马接口道:"造就了一个摄影大师呀!"

"这个不敢,您过誉了。不过,这几年长进不小。"晓杜捋了捋有些花白的头发,笑着说道。

"你是市里知名的摄影家,这一点不可否认呀!"明人拍了拍他的肩,比自己年轻几岁的晓杜,摄影前程确实不可限量。他前年拍摄的《南极北极》一组摄影作品,获得了国际摄影大赛优秀奖,颇受赞誉。

晓杜谦虚地笑了笑:"不值一提,不值一提,还得努力再努力。"

明人把与晓杜的交谈结果,转告刘处长时,刘处长在电话那头竟山呼海叫起来:"太好了,太好了!这晓杜真不错呀,他其实是救了我的命呀!真的,不夸张地说,我都在家憋闷好久了,要是他断了我这个机会,我什么都干不了，就等于在家等死了！"

话说到此，可见刘处长是兴奋之极了。

事情很顺当。半年以后，刘处长的摄影作品也见报并参展了。明人仔细品评，他的水平真的是突飞猛进，而且与晓杜的摄影风格十分相近。

又过了小半年，刘处长兴冲冲地打了明人电话："给明兄报告好消息，我加入市摄影家协会了，我要请您和晓杜吃饭。晓杜这人够仗义，不计前嫌，耐心指导我。要不然，我哪来这么快进步呀！"

"人家不只是仗义，人家是有情怀。"明人插言道。

"是呀，晓杜真是有大情怀的人，就像您晚报上的那篇文章写的，没有大情怀的人生是局促的，晓杜是有大格局的人！"刘处长说得愈发兴奋，明人可以想见他神动色飞、喜气洋洋的神情。

"您不是也老教育人家，要有点情怀吗？"明人故意激他。

他急了："您老兄是哪壶不开提哪壶呀，我现在要学晓杜的大情怀啦！"

（选自《北京文学》2020年第9期）

陪我坐会儿

_丛　棣

某天，我的电话响了，是个陌生号码，这让我很紧张。犹疑着接通了，对方跟我很熟的样子，声音有些慵懒："忙吗？有没有时间？"我嘴上"哦哦"着，同时脑子飞速旋转，过滤掉一些名字，听他继续说："就今天下午，出来陪我坐会儿？"

想起是谁了……

城市不大，两家离得不远，却有些年没见了，也不通电话，我们之间的友谊似乎还停留在少不更事的年代。我一时语塞，不知该如何应对。他也没有察觉出我的慌乱，语气近乎哀求："我想见见你，出来坐坐嘛。"

"出来坐坐"，一度是社交辞令，时真时假，最多会牵扯出一场无意义的酒局，我对此一直很抗拒。好在，他的话及时跟进："去西山吧。下午两点，我在秋千那儿等你！"

西山，勉强能称之为山，已作为公园向市民敞开，是休闲健身的好去处。不是周末，避开一早一晚，看不见几个人影。我是循声找去的，秋千上，他在轻轻晃荡。那排铁架子有些年头儿了，是某家工厂捐赠的，很结实，荡起来吱吱扭扭，动静挺大。他变化也挺大，脸色苍白，单薄得像张纸片，我生怕他会被一阵风吹走……

没有寒暄，他眯起眼睛点点头，仿佛我们天天打照面一般，这让我很释然。

秋千也是座位，有点儿凉，被无数屁股打磨得锃亮。我挨着他坐下，也轻轻地悠荡起来，一度两脚离地。

"最近怎样？"

"还那样，你呢？"

"也还那样。"

之后，就是吱吱扭扭的声响。我俩都眯起眼睛，看向别处，好像都在走神。

我递过去一根烟，他不好意思地摆摆手："戒了，早就不抽了。"又说："你也少抽点儿，烟不是什么好东西。"

好像一下子找到了话题，我问他："酒还喝吗？"

"喝不动了，也停了。"

"呵呵，你这是要成仙啊……"

他愣怔了一下，随即赔笑："以前净瞎折腾……"

我知道他说的是年轻时候，十多年前，或者更早，有段时间我俩形影不离，无酒不欢，除了嘻嘻哈哈没别的事干。那时候我们都没结婚，喜欢说过头话，做出格事，总觉得飞黄腾达是指日可待的事，天天欢快得毫无理由。此时，他应该也沉浸在悠远的回忆中。午后的秋阳很暖，天空出奇地蓝，我们头顶的树叶也跟着绚烂起来……

不知过了多久，他站了起来："走，带你去个好地方！"

盘山步道很平缓，也迂回，他大口地喘着气，像个佝偻的老人。我们停歇在山腰某处，他说了句俏皮话，有点儿突兀："哈，见证奇迹的时刻到了！"他开始从口袋里往外掏东西，左手一把花生，右手一把榛子，摆在石台上，然后抱着胳膊往上看。我也好奇地望向山坡：杂树、荒草、怪石……直至亮点出现。

是松鼠。三两只，警惕而敏捷，矜持片刻就全都跳跃着过来了。

一点儿都不认生，伸手喂它们，还知道立起来用两只前爪去接，很有礼貌。个个皮毛油亮，尾巴蓬松，它们捧食坚果的样子呆萌又虔诚。我从没亲昵过野生小动物，不禁怦然心动。他又分给我几颗榛子："你看，一个个多肥，都让大伙儿惯坏了！"我俯下身引逗："真好看，真好玩儿……"

他的手很纤细，毫无血色，手心的花生和榛子也越来越少，终于空了。

好像察觉到什么，他撸起袖子给我看，还要和我比比手腕粗细，结果，相差悬殊。问题是白，惨白，皮下血管异常清晰，很扎眼。

"白吧？"

"你以前就白，我比不了。"

"来时我还特意洗了洗，尤其手腕，我每天会洗好几遍……"

他扯扯嘴角，脸上现出一丝怪异的笑。

我很费解，也没再问什么。我没问他的身体他的生意他的家庭生活，就像他没问我一样，我们似乎早就懒得诉说和倾听了。早前隐约听说他日子不好过，这也正常，大家都不好过，这些年也都这么过着。我无法理解的是，他怎么会忽然想起我并叫上我，真就是陪他坐会儿那么简单吗？如果没那几只小松鼠凑趣，这个下午将变得毫无意义。那只是倏忽而过的一抹亮色，如果是单纯来给松鼠投食也说不过去，大把时间，两个大男人……

之后，他还给我打过一次电话，还是那两句话，好像一个字不多，一个字不少。我推说忙，走不开。其实我一点儿都不忙，我丢了工作，又离了婚，整日宅在家里，连电话都不想接。我实在不想出去，也没什么心情陪谁坐一会儿……

他死了。两个月后我才知道，其时外面大雪纷飞。

什么癌晚期吧，就算不出意外他也看不到今冬的雪。算算，应该是在我拒绝他后不久出的事。嗯，他是自杀，还是割腕自杀。

我踩着雪去了西山，先是荡了会儿秋千，吱吱扭扭的声响尖锐又寂寥。后来我又找到了那个给松鼠投食的地方，掏出一把花生，坐在那里等。松鼠一直没有出现，它们应该已储备好了过冬的食物，此时都躲在隐秘的家里，耳鬓厮磨，睡意昏沉……

雪又下了起来，沸沸扬扬。忽然想打个电话，随便给谁，只说："能陪我坐会儿吗？"

（选自《百花园》2020年第7期）

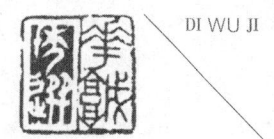

第五辑

归来

_周海亮

听到消息,他吓坏了。他说这不可能,绝不可能。她看着他,凄楚地笑。她说,现在我庆幸还能再活几个月时间。

她怀孕了。她患上绝症。她爱过他。

她爱过他。他也爱过她吧?现在他对那段感情突然产生怀疑,对他们是否相恋过突然产生怀疑——尽管最后一次见面,不过三个月以前。

医院的小花园里,她告诉他这些。她说世事很诡异很残酷,是不是?他们相恋三年,她却在最后一刻怀孕;她怀孕了,却要离世间而去。好在还有几个月时间,她可以将孩子从容地生下来。

什么时候发现的?他问。

两个月前。

为什么不打掉?

本来要打掉。可是当我去了医院,发现身患绝症。医生说,我可能熬不过这个冬天。

这就是生下来的理由?

我想我总得给这个世界留下点什么。她说，孩子是无辜的。

他们已经分手，分手之前他们就不再有爱情。面对她的不幸，他会同情，会伤心，会心痛，会心碎，但他不想她生下孩子。

打掉。先治病。他坚持着。

我希望你能陪我生下孩子。她说，你是孩子的父亲。

然后呢？

然后我就去了。她笑笑，笑出一滴眼泪。

他盯住花园深处的蔷薇，久久不语。娇嫩的花苞似乎一触即破，就像她脆弱的生命。他知道她的想法，正因如此，他必须拒绝。

他说她必须马上打掉孩子，就算为了她的病，为了她的未来。他说只要有信心，她肯定会好起来。他说留下孩子不仅对她不负责，更是对孩子不负责。他说啊说啊，到最后，连自己都不信了。他陪她回病房，她躺倒在床，很快睡过去。似乎她非常累。似乎她一个字都不相信。

之所以对她说这些，是因为他不想做父亲，特别是做一个未婚的单身父亲。很难想象一个未婚爸爸抱着一个嗷嗷待哺的婴儿是怎样的狼狈，他梦里想过，他被吓醒，再也睡不着了。

他陪她三天，然后突然失踪。他知道已经不可能说服她，既如此，他只有逃离。他劝自己说，谁碰上这样的事情都会逃走，他做不到没有底线的伟大。

她等他。一个月，两个月，三个月……护士说你即将临盆，他怎么还不来？她说，他会回来。四个月，五个月，六个月……护士说如果他不来，你必须找个家人陪你。她说，我没有家人。她没有家人，但她有亲戚、朋友、同事、邻居……或许生命的最后一刻，她愿意躺在他们怀里离去，可是分娩时，她不想他们陪她。她说他会回来，他会回来，他肯定会回来。说时，连自己都没有信心。

预产期越来越近，她恐惧，孤独，脆弱，绝望。相比即将要来的分娩和死亡，孩子没有父母更让她恐惧。她就没有父母，她深刻地懂得一个私生子和孤儿的痛苦。她开始相信他不会回来了，越来越信，越来越肯定。

她太虚弱，或许生下孩子以后，她就将死去。她如此肯定。

终于，她认为一切都结束了。她被送往产房，万念俱灰，走廊里，竟遇见他。他大汗淋漓，紧握她的手，弯着腰，抖着唇，却什么也不说。他一直站在产房门口等待孩子降生，当护士抱出号啕大哭的婴儿，他哭得比婴儿还要响亮。

七天以后，他们在病房里举行了简单的婚礼。二十天以后，她静静地躺在他的怀里离开。她走得很安详，没有痛苦。

很多人问他为何在最后一刻选择了回归，他凄楚地笑笑，不说话。

其实他本没有打算回来。他跑到北方，想在一个陌生的城市待下去。然后，他遇见一场车祸。车祸近在咫尺，惨烈并且果断，一对年轻的父母瞬间永别了他们的孩子。婴儿在他眼前撕心裂肺地号啕——尽管婴儿什么也不懂，可是的确在撕心裂肺地号啕。他的眼睛刹那间不再明亮，他的世界从此成为单调的灰色。他知道父母从此离他而去吗？也许知道，也许不知道。不管如何，正是那一刻，他突然想回来。

婴儿的眼神，令他心碎。那眼神，他注定终不得忘。

未来的日子，他或快乐，或痛苦，他已不再去想。他只想让临死的她和他们的孩子，不再孤独；他只想很多时候，很多事，只要愿意，人类真的可以对抗残忍，对抗孤独。

只是为此，他必须搭上一生。

（选自《小说月刊》2019 年第 11 期）

玫瑰糕的味道

_ 李伶伶

　　长文拎着礼品来到桂婶家大门口。大门虚掩着,长文没有擅自进去,而是站在门口轻轻地敲了几下,等里面的人来开门。

　　五分钟过去了,十分钟过去了,一个小时过去了,大门里没有任何动静。长文脸上的汗不住地往下淌,衬衫也湿透了。三伏天的太阳能晒死人。连勤劳的蚂蚁都躲到地洞里避暑去了。可长文还是没有要走的意思,他知道,桂婶家的门是不会轻易为他打开的。

　　说起跟桂婶家的恩怨,长文到现在都觉得有点冤枉。长文上高三那年,有人来家里提亲,提的是桂婶家的三姑娘。三姑娘长得跟天仙似的,说媒的踏破她家的门槛儿,她一个都没看上,却偏偏看上了戴副眼镜、一脸书卷气的长文。长文的父母高兴得合不拢嘴,就想答应这门亲事。那天正好是月底,长文回家取生活费,看到媒人很害羞,他把心思全都用在了学习上,根本没有想过这方面的事,所以婉言谢绝了。媒人没想到长文会拒绝,说你们家穷得叮当响,得烧多高的香,才会让三姑娘上赶着跟你提亲?你还不同意,真是不知好歹!长文的父母赶紧赔不是,又把长文拽到一边,劝他再想想。长文说,我现在不想结婚,我想上大学。媒人见长文态度这么坚决,气呼呼地走了。

　　不知道媒人是怎么跟三姑娘回复的,只知道三姑娘得知自己被拒绝后羞愤难当,当晚喝了敌敌畏,等家人发现时,她已经没了呼吸。这个结果让全村人都感到震惊,也让长文一家背上了沉重的心理负担。自此,桂婶家跟长文家成了仇人,走对面,鼻子碰鼻子也不会说一句话。

　　事情过去三十年了,虽然长文不知道自己错在哪里,但是这事还是深深地影响了他。当年按他的成绩能考上重点大学的,因为发挥失常,只考上了普通大学。在大学期间和工作之后，都有姑娘追他，他都不敢接受。这事之后，他特别惧怕女孩，快到四十岁才在家人的再三催促下，匆匆成了家。老家在他心里是一个疼痛的存在，他也不太愿意回去，他想把父母接到城里住，但父母过惯了农村生活，到城里不适应，他只好一次次回来看父母。这次母亲病重，他请假回来照顾母亲，每天给母亲变着花样地做好吃的，可母亲都吃不进去，只能喝点水。

那天母亲忽然说想吃玫瑰糕，长文很高兴，马上就要去买。母亲却摇摇头，说，我想吃你桂婶做的玫瑰糕。桂婶做的玫瑰糕，是村里的一绝，吃过的人都夸好，谁家娶媳妇、嫁闺女、孩子满月等等，都会请桂婶做玫瑰糕，比商店里买来的好吃上百倍。可是桂婶怎么会给他家做玫瑰糕，母亲是不是病糊涂了？长文说，我回县城去给您买，虽然味道跟桂婶做的不一样，但是也挺好吃。母亲还是摇头。

长文真的很为难。三十年来，他跟桂婶一家从来没有正面接触过，更没有面对面地谈过话，桂婶一家冷漠的态度让他望而却步。可是面对三天粒米未进的母亲，他不能再犹豫，硬着头皮去了桂婶家。

桂婶打开大门，一见是长文，"咣"的一声又把大门关上了。长文没有走，站在门外说，桂婶，我知道您恨我，我也恨我自己，当初不该那么直接拒绝三妹妹。桂婶在门里面怒斥，走，你给我走！长文说，桂婶，我是真诚地来向您道歉的，请您原谅我！大门里面没有回声，有脚步声远去，又有脚步声挨近，大门开了，长文以为桂婶回来接受他的道歉，满含期待地抬起头，不想劈面迎来一盆凉水，长文瞬间成了落汤鸡。桂婶说，滚！有多远滚多远！

看着长文一身狼狈地回来，母亲没说话，紧紧地闭上了眼睛。母亲还是什么也不吃，长文担心得晚上睡不着觉。他是个孝子，这么多年母亲不管提什么要求他都努力做到，所以为了母亲，第二天他又拎着礼品去了桂婶家。

长文在桂婶家等了两个多小时，桂婶见长文一直不走，又泼了他一盆水。这次不是清水，是洗菜水。泼完，菜叶、葱皮、土豆皮啥的弄了长文一身，长文没有恼。第三天又去了。桂婶端着一盆洗衣水站在长文面前，说，你还敢来？长文说，泼吧桂婶，如果泼水能减少您心里对我的恨，我情愿挨泼。桂婶听后，"哇"的一声哭了，水盆也掉在了地上。

桂婶去长文家给长文母亲做玫瑰糕，老姐俩一见面都流下了眼泪。长文母亲说，大妹子，三姑娘的事，我们对不起你呀。桂婶说，也不能全怪你们，也是我家三姑娘性子太烈，谁能想到她会走这条绝路呢？我这心里这么多年转不过这个弯儿。长文母亲说，别说是你，谁都接受不了啊。那天，郁结在两家人心里三十年的结儿终于解开了。那晚，六天没进食的长文母亲吃了半块玫瑰糕。母亲说，桂婶做的玫瑰糕真甜啊。不知是精神作用还是玫瑰糕的作用，母亲又多活了两个月。那两个月里，长文有时间就回老家看母亲，老家不再让他觉得疼痛，开始有了一丝温暖，甚至还有一点甜，像玫瑰糕的味道。

(选自《天池小说》2020年第8期)

1984 年的寒风刺骨

_ 陈树茂

4388，这不是一个电话短号，也不是一个门牌号，更不是一串密码。

它是我父亲当年在矿场领的工资，四十三元八角八分。

母亲缓缓说，当年你父亲在矿场领到的工资就是 4388。我们家族世代是农民，你父亲参军退伍后，进入当地矿场工作，成为家族第一个工人，第一个居民，曾引来不少羡慕的眼光，正如大哥当年考上大学一样。母亲说到居民这两个字时，眼里迸发出一丝丝的自豪。

你父亲当年上班很辛苦，要通宵值夜班看管矿场的柴油发电机，晚上只能打个瞌睡，白天回到家，还要继续到田地干活。当时有个调皮的邻居，每次见到你父亲都会调侃说，领 4388 工资的工人，也要下田干活啊！你父亲总是笑笑不语。慢慢的，4388 的叫法传遍了整条北街。

你父亲一人要干两人的活，但他从不叫苦喊累。无论严冬，还是酷暑，他都会去田里种菜种花生种水稻。大姐出生后，你父亲更加拼命干活。当时在生产队，你父亲是远近出名的生产能手，经常被表扬，还奖励了许多背心呢。我记得应该是 1984 年，小妹刚刚出生没多久，那年冬天很冷很冷，你父亲依然上晚班后，一回家就一个人去菜地浇水。

那双脚一碰到水，整个人就冻得直打哆嗦，冷得刺骨，父亲后来回忆时反复说。

去年，我无意中跟母亲聊起那个冬天发生的事。母亲还没开始说，就已热泪盈眶，嘴里唠叨着，那段日子真是苦，苦了你父亲啊。那个冬天的大早，你父亲赤脚去菜地浇水，不小心被一支钢丝刺穿脚板，他用力拔出钢丝，还忍痛浇完水，才一拐一拐回家。你父亲后来说，拔钢丝时，鲜血直冒，整个人几乎要昏厥过去……母亲还没说完，就已经成了泪人。

我依稀记得，是我第一个看到父亲一拐一拐回来的。我当时吓坏了，大声叫喊着，我爸受伤啦！我爸受伤啦！北街的邻居们闻声都涌到我家来，大家七嘴八舌地出谋献策，有的说用那种草药，有的说用什么油擦。邻居们的热情一下子融化了那个刺骨的寒冬，也仿佛减轻了父亲的伤痛。最后，父亲听从了一个建筑工邻居的建议，在伤口处撒上火柴头火药点燃消毒，当时没有彻底处理，以致后来每逢天气变化伤口就会肿痛。那段时间，邻居们天天来家里探望父亲，有的还拿鸡蛋过来，有几个轮流帮忙去菜地浇水。

后来，父亲常说，"金厝边，银亲戚"，关键时刻还得靠邻居呐。

那年冬天，冷得刺骨，父亲回忆说，我刚刚下水沟挑水，整个人都被冻僵了，第二次下去挑水时，感觉右脚刺到什么东西了，抬起脚一看，一支钢丝已刺穿脚板，当时忍痛将钢丝用力拔出来，血咻一下冒出来了。我当时随手抓起一把水草，紧紧压住伤口止血，过了好一会看看血不再流了，就坚持着将水浇完，可没想到伤口一拉扯又流血了，回头看看血已染满菜地，才急忙忙再压住伤口止血，最后一拐一拐走回家。父亲平静地讲述着，仿佛讲一个与自己无关的故事。

我轻轻问父亲，当时一定很痛吧？

父亲笑笑说，不痛，是假的，整个人都差点晕过去了。

我不解地问，那你还在继续浇水，还让血染菜地？

父亲叹了一口气说，不能让菜苗枯死啊，你们四兄弟姐妹还要吃饭哦。

下次再谈论那个刺骨的冬天，绝不能让母亲在旁边了。我看看旁边坐轮椅的母亲，她早已老泪纵横。母亲满含着泪水对我说，你要好好向你父亲学学怎样吃苦，"铜钱出苦坑"，那时4388就可以养活一家八口啊。

父亲牵起母亲的手说，儿孙自有儿孙福，不要像我们这一辈那么辛苦就行了。

我望着母亲的相片，猛的才想起，好久没给独在老家的父亲打电话了，最近他的脚旧伤又肿痛了。我打通电话，刚喂一声……不争气的泪水就滑下来了。

（选自《汕尾日报》2020年7月5日）

永远的青春模样

_杨　烨

"这个月，轮到你给高老师写信哦。"同学群里，曾经的班长@了我。

高老师是我高中的英语老师。在 20 世纪 80 年代末我们那所郊区中学，他绝对是神一般的存在。那时的高老师已年近花甲，比我爸爸的年龄都大，但处处显现出一种与众不同的气质。他个头高大，腰板挺直，双目熠熠，头发一丝不乱，走路大步流星。他穿着当时中年男子常见的中山装，整洁妥帖，不见褶皱，冬天围一条浅灰色羊毛围巾，五四青年般地意气风发。

开学没多久，高老师就为我们每个人起了英文名字。不同于现在成堆的玫瑰和天使，他起的名字或励志，或形似，或神合，每公布一个名字，都让我们雀跃不已。一女生音色嘹亮，活泼调皮，命名她为"Lark"（百灵鸟）。一瞿姓男干部乐于助人不留名，被命名"Cricket"（蟋蟀）。高老师给我起名"Lamb"（小羊）。他说，把莎士比亚戏剧改编成故事集的是英国的 Lamb 姐弟，他知道我很喜爱文学。

高老师的英语课上几乎没有一句中文。上来就是十分钟左右的当日新闻，我们不仅能学到课本上没有的词和词组，而且对于新闻的背景和影响，他都会给予深入浅出的解读。他授课时热情专注，时而神采飞扬，时而内敛忧伤，让讲授的每一个词和句子，都随着他浑厚的男中音，在教室里荡漾。高老师讲课既解释词义语法，又不止于段落大意和中心思想，更是把他对人生的理解、对美好的向往、对虚荣的鞭挞、对淡泊的景仰向学生倾诉。

我们是寄宿制高中，一周中的晚自习，一半时间高老师为我们讲授新概念或者练习英文打字和口语，当然全是免费的。做习题时，他喜欢放着舒缓的背景音乐。由此，我们认识了舒伯特、莫扎特、约翰·施特劳斯……学会了

《月亮河》《昨日重现》《音乐之声》里几乎所有的插曲。

那是在三十多年前上海市郊简陋的教室里，没有电脑，没有互联网，学校里甚至没有电视可看，一群大多数来自农村家庭的孩子坐在那里专心致志听讲，心跟着老师翩翩起舞。

每个周六的第一节课必是英语课，因为课后高老师就要回市区的家。这天他会稍显"隆重"：抹点儿头油，换件衬衣，脸上有掩饰不住的喜悦。他会开心地告诉我们：Kids, I am going home to see my wife. I miss her very much.（孩子们，我要回家看我的妻子啦，我很想念她）当我们叽叽喳喳地哄笑时，他也会如少年般涨红了脸。下课的铃声响了，我们呼啦一下冲向阳台目送他：校门口，他必定回头，潇洒地一挥手，留给我们充满豪情的背影。

高老师的批评方式也很独特。隔壁班的同学因为早恋被开除，他组织我们去看电影，用电影里的故事告诉我们：早熟的苹果不甜。我们曾偷偷溜出校园吃饭、闲逛，被他逮住了，他没按规定报告校长，而是把我们一个一个"赶"上讲台背书。我们感觉他和别的老师就是不一样，没有世故圆滑，没有故作正经，既讲法度之方，又允许自由生长。

那是个崇尚知识改变命运的年代，他的到来为我们送来了清新的风。在他的辛勤教育下，我们班不仅高考英语成绩遥遥领先，而且齐刷刷迈进了大学的门槛。我始终认为，我英语水平的高光时刻是在高中阶段。

上大学时高老师已经退休，我们结伴去看他，他像朋友一样接待我们，去家附近的小吃店吃生煎、鸭血粉丝汤。后来他妻子病逝，我们再去探望时，高老师虽明显憔悴，但依然干干净净。谈话间，他突然哽咽，快步掩面走了出去。联想到当年那个少年般快乐的他，一种难言的悲伤涌上我们心头。

获悉高老师住进了敬老院，同学们相约去看望。敬老院门口，他的儿女满脸歉意："高老师感谢大家，可他不想让同学们看到他现在的模样……"于是，我们便开始每个月安排不同的人给他写信。每次总能收到他的回信，尽管回信不长，字也不复当年遒劲，但一笔一画工工整整，令人动容。

是的，这才是高老师，率真、坚韧、骄傲、永远的青春模样。尽管那个英挺的背影渐渐模糊，但他说过的话，他刻在骨子里的优雅和昂扬，一直无声地引领着我们，尊重、认同、归属。

（选自《新民晚报》2020年6月27日）

树碑

_李小庆

福爷安静地坐在村东头的树墩上,脸上的皱纹和树墩那皴裂的树皮完美地结合在一起,在夕阳的余晖里成了一尊雕像。

树墩的后头便是一所学校。一所只有9个孩子的学校。

福爷是这所学校的看门人,其实也没啥可看的,除了一些缺胳膊断腿的桌椅板凳,便是小李老师。

再说那扇所谓的大门,就是福爷从山上砍来些碗口粗细的树枝,用麻绳捆上,再找些废旧的细铁丝牢牢地拧住,随意地靠在一人高的墙上,等孩子们放学走了,福爷就把这扇门立在门口,隔断了学校与外界的通道。暮色在空寂的操场上不动声色地弥漫着,只有福爷坐在树墩上的身影逐渐地模糊在夕阳里。

这所学校具体存在多少年,小李老师不知道,福爷也不知道,他说他就在这所学校念了几年书。在这儿读过书的还有福爷的儿子、孙子,当然也包括小李老师。

没事的时候,小李老师就喜欢坐在福爷的旁边,听福爷讲发生在学校里的那些陈年旧事,包括小李老师在二年级的时候,因为不敢和老师报告去厕所而尿裤子的事。小李老师便咻咻地笑,他说他才不信福爷呢,二年级还尿裤子?鬼才信!来来来,还是下一盘棋堵堵您的信口开河!

乒乒乓乓的棋子碰撞声并没有堵住福爷的嘴,福爷说你小时候蔫淘蔫淘的,你娘走得早,你爹一个人拉扯你们四个,顾上这个顾不上那个,村里哪家的饭你没吃过?你学习好,愣是让学校减免了你的学杂费!啧啧,加一起可好几块钱呢!为这,满儿他娘还找到学校也要减免学费呢!咻!也不看看满儿那成绩!回回大鸭蛋!不嫌臊得慌!不过那时可真热闹啊!嘿,那个叫啊、闹啊，大半个村子都能听到……

满儿在外面挣了钱，把他娘接走了，再也没回来……小李老师飞出了一个象，重重地凿在福爷的车上。

谁像你这个傻小子！念了大学，转个圈又回这个山沟来！看你那点儿出息……

为啥回来别人不晓得，福爷您不晓得？小李老师摩挲着棋子低声说。

我不晓得！福爷闷闷地回了一句，把脸扭向有些模糊的远山，流动的夕阳把福爷斑驳的身影扑倒在破旧的棋盘上。

小李老师知道，福爷又想起了五儿。

小李老师也想五儿。

五儿是山那边的孤儿，每座山的那边都有几个娃来这所学校上课，那时小李老师还是人们嘴里的李三儿。

五儿和李三儿一起长大，一起上学，一起走出大山。

大学毕业后，五儿回到了村里，当上了村小学的老师，李三儿不解地看着五儿如花的笑靥说，好不容易走出来，见了世面，还要回到山沟沟？

我要守着咱们的村子！也要守着这所学校！五儿指着书声琅琅的教室说，好看的眼睛被风吹得眯成了两条缝，但是却好像有两束阳光落在她的眼睛里。

李三儿不敢看五儿的眼睛，转过身子，让自己逃离那两束阳光的捕捉，任五儿的身影在村头站成了一棵树。

他回头看了看越来越模糊的五儿，向她挥了挥手。停在路边的小客车像一头巨鲸，一口将他吞进去，然后喷出一股黑烟，摇头摆尾地游进夕阳的光晕里。

两年后，李三儿回到了村里，他没有看到五儿，也没有看到学生，只看到颓败的教室和在学校门口发呆的福爷。

五儿呢？孩子们呢？

五儿走了……福爷低着头，垂下了眼帘说，孩子们也都走了。

当李三儿看到五儿的时候，那只是一张黑白照片，镶嵌在一块冰冷的石碑上，石碑立在学校后面一个孤零零的山坳里。

那雨下得真大啊，水库的堤坝都快垮了，长这么大岁数都没看过发这么大的水！为了救落在水里的小四儿，她忘了自己不会游泳……福爷说，那个山坳里可以遮挡风雨，不会再让五儿一个人去面对那么大的风雨了，我替她守着……

小四儿是李三儿的弟弟。

李三儿在五儿的碑前站成了一棵树。

他想起了他离开这个村子时,五儿是不是也这样泪流满面,那时候,五儿的心是不是有被碾轧的感觉?

　　李三儿成了小李老师,把空无一人的教室变成了9个孩子的乐园,那是他翻山越岭才找回来的学生。

　　福爷安静地坐在树墩上,眯着眼打盹儿。不知道什么时候,树墩的四周冒出了一根根的枝条,嫩绿嫩绿的,随着教室里琅琅的读书声欢快地摇摆着。

　　站在讲台上,小李老师似乎能看到山坳里的五儿也在微笑着看他。

　　夕阳的剪影里,有一个人。

　　还有一块碑。

(原载《辽宁日报》2020年1月16日)

特等射手

_喻永军

  发小马紫荆是个退役的特警,获得过"特等射手"的荣誉,虎口和食指上结着厚厚的老茧。我在西安高新区的一家酒店里碰上他,吃饭,喝酒,闲聊。酒喝多了,海阔天空地瞎吹。他说他奉命射杀过一只东北虎,而且是一只虎王,六百多斤重,年龄只有四岁。

  那天,他从警营急行三百里去往长白山的一个林区,任务是协助处理一只从野性训练基地逃跑的老虎。因为这只老虎即将脱离人们的控制,逃进附近的山林,后果非常严重。

  请求特等射手的帮助,意味着什么,马紫荊心里很清楚。为了尽快进入工作状态,在车上,马紫荆联系训练基地希望获得一些资料。很快,基地的总工传过来几段视频,是关于这个四岁虎王的一些野性训练的生活细节,例如,捕食、猎杀、进食、吼啸、嬉闹、睡眠等等。虎王从形态到神韵完全具备西伯利亚虎种的所有特性,而且是基地人工繁育几十年来最优秀的一只。其体长超过三米,头硕如斗,目光如炬,毛色斑斓,特别是颈子两侧飘逸着一尺多长的金色丝毛,增添了威猛的气势。马紫荆看着视频,莫名地喜欢上了这只虎王。待他从视频中回过神来,已经来到野性训练区的门口。接待他的是个戴着眼镜的小伙子,说话腼腆,有点儿惊慌失措。他跟马紫荆握手的时候,马紫荆感觉到了一股强烈的激动,同时也瞬间理解了总工传给他视频的用意。

  总工带他们进了训练区,指着一棵松树让大家看,树身上是密密麻麻的虎爪印。马紫荆根据总工的指示,目测了一下这棵树到围栏铁丝网的距离,认为这里若是这只虎王的出逃地点,说明这只虎王除会爬树之外,还应是一只飞虎。能让如此硕大的身躯跃出围栏,它身上潜藏着多么深邃未知的野性!

多优秀的一只虎王!

这是马紫荆从总工眼里读到的信息。

马紫荆是六个处置小组中第四组的成员。这个组包括他、总工，还有一个扛着麻醉枪的射手。他们一起趁着夜色向密林深处前行，松树的剪影划拨着深远的夜空，灌木占满地面的间隙，行进起来非常困难。实施方案是先通过总工的呼唤，让虎王回到训练区，因为总工是虎王的训练师，负责虎王的日常生活和野性训练。他说曾经对虎王的习性了如指掌，但目前是一个突发情况，加之人为的干扰刺激，结果很不好说。其次是用麻醉枪麻醉。最后的方案是击毙。

不知走了多长时间，在密林深处的一个水池边，人与虎不期而遇。当虎王从林子里跳出来时，总工的目光就和虎的目光相遇。虎的目光明亮深邃，闪烁着对原始林莽深处的渴望。总工努力地接近它，他希望虎王能够让自己接近它，在十到十五米的距离上，让麻醉师有机会射出麻醉弹，因为麻醉枪的有效射程是十到十五米。但结果让他们很失望，也很着急——虎王在林子里也许忘了自己的身份，灵动自如，很友好，但很任性，转身就没入了更深的林莽。

这无形中绷紧了三个人的神经。因为再这样下去，虎王将脱离人们的视线，消失在山林中。

总工不停地向基地汇报事态的发展状况，接受基地的最新指示。终于等来了最后的指令：击毙。

总工知道这个指令是向六个协助小组同时发出的。

有两次，虎王都将硕大的脑袋暴露在马紫荆的视野里：一次是身子隐藏在灌木丛中，露出一双摄人心魄的眼睛；一次是身子隐在白桦树后，露出一颗脑袋。但马紫荆都失掉了最佳的射击时机。

最后在一座山冈上，马紫荆开了枪，老虎中枪后长啸一声，仍然没入了林海。

总工问："射中了？"

马紫荆说："射中了两枪。"

完成任务后，马紫荆当晚就离开了。剩下的就是搜寻虎王的尸体。

年后的一天，总工找到马紫荆，两人聚在一起喝酒，总工抱拳向马紫荆致谢。马紫荆说："啥意思？"总工举起酒杯说："这杯酒是我跟虎王一齐敬你的。"

"那只虎王没有死？"马紫荆问。

总工说："这个结果你那天晚上就应该预料到！"

马紫荆笑了笑，说："你认为我没有尽到自己的职责。"他看着总工说："你是要追究责任？"

总工说:"追究什么责任?那只虎王没有死,因为它碰上了你。如果与其他五组成员相遇,生还的希望很小。就虎王自身来说,它在训练中袒露了真正的野性,真正的野性既在它身体里,也在它灵魂里,更在森林深处。这样说来,虎王的逃生有什么错呢?"

总工说:"第二天晚上,虎王回到了训练区。我仔细地研究了它的伤口就明白了,应当说你喜欢上了虎王。我给它做了缝合包扎处理,但它调皮执拗,总是用舌头将伤口舔开,反反复复,直到愈合。老虎是一种记忆深刻的动物,枪击可能给它留下了深刻记忆。为安全起见,第二年就让它退出了训练区。"

马紫荆说:"你在讲一个并不存在的故事。"

总工说:"你几次都有机会射中它的头部,但你借故没有开枪,最后却选择了它的后腿胫骨,向这个最难射中的部位开枪,而且准确射中。你是一位真正的特等射手!"

马紫荆讲完他的故事,我俩好长时间没说话。我端起酒杯举向马紫荆说:"你想什么呢?"

他瘦削的身子靠在沙发背上,眼神有点儿迷离。他说,他射击的瞬间,非常清楚地看到虎王抬起的虎掌上深色的肉垫,肉垫周围几根弯钩似的虎爪,爪子根部是透亮的肉红色。他扣动了扳机。

(选自《百花园》2020年第2期)

会笑的花树

_ 王祉璎

从建设路穿过,往前走到头再向左拐,进入僻静的巷子,便能看见一家门口种着花树的甜品店。满树紫丁香,散发着清幽芳香,仿佛承载着回忆。苏蓓第一次遇到这家店时,心底的弦就被拨动了。

很多年前,苏蓓在杂志上看过法国鲜花小镇的模样后,便梦想拥有一家种满鲜花的甜品店,和心爱的人厮守终生。而这家名为"花树"的甜品店,就像为她而开。

苏蓓忽然停下来,身边的男孩儿忍不住问:"妈妈,您怎么站着不动?"

"小宇,妈妈回国后,还没见过这么别致的甜品店。"苏蓓用手指了指。

男孩儿偏过头看过去,兴奋地说:"哇,那家花树好漂亮!"

"那我们去看看!"

苏蓓牵着小宇的手,推开甜品店的玻璃门。店里的布置尽显满满的少女心,装修文艺而清新,正在播放她喜欢的那首《到不了》。

"感觉你来到是风的呼啸,思念像苦药竟如此难熬……"

听着伤感的旋律、婉转的歌声,让苏蓓心头一颤,记忆翻腾而来。

初见叶荣时他还是个明朗如诗的少年,穿蓝白相间的校服,坐在高中校园的紫丁香花树下,手拿一本英语书轻声朗诵,偶尔会有花瓣飘落。那么美的画面,看得她眼睛都不眨。

也就是从那天起,苏蓓无可救药地喜欢上了紫丁香。背着书包的她灵机一动,拿出英语课本,走过去和他搭腔。

"同学你好,我叫苏蓓,请教一下这篇英语文章?"苏蓓凑过去,轻松地坐到他身边。

看着这个少女,他呆愣住,过了会儿才回答:"我叫叶荣,那我……给你看看!"

他们在那个午后相识,随着接触,渐渐发现彼此有不少相同的兴趣爱好,比如喜欢吃甜品、喜欢武侠小说、喜欢篮球。爱情的种子悄悄萌芽,可那时他们谁也没说破。

回到现实中,苏蓓领着小宇走到展柜前,里面摆满了精致可口的甜点,相思抹茶、香草茉莉、覆盆子芝士……全是她吃过的甜品,唯独那款"丁香迷情"没有尝过。

店员看见有新客人来,主动问:"你们好!请问需要什么?"

苏蓓问了小宇,然后回答:"给我来份'丁香迷情',给小孩儿来份'提拉米苏'。"

"这款'丁香迷情'是本店的招牌,由老板自创。"

苏蓓愣住了:"名字很特别。"

"老板眼光独到,本店自从开业后很受欢迎,成为网红打卡店。"

坐在窗边,苏蓓仔细瞧了瞧"丁香迷情"。整块蛋糕裹着粉紫的奶油,上面抹了深紫的果酱,撒了一层浅黄的芝士,用奶油裱成丁香花,还放了新鲜草莓,品尝起来酸酸甜甜,仿佛初恋的味道。

其实苏蓓想过向叶荣表白,可父亲外出执行任务,突然惨烈牺牲。为了继承父亲的遗志,她准备报考警校,就放下了感情。

经过重重选拔,苏蓓如愿考上了京城警校,叶荣居然也考上了京城大学。新生军训一过,他主动找她告白。这世上最高兴的事,就是你多年喜欢的人也喜欢你。

他们恋爱了。为了跟上苏蓓的脚步,叶荣不仅努力学习,而且注重起体能训练。

后来,苏蓓像父亲那般,成了一名缉毒警察。

遇上一桩国际毒品案,需要卧底打入内部,组织通过反复考察,找到了青年警察莫家盛和苏蓓,并给他们换了身份,进行了秘训。

苏蓓以为等到任务完成,还是会和叶荣在一起,可命运却发生了南辕北辙的改变。

甜品店里的那首歌还在继续,有人反复播这首歌。

这时,从二楼下来一个英俊的男人。苏蓓抬起头,两人的视线交汇。

苏蓓激动地捂住口,却不敢说话。多年没见,叶荣更成熟了。

那年,苏蓓和莫家盛搭档,小心翼翼地取得了证据。关键时刻却发生了意外,为了掩护她撤离,莫家盛葬身火海,她侥幸逃出来却受了重伤,在国外经历了二十来次手术才康复。

可惜，整容后的她容颜已变，也不能再用以前的身份。

在组织的安排下，苏蓓回到了家乡，成了一名老师。按照莫家盛的遗愿，她领养了他寄放在孤儿院的儿子小宇。

叶荣不由自主地注视着她的一举一动，感觉似曾相识。

待他追出去，她已经走远。也许还会回来，就像那满树紫丁香，谢了还会再开。

（选自《啄木鸟》2019 年第 12 期）

在春天，有许多事情发生

_冷清秋

春天是万物复苏的季节

今天的小路比昨天窄了一些。

不细心的人是看不出来的。他们看不到今天的小草比昨天更加翠绿，也更加蓬勃。

小路尽头有两株玉兰树。亭亭玉立的两姐妹，一高一矮开满了花。

玉兰花很美。像灯盏，又像是一群展翅飞翔的小白鸽。

树下的条椅上那个常来静坐的老人没有出现。

抖空竹的老太太有些心不在焉。她抖着空竹的手几次失控，空竹嗡嗡着从杆绳上跳脱，滚落下来。弯腰去捡的老太太打了一个趔趄。

条椅空荡荡的。大概有一周的时间了吧。

后来才得知，那个老人再也不会来了。

他在春天的夜晚，独自去了另一个地方。

走之前没有任何征兆，连告别也来不及。

小区很安静。安静到你感受不到一个人的离开。

住在三楼的小妇人下了楼，身材丰腴，满面春风地微笑。

我说：生了？她羞赧地笑，说：嗯！

然后说，又是个女娃！说完，憋不住笑了一脸。

那是一个周末的下午，夕阳温和地洒在院子里的路上、树上、草地上和花朵上。

素常安静的院子被四处撒欢儿的孩子们占据。

他们像是一匹匹快乐的小马,哒哒哒、哒哒哒地奔跑着。时而攀上健身器材,时而爬上条椅,时而又从高高的地方跳下来,哒哒哒哒地奔向远方。

一切都和从前一样。一切自然是和从前一样,又似乎有些不一样。

譬如玉兰花朵还没有败落,而牡丹就要绽放了。

坦克是一只有理想的猫

五个月过去,坦克果然长成了一只大猫。

看电视的时候,虽然它看不上两眼,也要自个儿霸住家里最大的沙发。

它不许旁人坐。它把自己的猫身子铺开来摊在沙发上显摆,叫你打眼望去大吃一惊:这货居然足足有半米来长了。如果哪天你不小心侵占了它的地盘,它会冲着你瞪大眼睛,喉咙里发出威胁的声音,假如到了这般地步你依然还不肯做出让步,它就会猫性大发,扑过来冲着你又撕又咬。

好在,它终归知道你是给它洗澡给它猫粮的那个。即便是撕咬也只是做出一副穷凶极恶的样子来。那猫模猫样不但不使你害怕,反叫你觉得好笑和好玩。

母亲可不能理解这些,她看到坦克跳上沙发跳上床,便会极为不忿地用很大的声音去呵斥,去驱赶。

坦克看在我们的面子上,并不屑于和母亲计较。甚至在表面上也给足了母亲面子,可母亲显然对坦克的一片好意浑然不觉。

母亲发怒说:猫就是猫,猫就是抓老鼠的,家里又没老鼠,干嘛还要花钱养这玩意儿?嗯,在母亲嘴里,猫不需要名字,就是这玩意儿。

我不知道该怎么给母亲解释,便只好撸撸坦克的背和坦克一起沉默。

母亲和坦克两相委屈着相处了一周多。看不惯的母亲终于发怒了,她说,我还是回乡下去自在!

母亲一走,坦克又开始无所畏惧无所忌惮。

它随随便便在家里上蹿下跳,爬高下低,占据电视背景墙后,坦克的猫眼又瞄上了卧室的大衣柜。终于,坦克在大衣柜的顶上找了个好去处。自此,它时不时就扒拉上去,先是在顶上巡逻一圈,然后自上而下俯视我,看厌了或者是看累了,就趴在柜子顶上酣然入睡。

作为一只猫,坦克是有自己的理想的。

我坚持这么认为。

楼下的那些流浪猫不见了

就像是凭空消失了似的,楼下的那些流浪猫不见了。

站在楼下的我总是忍不住左右张望,期望可以寻觅到其中任何一只猫影。

之前,每到春季,成群结队的流浪猫们浩浩荡荡从楼下的草地上经过,它们目光坚定无所畏惧,大摇大摆的做派总让我想到古时候的帝王出巡。

物业发通告说,将一部分猫移送到了流浪动物救助站。

我应该就是在物业大追捕之前收养坦克的。

那是一只大概一个月的小奶猫,就那么蜷缩在楼下的草丛里瑟瑟发抖,连咪咪叫的声音都那么微弱。我伸出去的手还来不及缩回来,它就自己挣扎扒拉着跳上了我的掌心。和它默默对视了那么一会儿,我败了。

我听到一个声音说,带回家,叫它坦克吧。

自此,每次给坦克洗澡的那个男人总是念叨说:小坦克,看看你多幸福!

或者是:小坦克,如果不捡你回来,大概你会被冻死或者也会被送走呢。

我忍不住替坦克想,如果被送走该是多么悲惨啊。便又做主替坦克庆幸起来。

坦克不知道我的庆幸,或者坦克从没觉得自己是一只猫。

而我们之所以叫"人",应该也只是一开始被限定了这样叫的。

或者这世上有许多人后来变成了猫,又有好多猫后来变成了人,于是这些人变成的猫和猫变成的人就这么世代友好温暖着、相爱着吧。

一定是这样的。

卖烧饼的大叔是安徽人

菜市场的拐角新换了一家卖烧饼的摊位。

夫妻俩五十出头的年纪,容颜干净,见人就呵呵笑,如沐春风。

他们用浓郁的皖南口音交谈,时不时会有欢快的笑声从熟练擀饼烙饼的动作中跳出来滚落一地,就像是橙色的橘子骨碌碌滚落下来。

案板背后那堵曾经被熏黑的墙现在涂成了让人舒服的奶白色。

这是什么?我忍不住伸手戳过去惊讶发问。

斗笠啊。大叔笑了，说，就是草帽嘛，竹子编的那种。

嗨，我当然知道那是斗笠。我也来自乡下，我还知道那凹凸不平的白墙上悬挂着的另外一些：黄灿灿的是玉米棒子，红通通的是大辣椒。那一大嘟噜是我们日常吃到的大蒜头。

可我不懂，他们这是要干嘛？干嘛要悬挂这些？

那是一个菜市场，周遭卖鱼的卖菜的，车水马龙，一切都乱糟糟的。

而他们只是拐角处一家卖烧饼的。嗯，仅仅是卖烧饼的。

可随即我又笑了。为什么不行呢？我笑自己的无知和顿悟。

卖烧饼多好啊，能吃到热乎乎的烧饼多好啊。

春天如此的美好。美好如此的美好。

让一切冷硬开始柔软。

（选自《牡丹》2020年第1期）

不老的月亮

_吴 苹

这次，素心决定无论如何也得听一场罗清扬的音乐会了。

午饭时的那场吵闹像一把坚硬的啤酒起子，嘭的一下撬开了瓶盖，这个酝酿已久的想法便携带着泡沫喷涌而出。

事情缘于那个小花碗。那个超市搞活动赠送的小花碗。六岁的大儿子和四岁的小儿子都看上了，两人争着争着就打到了一起。素心端着菜从厨房里走出来，一只脚刚迈上门槛，就听到小花碗掉在地上的清脆破裂声。看着撒了一地的白米饭，素心一时火起，拽过孩子朝屁股上各打了几巴掌。

男人下班回到家，扫了两个哭闹的孩子一眼，也不哄，就坐在餐桌前吃起来。

素心看到男人的样子，气更不打一处来，趴在沙发上抹起了眼泪。

十年前，素心和男人结婚的时候，男人跟着村里的建筑队干小工。十年后，当年和男人在一起干活的人都走了出去，在省里或在市里买了房，只有男人还留在乡村里提瓦刀。

唉，说什么人的日子是不停歇的河流，只是河流的走向却各不相同，有的一路高歌奔腾入海，有的流着流着却见了底。

素心起身时男人已经走了，大儿子在饭桌前吃剩菜，小儿子却挂着泪花睡着了。素心将小儿子抱到床上放好，清理了地上的碎瓷和米粒，才起身走进卧室。

素心打开床边的箱子，取出一个旧日记本。本子里贴满了一个男人弹钢琴的照片，素心摩挲着那些照片陷入了沉思。

那时素心十二岁，刚上初一。某次，素心在邻居家看电视时，偶尔看到一个人弹奏钢琴的画面，那人双目微闭，十指在琴键上蝴蝶般翻飞。那画面立时像子弹一样击中了她。

后来，素心知道那个人叫罗清扬，是一位年轻的钢琴家。她开始从报纸上搜集罗清扬的照片，并想着将来的某一天，一定听一场他的现场演奏，看一看他真实的模样。

就在素心中考的前夕，素心父亲进城卖菜时遭遇了车祸，素心只得背起书包回了家。回家没几年，素心就和村里的女孩一样嫁了人。

这些年，每每和丈夫怄气后，素心就拿出这个日记本看上一阵。她的手机里保存了很多罗清扬的演奏视频，其中有她最喜欢的《月光奏鸣曲》。视频中的罗清扬十指欢快地跳跃着，正沉浸在忘我的音乐巅峰，额前的一绺头发随着节奏微微颤抖。二十多年了，他仍是那样的俊眉朗目，时光对谁都不留情面，却独独从他身边绕道而行。

这辈子，说什么也得听一场他的现场演奏呢。

素心正准备去菜地时，听见手机"嘀"了一声。是一则新闻：著名钢琴家罗清扬将于10月18日来省城开演奏会，地点在水上明珠会堂，门票正在预订中……

素心霍地一下站起，原地转了两圈又坐下，坐下又站起来，一时间手心里竟有了汗。

后来，她还是坐了下来，重新打开手机，点开了那个预订门票的网站。

去省城的前一天，素心特地买了一身新衣服。临走时给男人撒谎说去一个外地的女同学家。

素心到了省城后，先找了一家便宜的旅店住下。演奏会晚上七点半开始，还不到四点，素心就到了水上明珠的门外。这个建在湖边的建筑，那个造型远远看去很像是弯弯的月亮，素心一看到它，心跳就莫名地加快。当年她曾多次幻想过有朝一日能在里面演奏一曲，现在想想可真像是一场梦。

时间还早，她决定在围墙外的石凳上坐一会，平稳一下心跳。

她坐下来看着那一圈围墙，那堵石头墙不算太新也不算太旧，每一块石头都显得那么沉重而坚硬，在墙根处，她还看到了一点点铅笔的涂鸦。为什么是石头墙呢？对于钢琴曲和月光来说，古色古香的红砖墙岂不是更配？

那墙离她如此之近，近得触手可及，她却望着它发起了呆……

拿着票的观众陆陆续续地从她身边走过，她仍旧握着票坐在那里。几辆小轿车从她身边经过，驶进那扇大门。后来，两旁的街灯都亮了起来，她才站了起来，向院内走去。

演奏大厅的门口铺着长长的红地毯，两排鲜花从大厅门口摆过来，一直延伸到她脚下。素心弯下腰，摘下一朵花，白色的玫瑰花，还带有两片浓绿的叶子。玫瑰很白很香，她很小心地将它别在上衣口袋上，那里还放着演奏会的门票。

　　回到旅店把花放在清水里养上一夜，明天到家后再把它放在那个日记本里，肯定会香很久……她望望头上的月光，想起了一句诗：人类登上了月球，却跌倒于诗意。她很庆幸那些人中没有自己。所以现在，还有未来，她的月亮都会一直饱含诗意。当然不止月光，还有钢琴声和白玫瑰。

　　她沿着湖边往回走，头顶上的月亮也在陪着她走。她踩着参差的树影，偶尔有一两片黄叶落下来，掉在她的肩上，又到了秋天，她和树木一起又老了一岁。所幸的是，月亮还是那么清新那么美，无论天上的还是水里的……

（选自《天池小小说》2020年5期）

南方来的张木匠

_ 陈德鸿

南方来的张木匠能在村里站住脚，靠的是一手好雕工。

本地木匠打家具直来直去，缺少变化，偶尔会嵌上些简单的木刻条纹。张木匠则不然，他会根据家具的样式，在死板的柜门和柜子上下方雕些花鸟虫鱼，上完漆后，打好的家具俨然成了一件艺术品，让村里人看得目瞪口呆。

一时间，等张木匠打家具的排了十多家。

张木匠在谁家打家具就吃住在谁家，吃好吃坏都不挑，一天天只是闷头干活，很少说话。倘若有人问，他也是问一句，说一句，说得很慢，说快了，谁也听不懂。

几个孩子空闲时常去看他打家具。他一下一下推着刨子，一片片长长短短的刨花便从刨口钻了出来，飘落在地上。一块粗糙的木方很快会变得光滑起来。又刨了一会儿，他会拿起木方贴在脸上，眯起一只眼睛看看，然后用一个拐弯的尺子在木方上量一量，操起了另一个小刨子刨起来。

刨好一块木方或木板，他会点上一支烟，边抽边笑眯眯地看着几个孩子。

小柱问："张师傅，你啥时给我家打书柜呀？"

"哦，你是马校长家的。"张木匠呵呵笑着，"别急，最后才能轮到你家，估计咋也得三个月后。"

"你大老远跑到我们这儿，是不是那边找不到活呀？"小柱又问。

张木匠抽了两口烟说："那倒不是，反正说了你们也不懂。"

"那，那，"小柱挠了挠脑袋问，"你能不能给我们做个尜呀？"

"尜是啥？"张木匠不解地看着小柱。

小柱比画了好一会儿，张木匠明白了："是陀螺呀，没问题，保证一人一个，我走之前一准给你们做好。"说完，从兜里掏出一把糖递给小柱，"去别处玩吧，你们在这里太闹哄了。"

这些糖是张木匠从乡里的集上买来的。张木匠在村民家打家具，基本上是大门不出二门不入，但乡里每月初一和十五的两个集却是必须去赶的。

他在集上独自一人走走逛逛，偶尔买点糖果。逛到快中午时，总会拐进街东头乡林场开的"小红饭店"，坐在一个不起眼的角落里，要上一两个菜和一瓶啤酒，慢悠悠地吃上半个多钟头才会离开。一路锁着眉回到村里，遇到打招呼的村民，脸上会强挤出一丝笑来。

村民们赶集时极少到饭店吃饭，即便去饭店，也只是在街西头的一个面馆吃碗面而已。好事的村民大杨有次赶集时特意在张木匠之前到"小红饭店"转了一圈，回来后对一群人说："饭店也没啥特殊的，就是那个卖饭票的女的长得挺白净，挺带劲。"

有个人问："张木匠不会是奔那个女的去的吧？"

"奔也白奔，他去也就是过过眼瘾吧！"大杨摇头说，"那里的人都是林场家属，半拉眼也瞧不上咱们的。"

马校长两个月后到乡里开会，中午在"小红饭店"吃饭时，寻个机会，故意和那个卖饭票的女人说了几句话。女人一开口，老马便听出来了，她的口音和张木匠基本相同。问女人的老家，果然和张木匠是一个地方的。再问认不认识张木匠，女人怔怔地看了老马一眼，忙低下头不吭声了。

张木匠接下马校长的活后，仍有本村，甚至许多外村的人陆续来找他打家具。张木匠龇牙一笑，说秋天时得回趟家，第二年春天看情况再说。订家具的人有点失望："那我们等你，你可一定得回来啊！"

"别，别，"张木匠连连摆手，"我这真说不准，有事就去找王木匠，千万别误了事。王木匠的手艺比我强。"

王木匠听到这话，心里只热了一小会儿，立刻又凉了下来，心想，这边的活不断，傻子才不回来呢！自从张木匠来后，他的活一下子少了许多。

打完马校长家的书柜，张木匠在这边的活算利索了。当天晚上，马校长媳妇炒了几个菜，买了一瓶酒，准备给张木匠送行。

张木匠再三推脱不能喝酒，说在别人家也没喝过酒，可杯里还是被倒满了酒。

马校长端起杯说："在这边忙活了大半年，明天就要走了，我这又是最后一站，说啥也得喝点。"

张木匠和马校长碰了下杯，喝了一小口酒。

"你能到我们这边来，说明你和我们有缘分。"马校长放下杯子说，"只是，只是你和'小红饭店'那个人的缘分应该更深吧？"

张木匠惊讶地看着马校长，干张着嘴，说不出话来。

马校长说："我不知道你们之间有过什么样的故事，可我知道她早已和林场的一个工人结婚了，而且有了一个孩子。"

张木匠喝了一大口酒，慢吞吞地说："我和她是一个村的，从小学到初中都是同学……初中毕业后，就好上了。她父母嫌我家穷，硬把她嫁给了外村一个在北方林场当工人的男人。我的心碎了，半年后，跟一个老木匠学起了木工。原本想把她拉回我身边，可知道她在这边过得好，就慢慢死心了。可我就是想看看她，只看一眼就满足了。"张木匠说完，呜呜哭了起来。

冬天来了，小柱从冰上玩完尜回来，问马校长："张师傅做的尜真好，不少女孩也想要，是不是开春他就回来了？"

"不会了，他不会再来了。"马校长叹了口气，眼睛慢慢湿了。

（选自《天池小小说》2020 年第 1 期）

杜鹃花开

_孟凡勇

一树的杜鹃花开了。十八岁的杜鹃第一次踏进水根家就被杜鹃花吸引住了。那棵杜鹃花是水根以前放羊的时候在山上挖的，花茎细，根须嫩黄，足有两拃长。水根把杜鹃花种在堂屋门边，施肥浇水，呵护备至。水根和杜鹃花一起成长，他成了精壮的小伙儿，杜鹃花分生了许多花枝，在花季时能占满半边墙，花香从院子里传到大街上。邻居家的孩子想要花，水根不给，说花好好开着才好看，摘掉了就坏掉了。

"这花是你种的？"杜鹃在花旁问水根。

水根点头，说："小时候的事，记不清有几年了。"

父辈们在堂屋里说说笑笑，媒人默默瞧瞧屋外，见水根和杜鹃在花前有说有聊，遂点点头，朝男女两方的家人道："我看他们俩能成，瞧，不用我这个大姨插嘴呢。"

水根和杜鹃听见屋里传出笑声，便也明白了，双双红了脸。

成亲的那天，水根剪了一朵杜鹃花别在杜鹃的头发上，"呵呵"憨笑，说："杜鹃好看！"引得大家哈哈大笑。杜鹃呢？她不多话，只在迈进堂屋的那刻朝身旁开得鲜红的杜鹃花说："你可以轻松了，以后我帮你瞧着他，山花野花都不叫他看！"

水根和杜鹃的日子过得平静而幸福，水根每天上午到田里劳作农事，杜鹃在半晌时给他送壶茶，告诉他中午吃什么——杜鹃说中午有烙饼吃，水根回家后发现是手擀面；杜鹃说中午蒸馒头吃，水根回家吃的是荠菜饺子。水根说杜鹃像个孩子，杜鹃说水根是头憨牛。下午，水根赶着羊群上山放羊，杜鹃在家做家务，思考着下午的饭怎么做才能花样不重复。等到水根领着山羊大军回家时已日近西山，杜鹃早早地在杜鹃花旁摆好了小木桌和小木凳，酒菜齐全，热气腾腾，水根坐下就能吃。

杜鹃花开到最旺的时候正是它萎谢的开始。每当这时，杜鹃必定找来剪刀，让水根打开家门，呼喊在大街上玩耍的孩子们进院。杜鹃把一朵朵饱满的杜鹃花带茎剪下，端详片刻后递给孩子，嘱咐说："回去插在瓶子里加水养着吧，能香一阵子。"

水根在一旁只看不说话，他觉得杜鹃向孩子们分享杜鹃花时的样子很美。他在那一刻才知道，原来花最美的时候不一定是在茎上开放的时候。

杜鹃花因为杜鹃的呵护和细致裁剪而茁壮生长，它的主干长到小擀面杖粗时，水根和杜鹃都长出了白发和皱纹，羊群也卖了好几拨。他们俩平静地生活着，偶尔与儿女团聚，每年花季一定与孩子们分享杜鹃花。

寒冬时节分外冷，杜鹃给杜鹃树的主干上围了一层草毡，自己却受了凉生了病。水根嘴上埋怨着"傻老婆子"，心里却疼得很，因为医生说杜鹃病得很重。

皑皑白雪混着刺骨寒风，似乎要把大地上的一切生命卷走。杜鹃被带走了，安静离去，水根第二天早上才发现。

雪过风停暖春来。水根的羊聚集着趴在院子的墙根下嚼着干草料晒太阳，水根呢？他提了个马扎挨着杜鹃树坐。他那双浑浊的眼睛盯着枯褐色的杜鹃枝干了又看，怎么也瞧不出这杜鹃树有发芽的迹象。换作以前的早四月，杜鹃早就发了芽包。

水根病倒了。什么病？大夫也瞧不出来，只说水根老得太快了，去年，他们老两口到医院检查时的精神面貌比现在好，可见人不是慢慢变老的，是"一下子"的工夫就变老了。

家里的年轻人伺候着一天天消瘦下去的水根，心疼却又无可奈何。水根每天都问："杜鹃开了吗？"见儿子摇头，便只叹气。

一日，水根的儿子跑进屋激动地说："爹，冒，冒芽了！"

水根眼睛一亮，用力坐起身让儿子扶他去看。果真，粗壮的杜鹃树皮色微微泛绿，分枝上冒出了许多芽包。水根看了又看，见杜鹃树的细长分枝少了很多，只有粗壮的主干没短，遂问："怎么枝子这么少？"

儿子笑答："我咨询了从事园林工作的朋友，他说给杜鹃树修剪掉分枝可以减轻它的生长压力，能缓过来！"

水根一听，连连点头，眉开眼笑，俯身端详着杜鹃树，说："我就知道你会醒。"

从那天起，水根的气色好了，杜鹃树长满绿叶的时候，水根能自己在院子里溜达了；杜鹃花开的时候，水根能赶着羊群出去放羊了，好像杜鹃从未离开过。杜鹃花开到最旺时，水根找来剪刀，让儿子打开院门招呼孩子们进院。

"好好好，都有，都有。"水根高兴地给孩子们分剪杜鹃花。水根的儿子在一旁看着，只有他知道那棵杜鹃树的秘密，那是没有挺过寒冬的杜鹃偷偷给儿子的嘱托。

日近西山，水根坐在杜鹃树旁，端详着最后一朵盛开的杜鹃花自言自语道："杜鹃啊杜鹃，你的心意我明白，我都明白。"

(选自《天池小小说》2020年第8期)

第六辑

硝烟下的流泉

_符浩勇

战火前沿阵地最大的难处是供应中断。双方都断了水,但是水就在眼皮底下,在双方交界处右侧的小山沟里就有股清泉,它日夜流淌,但谁都不敢去汲水。那里暴露在双方的火力网下,一旦有人去汲水,只会白白牺牲而不会搞到水,所以断水三天来没有人打过它的主意。

前沿阵地断水后,最为心焦的是炊事员老苏,他认为前沿的同志吃喝不上水是他的失职。战争年代没有比失职更可怕的了,他虽然是个炊事员,但他有独特的见解:"老虎也有打盹的时候"。在前沿断水三天之后,他带了一筐萝卜在敌人炮火封锁区前等待了一天一夜。第五天清晨,无名高地漫了一层浓雾,他安全地通过了敌人的封锁区,来到前沿阵地,只是萝卜太少,每人分了两个,轻伤员三个,战士们拿到萝卜后,连泥也顾不上擦,就吃了起来。老苏找到白连长,白连长正闭着眼贴在石壁上吸凉气,这个壮汉子听见响动睁开眼对他笑笑,算是对老苏送萝卜的表扬。

"白连长,我想到下边山沟里汲桶泉水来。"老苏在白连长面前蹲下说。

"什么？"白连长不相信自己的耳朵。

"我到下边提桶泉水来。"老苏要求着。

"不行！"白连长忽地坐起来，"不行，对面敌人的几挺重机枪不是吃素的，你看——"他拉老苏来到一个狭小的道口，在地上拾了一个废罐头盒，装上土，用力向山坡上甩去，霎时，招来了敌人轻重机枪的密集射击，白连长说："听见了吧！你就是个铁人也休想取回水来。"

"让我试试吧？"老苏还是要求去。

"不行，我要对你的生命负责！"白连长恼火了。

"你对我负责，我也要对全连负责，五天了没有喝上水，谁能受得了，你知道不少人渴得喝尿吗？"老苏和白连长争论起来。

"我们没有水，敌人也没有水，他们能受，我们为什么不能忍受？"

"我们不是和敌人比赛谁耐渴，帝国主义要喝水，无产阶级也要喝水，两家都到了快要渴死的时候，为什么不能够去一个泉里汲水？"老苏继续争辩。

"小心敌人打你的冷枪。"白连长说。

"他们不让我们喝，他们自己也喝不上，他们让我们喝，我们也让他们喝，现在就看谁能主动采取行动，敌人既不愿意死，又不会主动去提水，双方都得耐性留火了，现在正是我们采取主动的好机会。"老苏发表了见解。

白连长也觉得有些道理，向他摆摆手，意思是你去试试。

经过周密的布置，老苏开始行动了，在坑道里找了一个S国加仑桶（一种手提汽油桶），他站在交通沟里，中午十二点钟，双方阵地都停止了射击，沉寂得连对面敌人的咳嗽声都能听见。他把水桶举过头顶，暴露在敌人的眼皮底下，用石块"当当……"敲了五下，然后又把水桶放下，过了四五分钟，他又把水桶举到交通沟上部，暴露给敌人，又敲了十来响，S国兵没有丝毫动静，他们既没有射击，也没有投弹，好像装着没有看见一样。老苏心里有底了，他对白连长笑笑，白连长对机枪班长命令："如果敌人开枪，你们轻重机枪一起掩护。"老苏冒着生命危险爬上交通壕，他高举着水桶，弯着腰观察地下可能埋下的地雷，顺着山坡向泉水走去，他步子稳健，没有惊慌，好像经常去汲水一样。对面敌人被这突如其来的反常行动惊呆了，他们"咿里哇啦"地喊叫起来，一会，也从交通壕里爬出来一个黑人士兵，提着水桶向山泉走去。

从此以后，想不到在敌我接壤地带竟出现了没有经过谈判就达成的停火地段。每天中年十二时，双方各派一人去泉边汲水。据说老苏后来曾送给那个黑人士兵两包大前门香烟，黑人也回赠了两包马蹄牌S国烟，连里怕敌人在烟里施放细菌，送到团部化验去了，老苏觉得没有抽到 S 国烟开开洋荤，实在是一辈子的遗憾。

补白：这是我根据在某省档案馆读到的资料写成的小说。说到老苏在"文革"时遭了劫难，他被诬为在战争时代里通外国，他为保护白连长，咬舌自尽了。

（选自《芒种》2019 年第 12 期）

一条大河

_马 犇

　　如今，北方的浴池多被洗浴中心取代了，洗浴中心里有搓澡的，但搓澡工多是三四十岁的青壮年，那些上了岁数的搓澡工，有的只好在为数不多的大众浴池里搓澡，有的干脆失业了。

　　杨柳路有家大众浴池，开了五十多年了，与过去相比，洗浴的环境变化不是很大。来这里洗澡的，多是些上了岁数的街坊。六十多岁的还可以自己来，过了七十岁的，多数得有家人陪伴，倘若家里没人陪，浴池里会有专人陪护，只是要加收五元费用。

　　这家浴池除了年头久、名气大，还有一个最吸引老浴客的，就是六十多岁的搓澡工杨二。杨二是南方人，他搓澡的手艺自然也是南方的风格，搓得细致，会根据浴客的受力程度调整自己的力道，还会在打肥皂时辅以按摩。

　　如果浴客需要捶背，就更有看头了。杨二的捶打极有特点，他将毛巾拧干，平铺在浴客的后背上，时而用拳，时而用掌，拳是一种声音，掌是另一种声音，但捶打都很有节奏，尤其是用掌击打时，声音传得很远，像乐曲一样在整个浴池飘荡。

　　找杨二搓澡，多半是要排队的。但不少浴客还是愿意等他，下去泡，上来歇，有时得弄上几个来回，才能等到杨二。

　　杨二的话很少，也没有他身边的搓澡工幽默。北方的搓澡工生来幽默，开口就吸引人，说什么都像讲段子似的。杨二多亏技法好，否则根本招徕不来浴客。话是很少，但杨二喜欢唱歌。和别人唱二人转不同，他只唱歌，而且他只唱一首歌。

　　"一条大河波浪宽，风吹稻花香两岸，我家就在岸上住，听惯了艄公的号子，看惯了船上的白帆。这是美丽的祖国，是我生长的地方，在这片辽阔的土地上，到处都有明媚的阳光……"

是的，杨二就爱唱这首《我的祖国》。而且，他最爱唱前五句，有时他开启循环模式似的反复唱这首歌的前五句。他学着原唱那样，将"河""浪""白"这几个字拖得很长很长。他赤身裸体地唱。一边卖力地给浴客搓身子或捶打，一边大声地唱着，动情而投入，仿入无人之境。

遇到年节或高兴的时候，上班前，杨二还会喝上两盅散白。无论喝多少，只要进了浴池，他一不闹事，二不影响工作，所以浴池的人对他都很包容。两盅酒下肚后，杨二的脸很红，但他变得更有力气，歌声也更大了。在那蒸腾的热气和浓烈的酒气中，杨二的歌声显得更为独特。有些资深浴客，知道杨二喝过酒了，还会专门找他搓澡，体验他那酒气里的技艺与歌声。

没有人知道杨二为什么只唱这首歌，也有好奇的人问过他，但杨二从没回答过。时间长了，好奇的人也就不好奇了。

杨二一直在浴池干到了七十岁，怕他太辛苦，更怕他在浴池出现意外，他的儿子、浴池的人都不让他再干了。浴池不让他去搓澡，但随时欢迎他去洗澡。杨二大概是闲不住，不搓澡了，结果七十多就去世了，浴池的老伙计们都赶去送他最后一程。

在殡仪馆，有人又想起那事，忍不住问杨二的儿子。杨二的儿子这才向大伙儿道出了这个秘密。

早年，杨二随父母从家乡奔赴北方，20世纪50年代，父母参加了"抗美援朝"战争，并牺牲在了战场上。二人被安葬在北方，墓地前方，有一条大河。父母在哪儿，家就在哪儿，杨二因此在北方扎了根。杨二的儿子在大学毕业后，也放弃了在南方就业的机会，留在了北方，守着父亲和从未见过面的祖父母。

杨二也常想起他南方的故乡，那是座古城，在京杭大运河畔，有他青少年时的回忆；而在北方，在这条大河畔，有他父母和他无尽的思念。

"一条大河波浪宽，风吹稻花香两岸，我家就在岸上住，听惯了艄公的号子，看惯了船上的白帆……"杨二当年总唱的这首《我的祖国》是长春电影制片厂拍摄的《上甘岭》电影的主题曲。

老伙计们面面相觑，难怪当年杨二的歌声里有激昂，更有忧伤。

如今，大众浴池仍在营业，但上了岁数的老浴客、老伙计都陆续没了。知道"一条大河"的浴客越来越少了。

（选自《天池小小说》2020年第8期）

翻越大雪山

_ 韦延丽

　　雪，满世界明亮，新警小冯心里却一片灰暗。

　　走在高低起伏的怒龙雪山上，小冯的胃里翻江倒海，呕吐逐渐吞噬着他的意志。他索性把肩上的步枪往下一扔，仰面倒在雪上，心里骂道："去他妈的盗枪犯，去他妈的抓捕！"

　　马背上的盗枪嫌疑人阿都回头悄悄地看了看，嘴角划过一抹冷笑。在他看来，身后倒地的小冯，犹如雪山顶上挤出的点点亮光。"哼，很快会见矿的。"阿都心想。

　　"见矿"即为转机。原本之前有一次转机的，那时他刚被押到山垭口。夜幕中，阿都父亲组织的"火龙"眼看就要追上，押解阿都的云丹贡布所长却冲着怒龙雪山一挥手说："走，上怒龙。"追赶他们的人做梦也想不到，冬天鸟都不敢飞近的怒龙雪山，警察居然敢上。想到这儿，阿都狠狠地瞪了瞪前边拉马的贡布，恨不能一眼将贡布瞪落深渊。

　　贡布听到响动，急忙牵马回身，一把拽起雪地上的小冯说："睡不得，睡不得。"边说边解下腰间的保温壶，拧开盖子递到小冯面前。

　　小冯推开所长递来的壶说："拿开，拿开，喝不惯。""喝不惯也得喝，这酥油茶是药，镇得住你的高原反应。"此时，贡布也管不了那么多，只管举壶往小冯嘴里灌，咕咚咕咚……"茶是圣物，装进你这佛肚，加持开光，雪山多险都不怕。"贡布说。

　　阿都撇了下嘴，心想，还加持开光呢，等下怒龙发怒，活佛也救不了你们。

　　小冯并没因为喝酥油茶而立即好转，高原反应像连绵不绝的雪山，重重地压在他身上,他痛苦扭曲的脸比雪还白。贡布很担忧,心想,要是小冯能骑上马恢复体力多好。但不可能,阿都这家伙下马便装死。之前两人好不容易将阿都弄上马背束紧手脚,如今将他放下来,他一定会故技重演。"深呼吸,拽着马尾巴走,对了,把枪上膛。"贡布加重后边四字,这话他是故意说给阿都听的。阿都当过兵,不得不防。

天大亮了,太阳拖着一抹红霞冲开雾气,跳上山顶,整个雪山一片圣洁。这世界终是明亮的。贡布心想,一个阿都,甚至一条怒龙算什么!贡布后来总结时才发现他当时太自信,因为明亮和黑暗本是一对双胞胎。

小冯是第一个发现眼睛不对劲儿的。酥油茶下肚后,力气一点点爬上脚背,小冯感觉似乎复活了,但眼睛的刺痛也愈发明显。贡布也觉得眼睛不舒服,却没在意,他的精力全部用在探路和防备阿都上。不过听小冯一提醒,贡布突然想到了兜里为防雪盲症而准备的东西——两条用墨汁染黑的医用纱布。20世纪80年代,因辖区雪山多,云南羊拉派出所的老民警常备这样的纱布。将一条黑纱布递给小冯,贡布正犹豫要不要给自己蒙上一条,却见马背上的阿都在拭泪,便索性将纱布递给了阿都。小冯当即不干了,说:"你自己都这样了,还顾坏人,坏人就该让雪挖他的眼睛。""怎么能这样说呢?人都有犯错的时候,阿都爱枪,一时糊涂偷枪,是有些可恨,但改了就好嘛!"贡布说完眯缝着眼睛问阿都:"是不是?"阿都点头,心里却是说不出的滋味。他很想将纱布还给老警察,不欠老警察的情,可又担心眼睛坏了没法儿逃。

一行人往前爬了一段,泪流满面的贡布突然想起一个土办法。他吩咐小冯看好阿都,自己四周看看后跳进路旁山坳,解裤带、放闸门、接尿液、抹眼仁,一系列动作一气呵成。只听嚓的一声,贡布感觉像有白烟从双眼蹿出,仿佛开水浇上冰块,两只眼睛火辣辣的。贡布索性双手捧住尿液,将双眼浸泡在尿中,嘴里嘀咕:"让火来得更猛烈些吧!"

这一切,贡布做得偷偷摸摸,毕竟撒尿做药可不是什么光荣的事。第二次用药时,他干脆将尿液灌进随身携带的保温壶,方便使用。

贡布说,他的行为想必玷污了雪山的圣洁,以致招来后祸。贡布记得第二次撒尿后没多久,太阳忽地不见了,黑云卷着雪轰隆隆从山顶滚来,他大喝一声:"快跑!"跑出几步才发现马背上的阿都一动不动。贡布说:"阿都快跑。"阿都说:"我绑着呢。"他抽出短刀跳过去。小冯说:"所长别管,再不跑来不及了。"贡布说:"不行。"他不知道有没有割开阿都脚上的绳子,后来的一声巨响,将他推入死一样的白中。

贡布醒来时在阿都背上,他下意识地掏腰间的枪,腰间空空的,让他一惊。阿都却冷冷地说:"别找了,枪丢了。"贡布说:"那你……"阿都说:

"要跑我早跑了。"

阿都说,马背上位置高,他看见了贡布撒尿抹眼的情景。雪崩时,阿都原是要丢下他们逃跑的,但没跑几步便滑倒在地。他定睛一看,原来他将贡布装尿液的保温壶绊倒了,泼到雪上的尿液金晃晃的,宛如细碎的金沙。阿都说,那一刻,他再也无法迈开逃跑的步伐。

(选自《百花园》2020年第5期)

莽昆仑

_墨 村

中士下岗的时候,"白毛风"刮得正紧,雪雾弥漫,雪山冰峰若隐若现,利刃般的寒气,如钻心之虫剥皮噬骨。中士不管,似乎听得见自己周身血液撞击管壁的声音。

中士抱紧枪,裹紧大衣,顺石阶路一级一级往下走。风声尖啸着,撕扯他的皮大衣,雪团也纷纷横着往身上扑,吹得眼睛生疼。中士不反抗,反抗也无望。雪团狠命亲中士的嘴巴、鼻孔,堵得他喘不过气。

一排石头砌成的营房在山坡背风处,包括中士在内,驻守着八九个兵。中士顺石阶路一级一级往下走,岗楼便被扔在了脊背上。岗楼上的五星红旗,刚换上的旗面又被风咬碎了。接岗的士兵持枪而立,如雕塑,生根般稳。

中士走近石头房,跺跺脚,抬手推了一下门,结了冰的木门闪开一条缝。

巡逻归来的兵们正围在火炉边取暖,侧身而入的中士摘下了皮手套,一只手便去抓怀中的枪,猛然醒悟了似的急缩手,但为时已晚,冰冷钢蓝的枪身已生生啃去手掌内的一层皮肉。这一切,被走出厨房的军士长看个真切,"哧"地笑出了声:"又不是新兵!"中士抬起手掌,用嘴吮吮,翻眼瞅着:"我想提前退伍,就今年。"

军士长望着中士又望望大家,他们的脸都一模一样,长期的高原生活,被强烈的紫外线亲吻得黑红干燥,飞翘的死皮一揭,便蹦出一条红白的鲜嫩肉色,极像画家即兴的一个飞笔。军士长说:"别忘了,咱是军人。"

去年开山时,一名画报记者从北京来,人上了哨卡,可就是瘫在床上,脸如黄纸。中士用土法给记者治高原反应,在他太阳穴、人中穴等处,耐心地一下一下按压,一口一口喂罐头汁。中士说,初来乍到,都这样。记者感动:

"我来半天，就成这副熊样。"中士说："习惯了。""你们太不简单了，我要把你们全都拍下来，让全国人民都知道，在喀喇昆仑山这天寒地冻的冰峰哨卡上，战斗着一群多么可亲可敬可爱的了不起的战士！"

记者咬着苍白的嘴唇，手握相机，挣扎着硬是滚下床。站不住，就跪在地上，边流泪边给中士他们一张接一张地拍照，嘴里不住地念叨着："太伟大了！太了不起了！"中士和战友们憨厚地笑着："咱是军人哩！"

……

中士用嘴吮吮手掌虎口，避开军士长的眼，抬头望向屋顶。

屋顶上，团团重重叠叠的图案，浑圆，发黄——这归功于长期的烟熏。抽象的图案曲里拐弯，中士很自然想起家乡那一眼望不透的沟沟岔岔、梁梁峁峁。

他突然嗓子发痒，想唱，于是就唱："墙头上跑马还嫌低，面对面坐着还想你……"

他唱得心酸，嘶哑的声音破了，如一缕破布条，在屋子里绕过来绕过去。

军士长进了厨房，接连端出几种罐头菜肴，对大家说："同志们，今天是刘根同志的生日，我们一起祝刘根同志生日快乐！"

"嗯？啊！"中士胸口一热，泪水夺眶而出，从口袋里掏出一封信，"这是几个月前我女朋友来的信，说我的邻居们出外打拼，一个个家里都盖起了小洋楼，我要再不早点退伍回去，什么都耽误了。"

军士长沉默半晌，猛然抓起桌上的暖水壶，依次倒满一排空碗："喝！"七八只碗无声高举，"咣"的一声，几线水珠溅起来，落在火炭上，腾起一股裹了灰末的水蒸气……

火炉里焦炭没劲了，屋内已冷。军士长撮起几块焦炭投进去，一缕蓝烟飘起来，又用火钳在火炉里搅了搅，"叭叭"炸起几串火星，溅在了大家的身上、帽子上。

突然，军士长大声唱起来："什么也不说，胸中有团火，一颗滚烫的心哪，暖得这钢枪热……"

中士和几个兵精神为之一振，雄壮的歌声在清冷的雪山哨卡上飘荡回响，经久不散："什么也不说，祖国知道我，一颗博大的心哪，愿天下都快乐……"

（选自《解放军报》2019年10月16日）

相逢

_梁　丰

没想到,与他的见面,竟是在这样的场合。她去市里参加军区的"科技标兵"颁奖大会,在住宿的宾馆房门上意外地发现了他的名字。一见面,果然是他。他已经是她当年所在那个集团军的参谋长了。

想见他的念头已经像梦魇一样缠绕了她 20 年。20 年前,她是军医院的一名军医,他因在野营训练中抢救一名从山坡上滚下来的战士,小腿骨折入院,成了她的病人。那时候,她年轻、漂亮,有大学文凭,另眼看她的人多了。他不过是来自部队基层的一名小连长,风吹日晒的脸膛如非洲黑人一般,显然不在她的视野里。最初引起她兴趣的是他床头上那一摞厚厚的书。她顺手翻来,都是些研究战争和战例的,还有外文版的。

"当连长,还需要看这些书吗?"这恐怕是她第一次正眼看他。

"我不可能永远当连长,就像你,也不可能永远是个小军医。"他还引用了人们最常说的那句名言,"不想当将军的士兵不是好士兵"。

后来,她就开玩笑地喊他"未来的将军"。他总是快乐地接受:"等着吧,我这将军总有一天会被你叫成的。"到他能下地走路的时候,她有时会主动陪他到院子里走走。他喜欢讲些连队的故事,逗得平时并不怎么爱笑的她禁不住笑出声来。走在他的身边,她的心中荡漾着一种甜蜜和愉悦。他出院的前一天晚上,他们很默契地在院子里走到很晚,他终于抑制不住地拥抱了她。尽管这一切来得有些突然,但已是在她的渴望中了。她含泪说:"我会想你的。"他为她擦泪:"我会来看你。"然而,第二天一早,等她来到病房的时候,他却早没了踪影。望着那张空了的病床,她的心也空了。

一个月后,她病倒了。只是一场风寒,却稀里糊涂地发起高烧,咳得肺都要破了，痰液堵塞了她的喉咙，堵塞了她的心肺，她恨不得把五脏六腑全咳出来。她暗中发誓，等哪天碰到他，一定要让他说个明白，那个让她爱上又把她丢掉的男人。

即便是结了婚，有了孩子，事业蒸蒸日上，她也没有停止过想他。她一直坚信，当年那个做着将军梦的小连长还会在军营里奋斗，即使不是将军恐怕也离当将军只有一步之遥了。可奇怪，20年里怎么就没有再碰到他呢？

终于见到了，却是与他一同上台领奖，出乎意料却又感觉在预料之中。她想，盼望已久的与他心灵相对的那一刻到来了。

"能告诉我，为什么连个招呼都不打就偷偷溜走了吗？"会议结束那天，他走进她的房间告别，她忍不住流下了眼泪。这是她第二次在他的面前流泪。他颤抖着双手不知该不该帮她擦。

她想，他也一定不会忘记，20年前他曾为她擦过泪。她努力让自己恢复常态，听他说。多少年来，她盼望的就是要听他说。

"不，我是溜了，但我没溜走。"他眼里闪着激动，"我是一大早就离开了病房，但我一直躲在门口传达室里，等到上班号吹响，看着你从宿舍区走出来，走过门口，走进病房大楼，想喊住你，但又怕见到你就走不成了。"

他说，那年他回单位报到后，领导为了让他的腿伤得到充分恢复，又安排他休一个月的假。他本想回医院看她的，但又想，工作后就没有探过家，还是先回老家，等从老家回来再去看她不迟。那次探家，家里的情况让他难过，父亲瘫在床上，母亲又得了哮喘，弟弟妹妹要上学，爷爷奶奶年迈。他想，像他这种家庭出身的人是不配享受爱情的。况且，他已经深深地爱上了军人这个职业，做军人，怎么能有家庭的拖累。他在用心照顾父母、补偿父母的同时，想了整整一个假期。他庆幸自己没有先去看她，并最终决定忘掉她……"就这么简单。老婆是我同村的，结婚后先后为我的爷爷、奶奶、父亲、母亲养老送终。也巧了，老人们走的时候，我都没能在身旁，不是赶上培训就是赶上演习。连生孩子，我都没能陪着她。"

想到那年自己一次小小的感冒竟然病得死去活来，她的眼泪更是止不住。"可这些，是个女人就能做到。"其实她想说，换了她，也同样能够做到。

他似乎听出了她没有说出的话："人的一生，精力有限。今天，我们能站在同一领奖台上，我很高兴。这说明，我们彼此没有看错……"他刚想继续解释，楼道里传来嘈杂的声音，有人敲门。

她跑进卫生间。其实过去的已无法说清，因为命运不可能再给她另一种人生来实践、来证明。

门铃又响，是她的丈夫。她才想起，丈夫说了要早一点赶过来接她回家。

她忙给他俩做了介绍，又自我解嘲："碰到老部队的首长了，谈了些过去的事，心情比较激动。"

"是啊，老乡见老乡，两眼泪汪汪嘛，不激动才怪呢。"丈夫的话语幽默中带着机智。他起身告辞后，丈夫帮她收拾东西，装车，带她回家。

路上，她静等着丈夫发问。可快要到家了，他只说家里准备好了要给她接风、祝贺，就是没问刚才的事。其实她是真的不后悔嫁了这样的丈夫，他乐观、宽容，以娶到她为荣，不像他……怎么又是他？她望着开车的丈夫，心想自己到底是怎么回事。

(选自《汴梁晚报》2020年6月8日)

一条鲈鱼的生死较量

_吕啸天

　　我是鱼,数万年前我在江河畅游之时,人类还生活在大自然的洪荒之中,住在山洞的他们披荆斩棘狩猎为生,江河之中风平浪静,那是我们鱼类家族最幸福的时光。一场雷电引发的大火引燃了河床上面的树木藤蔓,活蹦乱跳的鱼儿从水中跃起看热闹,却不幸葬身火海成了烤鱼。食不果腹的人类由此发现我们是美味无比的食物,便张开了一张张大网,鱼类的命运从此拉开了灾难的序幕。

　　帝辛二十八年的春天,我出生在渭水支流的蟠溪中。身材修长的我体格健壮,父亲给我起了一个寓意深刻的名字觞鳍,期望凭借我的勇健打破鱼类的宿命。被人煮着炖着吃掉就是鱼类的宿命。很多时候,我想起这个令我感到可怕的归宿就忍不住伤心落泪,只是我的眼泪流在水中常常被人视而不见。在被人吃掉之前,我能做的事就是活得自在一些。

　　秦岭山脚下的蟠溪在春暖花开的季节显现了勃勃生机。一位名叫吕尚的老人端坐于柏树成荫的蟠溪畔,使用直直的不挂鱼饵的鱼钩,离水三尺悬钓,日日以一种涅槃的姿态在重复垂钓这个场景。直到这位年过七旬的老人被文王当作稀世人才接到岐山的庙堂之上,我才明白吕尚垂钓的深意。世人没有学会吕尚离水悬钓的恻隐之心,许多带着鱼饵的鱼钩伸进了水中,我的一个又一个兄弟姐妹还没来得及好好品味美好的生活就走到生命的尽头,成为人类的盘中美餐。人为刀俎,我为鱼肉,极度悲伤中我大病了一场。

　　在某个清晨的曦光里,父亲与我进行了一场寓意深刻的长谈。

　　"觞鳍,我们鱼类有个致命弱点就是贪吃。"父亲忧心忡忡地说,"这是一个看不见尽头的灾难。只要带着鱼饵的鱼钩伸进水中,就会有鱼上钩。贪吃已成为鱼类的魔咒。"

我想起了那些葬身于人类口腹的兄弟姐妹,一边流泪一边对父亲说:"其实人类比我们鱼类更加贪婪。这是人类与鱼类共同的弱点。"父亲对我的悟性给予了赞赏。我们在苦苦探寻抵挡鱼饵诱惑的方法时,悲剧已逼近了我的身边。

岐山城北大户鹿北盛家财万贯,尝尽人间美食,对鲜鱼情有独钟,每餐无鱼不欢。这位嗜鱼如命的富人嘴不是很大,多年来,却已吞掉了数以万计的鱼。鹿北盛对鲜美无比的鲈鱼向往已久,他悬赏百金让钓者到蟠溪垂钓,鹿北盛还提到了我的名字,他对于蟠溪河中的觞鳍鲈鱼早有耳闻。这位拿着赏银的钓者费尽心思调制了一种芳香无比的鱼饵。我心里很清楚,甜美无比的鱼饵中藏着锋利无比能置我于死地的鱼钩,但是我无力挡住诱惑,我一步一步向鱼饵游去,死亡也一步一步向我靠近。

我张口咬向鱼饵的时候,一条鱼抢先咬住了鱼饵,那是我的父亲。鲜血染红了溪水,父亲艰难地说了一句:"觞鳍,你还是没有挡住鱼饵诱惑。"在我撕心裂肺的痛苦中,父亲被钓者慢悠悠拖出了水面。

父亲舍身救了我,我却不能原谅自己。在那段极度悲伤的日子,我一遍又一遍回忆那场悲剧发生的前前后后。我为自己被甜美无比的鱼饵轻而易举瓦解警惕感到无地自容,我用绝食的方式狠狠地惩罚自己。

我更想不到的是,前事不忘竟没有成为后事之师,几个月后的一天中午,正当我饿得饥肠辘辘的时候,又有一位钓者把装有鱼饵的鱼钩放进了水里。这一次的鱼饵带着巨大的浓香,我感到头有些晕眩,完全无力抵挡诱惑,张口朝鱼饵咬了下去。鲜血从我鳃边冒了出来,我看见死神在向我招手。

钓者没有丝毫的犹豫,把我送进鹿北盛的府中。我见到了那个年过半百嗜鱼如命的男人,尽管他慈眉善目,我还是充满了愤怒。没有丝毫反抗的愤怒是徒劳的,我看了鹿北盛几眼后绝望地闭上了眼睛,等待死亡的降临。

这一次我竟然没有死。鹿北盛在享用我父亲时被鱼骨卡住了喉咙,请了名医费了一番周折才化险为夷。这位嗜鱼如命的男人从此挡住了鲜鱼的诱惑,不再吃鱼。

我被放生回了蟠溪河中。回忆前尘往事,我一直在思考一个关于我的生命与生存的问题:经历了一场场生死的较量后,我到底能挡住鱼饵的诱惑吗?

我找不到答案,只听到蟠溪的水在哗哗流淌。

(选自《大观·东京文学》2020年第8期)

红糖锅魁

_曾　颖

黄老师是我的忘年交老友，多年前在茶馆给我讲过一段红糖锅魁的故事。他说，是那一个锅魁改变了他的命运。

锅魁，或写作锅盔，是一种先煎后烤的面饼，根据其馅料的不同，大略可分为牛肉锅魁、卤肉锅魁、椒盐锅魁、红糖锅魁和白面麦夫皮锅魁。困难时期，肉馅锅魁并不多见。我们童年记忆中的锅魁，以椒盐和红糖为主，特别是红糖锅魁，一汪油亮黏稠的红糖汁包裹在香脆金黄的面皮中，一口咬开，糖汁喷着香气，如火山的岩浆，喷发而出，滚烫又香甜地让平日少受刺激的口舌受宠若惊，像个脾气火爆又甜美可人的小妖怪，一半是天堂一半是地狱地让人在烫与甜之中难以自拔。

黄老师所说的那一个改变命运的锅魁，出现在他生命最低谷的1959年，那一年，他莫名其妙地成了"阶级敌人"，他新婚的妻子出于对未来的恐惧，与他划清了界线，这使他遭遇到双重灭绝性的打击。而最令他难受的，是他关在学习班时妻子为他送来的被子。也许是为了表达爱憎分明的阶级感情，她在洁白的被单上，踩上了几个黑黑的泥脚印。这几个多余的脚印，将这床他们新婚时用过的被单里包裹着的仅有的一点儿温暖回忆，连同他活下去的愿望和勇气踩得粉碎。

一连几天，黄老师水米不进，只求能在某天晚上，沉入淤泥一般的睡眠里，再也挣扎不起来。但老天爷连这点儿可怜的愿望也不打算让他实现，总是以各色乱梦，扰得他无法安然地睡过去，即使五六天不吃饭，也不成。

他的同号狱友，是供销社一名会计，名叫世华，罪状是喜欢英语。世华算得上是"学习班"里少有的几个罪名清晰且认罪态度好的人，故而也没太多地被触及灵魂和肉体,每天都把难以下咽的牢饭,干干净净地吃完,其秘诀就是将那些味道怪异的饭食当成药来吃。药虽不好吃,但可以保命,把命保住,就一定有希望看到妻子和女儿。他的妻子是乡下人,没有那么高的阶级觉悟,不会往被子上踩脚印。

牢狱里的时间过得很慢,世华就把照顾和开导黄老师作为混时间的项目。帮他打水擦身,或教他把菜中的虫当肉吃,都成了每日必干的重要事情,既打发了时光,又救了人,还给管教者留下积极改造的印象。

黄老师总算缓了过来,确切地说,是把求死的心,暗自藏了起来,只求瞒过众人的眼睛,趁他们不备,完成对自己完美的一击,像不久前偷偷溜进厨房用菜刀抹脖子的蔡老师那样。

不久后,他们开始有了"放风"的机会,一行人被送到护城河边挑土。黄老师觉得,瞅准时机溜出队伍跑上城墙两眼一闭头冲下一跳也大致可以达到求死的目的,于是他就暗暗盘算开来,想着想着,脸上不知不觉露出点儿微笑来,这是他失去自由以来第一次微笑。

工作休息,众人都累得瘫了下来。黄老师趁人不备,开始实施他的自我了断计划。他佯装要拉屎,从树枝茂密的老城墙根下溜出去,沿着混乱的石阶爬上城墙,在城墙最高的拐角处停下站定,打算以头先着地的姿势,义无反顾地扑出去。

城墙下是菜市,人流涌动。

在人生最后一刻,他想最后再看看这并不太美却总算是走过一遭的人间,于是往人声热烈的地方看了一眼,权作告别。这时,他看到一个熟悉的身影,鬼鬼祟祟地从破城墙根蹿出,奔向小食店的锅魁摊,掏出口袋中所有的钱,买了一个饼,正准备下口咬,又突然想起什么似的,从身上脱下上衣,跟营业员央告着什么。营业员纠结再三,终于点了头。他于是高兴地又拿起一个锅魁,捡了宝贝一样往回逃。奔跑中,他突然看到角楼上的黄老师,像打了胜仗的勇士,冲着黄老师举起双手,高扬着两个金黄的锅魁。

不知是被世华的情绪感染,还是想吃那锅魁,抑或是因为被人撞破了有点儿不好意思,黄老师决定暂时放下计划,和世华躲到草丛中,三下五除二地把那个锅魁吞下肚去。他想,做个饱死鬼也不坏。但当那一团甜蜜而温暖的气息从口腔一路滑落进空荡荡的肠胃,变成满眼的泪水夺眶而出时,他改变了主意,仿佛与眼泪一起流出的,还有他对世界的绝望感——在这个亲情与爱都靠不住的冷漠世界,居然有一个人用自己仅有的财产,为他换回一个锅魁。

那哪是锅魁啊?分明是一星点虽微弱但坚强的生的希望。

黄老师没再想着自杀,而是想着用好好活着,去报答世华对他的拯救,并希望自己有一天能有机会去挣回一件上衣，还给世华。

这个愿望，直至十多年后才勉强完成。当他用平反之后补发的工资做好一件纯毛上衣，准备送给世华时，却传来一个噩耗：被借调到省城接待外宾的世华，在为外宾取遗忘在金牛宾馆的口红时，不幸撞车身亡。他本是因为懂英语被借调到省上，显而易见会有大的用处的，不承想一个临时帮忙的差事，却让他送了命。

世华是穿着黄老师还他的新衣入葬的，在灵前，摆放着一个盘子，里面放着厚厚一摞红糖锅魁。

那是黄老师对他的无限感激和怀念。

从那天以后，黄老师再没吃过锅魁。

（选自《金山》2020年第3期）

歌声

_李学志

  风雪中他深一脚浅一脚地返回,不慎陷入一个雪窝中,怎么爬都爬不上来,白雪泛起的强光刺得他眼泪直往下淌。贝克"呜呜"地叫着,撕扯着他的衣服。情急之下,他把腰带解下,接上围脖,贝克叼起一端,死命后拽,这才一点点挣扎出来。当他雪人似的走回哨所时,眼泪再次模糊了双眼。

  他在日志上写道:×年×月×日(大年三十),线路正常,小险。

  雪渐渐停了,只剩下无尽的白。一阵风卷过来,哨所门前便雾茫茫一片。风过去了,他才听见贝克狂烈地咆哮。

  "傻贝克,不会有人的。"他叹口气,扔给它一截香肠:"喏。"贝克咔嗒一声接住,才气咻咻地闭了嘴。

  两个月了,他和贝克没有见到一个人,一只鸟。大雪封山后,给养车上山间隔的时间越来越长了,这多少让他沮丧。

  他一度认为留在这里的意义,就是为了等连里的老张和小王给哨所送给养。每次他都竭力挽留,想法子用高压锅煲粥、煮饺子、涮锅……倾其所有做顿丰盛的大餐,而后痛痛快快聊一些跋山涉水追鹰救羊之类的奇遇。他们也会送来一些报纸、杂志,讲讲山下的传闻,然后无所顾忌地睡上一觉,心满意足地下山去——贝克就是他们特意留给他的老伙计。

  他们走后,他通常会长久地陷入一个人的荒芜。憋不住了,便走到哨所左侧的台阶上,冲着无际的山岭,歇斯底里地呐喊:"啊——"直到嗓子眼里有种苦涩的东西要吐出来。

  可明天就是春节了,给养车不会来了。

  他吁出一口气,下决心拨出了一个电话。通了,一个紧张的声音:"格桑医疗站。请问，谁不舒服？"

他迟疑了一下，挂了。

一个月前，他曾往山下的医疗站打过一次电话。一个轻柔的声音问他，哪里不舒服？

他说耳朵、嘴巴、心都不舒服。耳朵里许久没听过人说话了，嘴巴快生锈了，心里长草了——七月份以后女朋友再也没有跟他联系过，他昨天夜里梦见她跟别人结婚了。现在的症状是吃不下饭，睡不着觉，问能不能治？

电话里"扑哧"了一声，说，兵弟弟，听你这嘴皮子利落着呢，跟刀剁馅子似的。他这才发现，话有点多，反倒不好意思了。

那边温暖的声音潺潺流出，问他山上风雪大不？伙食如何？老家哪哒的？他一一回答，说了一个地方，那个声音就哼出一首儿歌：排排坐，吃果果，你一个（guo），我一个，弟弟回来留一个。

他一听，笑了。说，原来是老乡。谢谢，病好了！挂完电话他觉得一阵轻松，脚下连绵起伏的雪山像是要飘起来。他觉得那个声音应该叫"云朵"。

他打起精神重新开始了复制粘贴的日子。晨练（小跑）、早餐、巡线、午餐、午睡、读书、晚餐；每到节假日，他就一个人神情庄重地升旗，"叭"地一个军礼能把云层戳个洞。心情不好了，他会唤来贝克这个唯一的听众，从兜里掏出一把口琴，轻轻一吹，屋子里瞬间溢满花草的芳香，让人欢喜。

可是此刻他感觉很累，也许是真的病了。

桌上的电话突然响了。一个纤细的声音："你好，是17号哨卡吗？"

他听出是那个"云朵"，一下子坐了起来。

"刚刚你有不舒服吗？"他支支吾吾地说："没事。出去巡线，有点累。"

"还以为谁呢！没事就好，新年快乐啊。"

他笑了，说："新年快乐，你等着。"把话筒夹在脖子里，掏出了口琴。他吹了一曲《新年好》，那边轻轻地唱起来。

他听出来了，不止她一个在唱："新年好啊新年好……"歌声戛然而止，爆出一阵欢笑。

一个声音说："喂，妹夫，从电话线里钻过来吧，一起过年包饺子。"说着吧嗒吧嗒嘴。

"嘘——不害臊！"一个声音嗔道，"人家小伙儿脸皮薄。"

"看，一说就护上了吧？要不打电话为嘛单找你？"

"去去去！"

……

"咣当"一声，电话里一片尖叫。他探头看了看外面——白茫茫一片，雪又紧起来。

一个声音透着忧虑:"战友,你山上的风雪更大吧?"

一个声音爆豆儿似的:"别挂电话啊,风过去了再挂。"

"姐姐们,不会有事的,我在山头也算待了三个年头了。也就一阵子野风。如果害怕,这样吧,我吹口琴,你们唱歌吧。"

一个声音笑了:"兄弟,我只学过护理,而且,连续一个月吃土豆,一张嘴就要吐的。"

"哨所只有我和贝克两个,实在太寂寞了,真想听听你们的歌声。"

"只会唱新兵时教的歌,不嫌丑,我就试试——

你曾对我说,相逢是首歌,眼睛是春天的海,青春是绿色的河……"

这个声音激越而瓷实,像是奔腾的河流冲刷着两岸,指不定是个大眼睛的北方姐姐。他轻轻地吹着伴奏,心飘得很远很远。突然那边停住了:"记不得歌词了,就到这儿吧。"电话那头传来几声清脆的掌声。

低沉的声音唱的却是《边疆的泉水清又纯》,歌词太长,她唱完几句就喘着粗气。他说:"姐姐别唱了,我也算是听了。"那边没听见似的,分几次才把歌唱完,听完他发现自己已经是泪流满面。

"云朵"在姐妹们的怂恿下,唱了几句《兵哥哥》,他一听脸就红了,口琴也越来越不成调。他热着脸喘着气终于吹不下去,却也舍不得挂电话。风裹挟着一团风雪噼噼啪啪砸过来,像是新年的鞭炮。电话里突然什么也听不见了。

他用尽全力对着话筒大吼了一声:"等着我,开山了,我去看你们!"

(选自《明港日报》2019年12月28日)

奶奶的青岛梦

_ 乔正芳

奶奶穿着半新的细格子棉布褂,坐在村口,坐在五月的洋槐花香里。

路过的女人一个个停下来,端详着奶奶,问,大婶子,谁给买的衣裳呀?这么漂亮!

奶奶抿着嘴,低头摩挲着衣裳角,慢悠悠地说,我四妹给捎来的,我四妹在青岛工作!

这样的日子像过节。奶奶的四妹不只捎来了大大小小的半旧衣服,还捎来了她的欢喜和全村女人的艳羡。

奶奶是个白净俊俏的女人。可她总说自己命不好,打三十岁起守寡,带着三个年幼的孩子和一颗敏感的心,时常觉得有人要欺负她。每当奶奶在生产队里受了气,就坐在田埂上抽抽噎噎地哭。哭狠心的爷爷,哭瘫痪的婆婆,哭可怜的孩子和薄命的自己。越哭越伤心,越哭越委屈,拖着长声说野槐岭这个地方是待不下去了,俺干脆学石头他娘狠狠心撇下两个孩子去青岛算了……

石头他娘也是寡妇,两年前扔下两个孩子走了,一去再没回来,听说在城里找了个退休的干部。奶奶的四妹也想让奶奶改嫁,她曾托娘家人从青岛捎信来,说如果奶奶同意将两个大点的孩子撂在老家,只带那个最小的闺女,她可以帮奶奶在青岛介绍个当地的对象。奶奶听了有些生气,一口回绝了。

男人们被奶奶哭得唉声叹气,女人们被奶奶哭得全都低了头,便有会说话的来安慰奶奶说,兄弟姊妹们一个生产队里混日子,好比在一个锅里搅勺子,哪有筷子碰不着碗的?大家也放心,松他娘,谁深句浅句的,别往心里去。

奶奶听了,便止住了哭声;擤擤鼻子,用袖子擦擦眼,接着干活去了。

在奶奶或长或短的叹息中,几个孩子磕磕绊绊长大了。

每当奶奶督促他们干活时，就说，加把劲呀，等啥时咱日子过得宽裕了，娘就带你们到青岛，去你四姨家看看。

她嘴角泛起笑，眼睛眯缝着望向东方，仿佛那美丽富饶的青岛就在前方不远处等着她。

庄稼人的日子催人老。奶奶由媳妇变成婆婆，接着变成了奶奶。

日子一天天走远了，可青岛，依然是奶奶心底一个不能忘却的念想。

每当生了儿子或儿媳妇的气，奶奶便悲悲切切地坐在门口，拍打着膝盖使劲哭，边哭边说，我早知道这样还不如当年扔下你们去青岛……

家里人听了这话便都噤了声，各自找地方躲着。

但青岛，这个美好又带几分神秘的名字却离我们的生活越来越远了。奶奶的四妹——我的四姨奶奶好久都没有带信和包裹来了。奶奶似乎感到了一种危机，她惶恐起来。

那年秋天，庄稼刚收完，奶奶便紧着忙活起来。她不分白天黑夜地去捡拾栗子，剥花生米，切熟地瓜干串在尼龙绳上晾晒。折腾了十几天，一样样打点好，共装了满满两大布袋。

奶奶掐着指头挑了个好日子。天刚拂晓，便把父亲喊起来，洗脸吃饭换衣服，陪着奶奶去青岛。在我们全家愉悦的目光中，奶奶颤悠着身子，满脸喜气地随着父亲向着金灿灿的东方出发了。

晚饭时，娘和我们姐弟围坐在桌前猜测着奶奶这趟去青岛能住几天，四姨奶奶家的楼房是个啥样子，奶奶回来时会给我们带什么好东西。正讨论得热火朝天，父亲却一脸疲惫地背着奶奶回来了。我们惊愕地看向他，父亲气喘吁吁地说，奶奶刚到县城坐上汽车就呕吐，一路走一路吐，简直要把黄疸都吐出来了。司机怕有危险，坚持叫他们下车……

奶奶在炕上躺了五六天才下地，人蔫蔫的没精神。她从此不再提"青岛"这两个字。奶奶渐渐消瘦下来，半夜里她时常咳痰，带着血丝。

奶奶临走的那一天，父母坐在床前，轻声呼唤着她。奶奶的脸是蜡黄的，已经两三天水米不进了。她忽然睁开眼睛，看着父亲吃力地说，青岛，去青岛——

父亲听明白了，不禁悲从中来，趴在奶奶身上哭了好久。

安葬好奶奶，父亲决定带我们全家去一趟青岛。

父亲没有打算去拜访四姨奶奶。父亲说其实四姨奶奶五六年前就不在了，家里其他人也没再联系。姨奶奶家条件好，每个人都有体面的工作，我们别去给人家添麻烦。

和奶奶想象的一样，青岛很美，很繁华。我们顺着海边大道溜达，马路上密密麻麻的车辆晃得我们有些头晕。

父亲怕我们走丢了,他提议一家人拉着手。他拉着弟弟,娘拉着我。父亲右手牵着弟弟,左手半握拳朝后伸着,看上去像紧紧拉着一个人。每到一处,他就嘀嘀咕咕解说着,这是栈桥,听听这海浪声……这里是五四广场,好多人在放风筝。看,那个鹞鹰的风筝多好看——

我们仰起头,看那只雄健的大鸟鼓胀着双翅飞上天空,越飞越高,仿佛是飞向天堂的使者。

(选自《小说月刊》2020年第4期)

第七辑

你是砍柴的,他是放羊的

_佘朝云

他们是一对年轻恋人,此时并肩坐在公园石凳上。她正微笑着跟他说话:"我给你说个与众不同的故事。"

他说:"你说。"

"有两个人,他们经常遇见。有些人遇见再多也未必记得,但是他两个人,彼此间渐渐就看熟了。什么叫作熟呢?这样说吧,在放羊的眼里,他是砍柴的,偏喜欢穿一件不适合砍柴的白袍子,风一吹,袍子就鼓起来,他好像一只大鸟。在砍柴的眼里,他是放羊的,偏喜欢穿一件不适合放羊的灰袍子,风一吹,袍子和长髯齐飘,他好像一叶风帆。"

"这哪是什么与众不同的故事,这不就是最近网上很红的砍柴的和放羊的段子嘛!"他笑了,有点不屑。最近他面临提拔的紧要关头,很不愿意把时间用在跟女朋友约会这种事情上。

她说:"你往下听,就不同了。"

"你说。"

"两个人看熟了,不知道是谁起头打招呼,嘿,你好,另一个也说，嘿，你好。第二次打招呼是同时说，嘿，你好。再往后每遇见次次都打招呼，打招呼的内容越来越丰富，用的时间越来越长。

"放羊的说：早晨我看见天上一朵云，跟我的羊一模一样。

"砍柴的说：可巧我也看见了，那云朵慢慢变化，羊脸变成笑脸。

"放羊的说，可不是吗，云朵像白糖一样渐渐化了。

"他们尽说些没用的话。"

他笑："就是，全是没用的废话。"

她调皮地一笑："这些废话还没有完呢！砍柴的说：这片草地可真好，像一张绿毯子。

"放羊的问：你砍柴的地方像什么？

"砍柴的说：像蜜糖。

"砍柴的疯话放羊的能懂，放羊的说：我也能闻见那种味道。

"他们仍旧是你砍你的柴，他放他的羊，不过遇见时话越来越多了，话越多，就越想说。

"砍柴的说：翻过这座山，那边是一片湖。

"放羊的说：从这片草地一直往东去，有一个桃花源。

"砍柴的说：我喜欢砍柴，这样就不用总是在一个地方生活。

"放羊的说：我也是，我把羊群赶到哪儿，哪儿就是我的家。"

他伸了一个懒腰，顺势搂了搂她，说道："早知道你的故事这么长，就应该在房间里说，这样我也不至于干听着，对吧？"

她没有搭理他的俏皮话，继续着"与众不同"的故事："有一天，砍柴的和放羊的打打招呼就开始聊起来，越聊越投机，二人便在草地上坐下，你一言，我一语。阳光很温暖，草地很芬芳，他们从坐着到躺着又从躺着到坐着。时间不知不觉过去了，太阳从东边跑到西边。不远处的村庄，已是炊烟袅袅。放羊的羊吃饱了，砍柴的背篓空空。"

他的手机响了一下，是微信，打开一看，是领导发来的。他仔细斟酌着回复。

她继续说着故事："放羊的有些歉意，他表示愿意送一只羊给砍柴的。

"砍柴的问：你的意思是砍柴的赔不起放羊的？

"放羊的不知道怎么回答，他感到很紧张。

"砍柴的又问：你从我这里学会了放羊技巧，或者我从你这里学会了砍柴技能？

"放羊的摇摇头。

"砍柴的再问：假如我用柴换你的羊，是不是我们就都既有了羊也有了柴?

"放羊的点点头又摇摇头,因为砍柴的分明没有柴啊!"

他打断她:"对不起,我不能听你讲完了,我要去领导家一趟。"

她不悦:"现在又不是上班时间。"

他说:"这事很关键,我不能耽搁了。你的羊吃饱了可我没有柴啊。"他幽了一默。

"其实你根本没听我讲。"

"你的故事又不会烂掉,下次我听你讲也一样啊。你别哭,这事有什么可哭的呢!"

她擦擦眼泪,道:"不会有下一次了。"

他知道再说下去就会纠缠不清,这种情况在他们之间时有发生。他果断地立起,道:"对不起,亲爱的,我不能在这儿听你讲废话耽误事了。我赶紧去领导家,完事后会跟你联系。"说罢急匆匆离去。

待他完全出了她的视线,她重又继续故事,仿佛刚才的一幕没有发生一样:"砍柴的还要问,放羊的说话了:两情相悦,柴火不算什么。

"砍柴的笑了。"

"放羊的继续道:可还是不能缺柴火啊!

"砍柴的说:我知道另一处山的柴更多,可是那座山没有蜜糖的味道,也不会遇见你。

"说罢,砍柴的起身,整整灰袍子,提起空背篓,对放羊的笑嘻嘻挥挥手,走了。"

她亦站起,背着包,走了。

(选自《小说林》2020年第4期)

月亮船

_周 菓

圆圆做完作业,仰躺在床上,干瞪着眼,翻来覆去睡不着,她又想妈妈了。

乡村的夜静得可怕,关门闭户,只有几个窗口飘出微弱的光。偶尔有一只狗耐不住寂寞,汪汪地叫几声,表示出它的存在。

偌大的房子,只有奶奶的鼾声陪伴着她。空空荡荡的村子里,除了几个背驼眼花耳聋的老人外,都走了。过完年,村里冷冰冰的。

她抬起头,遥望着窗外,弯弯的月亮像一只小船,孤独地航行在深蓝色的大海上。月亮呀,你到哪里去?是不是到妈妈那里?能不能带上我?月亮不睬她,缓缓地、默默地航行,好像没听见,好像心事重重,好像装着一船的忧伤。

圆圆只有过年才能和妈妈亲热几天。年一过,妈妈总是在她醒来时不见了。圆圆哭喊着奔到村口大槐树下,只看到一条无情的水泥路伸向远方,消失在浓雾里,年年如此。圆圆恨这条路,恨这里的大巴车,一看到就想哭,每年都是它俩密谋,合伙偷空了村里,偷走了妈妈。

妈妈在干什么?是不是还在干活?是不是也没睡觉?是不是也在想我?迷迷糊糊地,月亮船在窗前飘呀飘。

呀!月亮船要带她走呢,离她越来越近了,她高兴得叫了起来了。机不可失,圆圆一个箭步跳了上去。月亮船载着她欢快地飞着,像箭一样,两旁的星星快乐地眨着眼睛。照这样的速度,一会儿就能见到妈妈,圆圆禁不住哼起歌来:世上只有妈妈好,有妈的孩子像块宝……

唱着唱着,圆圆的眼泪就落下来了,止也止不住。圆圆想,每年只有几天和妈妈在一起，也算有妈妈吗？也算一块宝吗？不过和邻村的同学芳芳、盼盼比，还是强多了。芳芳好几年才能见到妈妈一次。而盼盼呢，就更可怜了，妈妈走了六年了，一次也没有回来过。盼盼一提到妈妈就哭，哭得泪水鼻涕一大堆，老师和同学们劝都劝不住。同学们私下里都说，盼盼好可怜，她妈妈跟人跑了，可能一辈子也回不来了。想到这里，圆圆觉得自己还算幸运，至少一年还能和妈妈亲热几天，这不，马上就要见到妈妈了。想到这里，圆圆精气神又来了，扯着嗓子，尽情地吼起来，甜美的歌声，在空旷的天空中，没有任何阻拦，四处飞扬。

眼看就要到达妈妈打工的城市了，就在这时，一团乌云拦住了去路，吓得星星都躲了起来，圆圆眼前一片迷茫，看不清方向。为了见到妈妈，圆圆不慌张，不害怕，手脚并用，奋力扑打着乌云，左冲右突。月亮船颤抖着，摇晃着，牛似的哼着。可乌云越聚越多，像黑压压的蝗虫。转眼之间，就吞没了月亮船，吞没了她的喊叫声，圆圆陷进黑暗里。

过了一会儿，月亮船终于冲破了乌云，摆脱了黑暗，航行在宽阔无垠的大海上。到了，到了，妈妈的城市快到了，圆圆站在月亮船上，张开双臂，做出热烈拥抱的姿势。马上就要见到妈妈了，圆圆有一肚子话要亲口对妈妈说，她要告诉妈妈，期中考试她考得很好，数学考了满分；她要告诉妈妈，她把心爱的机器人玩具给了盼盼，她觉得她没有妈妈真可怜；她要告诉妈妈，黑猪长得很肥，妈妈回家就能杀了；她要告诉妈妈，奶奶老了不少，腿脚不灵活了，她放学回家，书包一放，就帮助奶奶干活，喂猪、扫地、浇菜、洗衣……

到了妈妈的城市上空，圆圆蹲在月亮船上，往下一看，夜晚的城市灯光闪烁，像无数的星星飘落下来。她知道妈妈在这里打工，可具体在哪个位置她不知道，她只能看到城市的轮廓。月亮船在上空打着转转，不知往哪里飘落，她焦急地东张西望。这时，风来了，雨来了，冻得她发抖，跺着脚，大声呼唤，妈妈，您在哪里，您——在——哪里——

突然，她睁开眼，泪水糊了一脸，发现棉被也被踹到地上了。冻醒了，才知道是在做梦，说梦话。奶奶进来了，打开灯，拾起被子盖在她的身上，拍着她的胸脯安慰她。

这时，月亮下去了，天空一片黑暗。

(选自《天池小小说》2020 年第 7 期)

爷爷去哪了

_朱红娜

小茜身上有一种特殊的味道,像烟或者酒,让我上瘾甚至迷醉。

我的烟瘾很大,一根接一根不用火机。

老公,爷爷丢了。老婆着急的哭腔在电话里如木棒般砸在我头上。

我像弹簧一样从小茜身上弹了起来,来不及洗澡,匆匆穿起了衣服。

正在兴头上的小茜蛇一样又贴了上来,我推开了她,留下一沓钞票,急急出了门。

我要回去找爷爷。

路上,一个年近六十的爷爷牵着一个小男孩和一个小女孩。那男孩只有六岁,女孩四岁。男孩全身污泥,蓬头垢面;女孩瘦小伶仃,眼泪鼻涕一把。

爷爷是我爷爷,那男孩是我,女孩是我妹妹。

再不能乱跑了,遇见坏人会被抓走的。爷爷摸着我的头,一遍一遍叮嘱我。

我要去找妈妈。我哭着,尽力想挣脱爷爷的手。

妈妈出去做工挣钱,等你长大了,她就回来了。爷爷哄我。

我要妈妈,大头他们都有爸爸妈妈,我没有爸爸,又没有妈妈。我大声哭诉,好像爷爷藏起了我的爸爸妈妈。

爷爷不吱声。我仰头看见泪水在爷爷纵横交错的皱纹里肆意奔流。

强强听话,以后爷爷奶奶也是爸爸妈妈。爷爷蹲下身来,一边一个,抱起我和妹妹。

长大以后,我才知道,我爸爸妈妈离婚了,妈妈独自改嫁,爸爸想不开,服毒自尽了。

爷爷奶奶比爸爸妈妈更疼我们，他们不会像爸爸妈妈一样吵架，更不会像爸爸妈妈一样一吵架就拿我们出气。

爷爷每天起早贪黑去到五公里远的城里踩三轮车载客，晚上，奶奶用一大块姜煮热水让爷爷泡脚，然后再帮爷爷搓脚，按背。每晚这个时候，就是爷爷最惬意的时候。有时候爷爷会直直盯着奶奶的脸，看得奶奶都不好意思，奶奶问，我脸上有什么好看的？爷爷说，老婆子，我一天到晚在外，回来看看你还不行啊？奶奶就抬正了脸，让爷爷看个够。有时候，爷爷又一直闭着眼睛，任凭奶奶搓揉絮叨，奶奶以为爷爷睡着了，突然又听爷爷冒出一句"真舒服啊"。

爷爷的背越来越驼。初中毕业后，我不肯再读书了，跟着一个远房亲戚学装修，后来，我自己领工程，再后来，我开了自己的装修公司。

结婚后，我把爷爷奶奶接到城里，我建了别墅，让老婆做全职太太照顾爷爷奶奶，我要给他们最好的生活。

八十岁的奶奶照样每天给爷爷泡脚搓脚，我让老婆给爷爷搓，他们不让，让保姆搓，他们也不让。我说，爷爷，我带你去洗脚城搓，爷爷说，不去，别人搓，不习惯。奶奶说，我搓惯了，不搓反而不习惯。

我笑他们不会享受。

奶奶八十五岁那年走了，临走的那天晚上，还让我们温了一盆热水给爷爷泡脚，然后握着爷爷的脚闭上了眼。

奶奶走后，爷爷大病了一场，后来爷爷患了老年痴呆症，他不认得很多人和很多东西了，但是每天抱着那个小木桶，我们用热水给他泡脚，可是他从不让人给他搓脚，一给他搓脚就大吵大闹。

回到家里，已是第二天，办案的民警说找遍了城里的大街小巷，没有爷爷的踪影。

找不到爷爷，我饶不了你们。我使劲瞪着老婆，把老婆和保姆臭骂了一顿。我将没抽完的烟用力地摔在地上，再用脚狠狠地踩灭了它。

下了几天的雨，昨天好不容易出了太阳，我就让爷爷出来晒晒太阳，我出去想买点东西，哪想到没一会工夫，爷爷就不见了。老婆急得哭了起来，像做错事的小学生，战战兢兢地向我说明原委。看着像风中的一棵小树一样颤动的妻子，我心一软，一股热流在眼眶涌动，是啊，我常年不着家，家里老老小小全靠她照顾，我怎么能怪她呢？

我帮老婆擦了泪水，轻轻地按住她的双肩。

会不会被人绑架呢？我问警察。

可能性不大，如果绑架的话早该有电话打来了。警察分析。

刊登寻人启事了吗？我问老婆。

昨晚电视播了。老婆告诉我。

爷爷九十岁了，又是痴呆，会跑到哪里去呢？我百思不得其解，手上的烟烧疼了皮肤。

我驾车在城里来来回回地找，城里都是五颜六色、步履匆匆的人，哪里有爷爷的半点影子。

电话响了，小茜娇滴滴地说，强哥，早点回来啊。我不耐烦地摁了结束通话，再用力地摁灭了烟。

不知不觉地，我的车子开往了老家的路上，老家虽然离城只有五公里，但自从爷爷奶奶出来后我就很少回去了，上一次回去还是给奶奶扫墓的时候呢，转眼之间又是一年了，想着想着，我不禁深深愧疚起来。

爷爷会不会回了老家呢？我兴奋了起来，加大了马力。

不一会儿就到了老家。邻居都做了新房搬出去了，老房子已没人住了。生锈的铁锁寂静地独守着老房子，它告诉我，爷爷没有在这里。我黯然地离开老房子，决定去老房子后面的墓地看看奶奶。

骇然的一幕出现在我的眼前：爷爷穿着我过年给他买的新唐装，伏倒在奶奶的墓碑上。

我抱起爷爷，爷爷已没了气息，但爷爷神态安详，仿佛睡着一般。

我跪在墓地，给老婆打了电话，老婆，爷爷找到了。

然后，我将小茜的电话拉进了黑名单。蓦然发现，我已有几个钟头没抽烟了。

（选自《西南文学》2020年第2期）

一位孤独症患者的自白

_劳丽炫

"根据这些情况的分析报告,可以判定你得了孤独症。"方医生一锤定音。我。何山。男。

在二十六岁这年的某一天,我被确诊为孤独症患者,现在站在街道的拐角处,数着行人,而身后就是我爸妈逼着我来的一家心理诊所。

"你必须尽快摆脱孤独症,不然根据地方规定,我有可能对你采取一些强制性措施。不过你也别太担心,孤独症这玩意儿,一堆人有,虽然治疗过程会让你感到不习惯,不过慢慢地就会习惯了,保证对你的身体健康没有坏处。孤独症最大的表现就是难以与他人交流,所以你现在应该主动与他人交流。交给你个任务,待会儿站在前边这条街的拐角处,等到第十二个人经过时,你就去问他香山路112号怎么走,我在那等你。"

第一个,第二个……第十一个!我的心提到了嗓子眼,不停地搓起手,大脑里一直在想准备好的台词。终于,第十二个人出现了。

第十二个人是一位妙龄女子,二十四五岁,妆容精致,衣着时髦。看着她匆匆的脚步,好像是有急事。我害怕不被理睬,犹豫着要不要上前问话,可又担心自己连第一个任务都完成不了,这样的社交能力确实值得质疑。经过几个来回的心理拉锯,我下定决心,一个箭步走到了妙龄女子的身边,伸出手,拦住她,鼓足勇气对她说:"你好,请问香山路112号怎么走?"

女子被我拦住之后,竟没有我想象中的不耐烦,反而弯了眉眼,笑盈盈地对我说:"香山路112号啊,我知道怎么走,不过路有点复杂,正好我顺路,要不……我带你去吧?"

我暗自得意,没想到问路会如此顺利,还给带路,出乎意料,也正好可以多跟别人交流，早点摆脱孤独症。

原本担心我们的交流会很尴尬，但女子是个健谈的人，风趣幽默。我渐渐放松，知道她叫方优，在一家广告公司做文秘。

我。何山。网络作家，笔名人可，专写悬疑小说。

说实话，做我们这一行的都鲜与外界接触，整天与电脑共处，一离开电脑、手机就一片茫然，这就是我患上孤独症的主要原因。

"你叫何山是吧？平时肯定不经常跟人交流。"方优问。

我心里一惊，她是怎么这么快注意到这一点的？但还是努力让自己保持冷静，装作很随意地说："嗯，我是一名网络作家。平时确实很少跟别人交流，不过你是怎么知道这些的？"

"因为你一直有小动作啊，一个人只有在紧张的时候才会有那么多小动作。"方优解释说，"你是作家呀，平时都写什么类型的文章啊？"

"我写的是侦探悬疑类。"我有点紧张，害怕她又把我看穿。

"哇，那你知道人可吗？我超级喜欢他的推理小说。"方优的语气充满期待。

我一听，心中窃喜，脸上还是保持平静："如果我说我是人可，你信吗？"

"天哪，你就是人可！是真的吗？我喜欢你的文章好久了，你一定要坚持下去啊！"方优好像还有很多很多要说的，但是香山路112号到了。方优遗憾地跟我摆摆手，然后笃定地和我说："我们一定会再见的，期待看到你更多更好的作品！"和我道别后，飘然离去。我走近香山路112号，发现它居然是个火锅店。

我。何山。现在在一家火锅店里找我的医生。

我在火锅店里转悠了一圈，都没有看到方医生的身影，倒是发现了一张"诡异"的桌子：菜已点好，锅底也烧开，没有人。我凭着多年写小说的经验断定这里肯定有问题，走近一瞧，桌上摆着一张卡片：

何山：

  恭喜你成功完成第一个任务，请享用火锅吧。

方医生

我坐下开始享用火锅，习惯性地观察四周。有很多人是自己一个人的，也有些大概是来聚会的，大家都在低头刷手机，这样一看，不知是在聚会吃饭还是在工作。想到手机，我下意识地摸了一下自己的口袋，手机不见了！我惊出一身汗，马上想到方优，就在这时，我掏到一个纸条："想要回手机，就到上南路479号。"我看着这数字有点熟悉，一时又想不起。来不及多想，我要快点拿回手机，里面有很多重要的东西和秘密。

我冲出门，突然意识到自己不知道这路怎么走，平日出个门都用手机导航，现在实在分不清东西南北。问了好些人，大多数都说不知道，只有一两个人能说个大概。还有一些人的眼神是戒备的、怀疑的，这些眼神像刀一样，刺得我不敢再开口。

我终于找到了上南路479号。当我看到这熟悉的街道和建筑时，我呆住了，我那满头白发的父母、方医生和方优，正站在我家楼下。

我。何山。上南路479号。

我内心像燃起一股无名火，走过去，冲他们嚷："你们耍我很好玩吗？"

我妈委屈地低下了头："山儿，我们只是想让你回家吃顿饭。你已经两年零三个月没有回家了。"

"两年零三个月，有那么久吗？"我问妈妈。我突然想起，两年多前，我正处于瓶颈期，心特别烦，开始把自己封闭起来，而我的父母跨过半个城市来找我，只因我没有接电话。那时我妈才刚做手术，身体还没恢复，他俩年纪大了，不会用导航，那天还下着雪……我哽噎着，话哽在喉咙，最后只说了一句："妈，我饿了，饭煮好了没？"

我妈一愣，泪从脸上滑落，紧紧拉住我的手说："早就准备好了，快回家。方医生、小优……啧，老头子，你还愣着干什么？我们回家啰。"

雪落了。印下我回家的脚步，带走了一方孤独。

我。何山。坐在我父母的家里。

我问："现在是什么情况？我没有得孤独症？"

方医生看着我说："很抱歉，骗了你。其实我不是你的医生，更准确地说，我是你父母的医生。我这次治疗方案是通过改变病人的家庭关系来达到治疗效果。介绍一下，这是我妹妹，方优。"

"你好。"方优伸出右手说。

"谢谢方医生，谢谢方小姐，你们不仅是我父母的医生，更是我的医生，我病得比我父母更重。"

我看着厨房里忙碌的身影，眼眶湿润了。他们已年迈，背弯了，耳朵听不清了，动作也没那么利索了……饭菜的香味溢满家中的空气，依旧没有变，还是熟悉的味道。

工作以后，我从家中搬出，明明只隔了半个城，却没能好好地跟他们吃一顿饭，陪他们说说话。原来自己一直是那么的自私，总以工作忙为理由，任性地挥霍着父母的爱，榨干了他们的一切，只留下孤单给他们。以后只想好好伴在父母身边，从此不再孤独。

(选自《红豆》2019年第12期)

二胎后遗症

_ 纳兰泽芸

大鹏家里最近"双喜临门"——大鹏老婆小霜一口气给他生了一对双胞胎儿子。

照说是该放鞭炮的喜事,可是把大鹏愁得夜夜睡不好,头上白头发噌噌噌往外冒。

怎么回事?因为大鹏和小霜已经有一个光头儿子强强了,再添两个光头儿子,伤不起!

强强今年五岁,上幼儿园中班,是个调皮得地动山摇的捣蛋鬼。强强平时主要是大鹏妈,也就是强强奶奶在照看着,因为强强太皮,奶奶实在管不动了。

上次一放学,强强在前面跑,奶奶在后面追,可是老太太哪里是小泥鳅的对手?一会儿泥鳅强强"哧溜"不知道钻到哪里去了,影子都不见,奶奶怎么喊都没有人应。

现在路上车子那么多,拐小孩的坏人那么多,奶奶一下子吓蒙了,一屁股坐在地上就号啕大哭起来!最后是惊动了警察叔叔才把强强找到了。原来强强跟着前面一个小朋友钻到附近一个小区的广场上打弹子球玩去了,把奶奶忘得一干二净。

从那次事情之后,奶奶说什么也不干了,要回老家养老去。奶奶说:"不是我不带孩子,我是真的带不了,万一有个闪失,就是把我老太婆剁了,也担不起这个责任。再说你爹孤老头子一个人在老家,我实在不放心,又不会做个饭,天天就这么糊弄着吃饭,早晚要出问题。我老了,指望儿子指望不上,就指望老头子活着陪我了。"老太太去意已决,任大鹏怎么说都无济于事,只好买了火车票让她回老家去了。

那边小霜妈也实在过不来，老家孙子还小呢，不带可不行，不能说孙子不带，带外孙子吧？不要说这个理在农村说不过去，就是小霜那个泼辣嫂子还不把天捅个窟窿！

这下可好，强强还没人照顾呢，又来了俩光头小子！这可不是要人命吗？小霜刚生完孩子，再让她一个人带两个孩子，肯定不行。没办法，大鹏只好打算去请个保姆来帮小霜。

没想到大鹏前脚进了家政公司，后脚就逃出来了——带孩子的保姆一个月要价八千！家政公司的老板说这还是最便宜的，一般都是一万多！大鹏想，得，我一月工资全付保姆费吧，房贷还没还掉，一家人喝西北风去！

小霜咬咬牙说，别请了，我一个人辛苦点带吧。两个光头闹得很，小霜没日没夜没觉睡，看得大鹏真是心疼。所以只要下班铃一打，第一个冲出办公室的就是大鹏。大鹏在一家外企做销售，下班赶时间不可能那么准点的，所以那个胖主管不干了，翻了翻白多黑少的大眼珠，对大鹏说："大鹏啊，对公司要有点主人翁精神啊，都像你这样公司还发展不发展了？每个人都有家务事，但家务事不是影响工作的理由哇，啊？"

大鹏也不想多争辩，他一门心思想着小霜太累。他想，以前没有二胎，我也没少为公司义务加班，现在我不能不顾我老婆死活啊。

大鹏乘在公交车上，马路又堵成了停车场。大鹏心里连声叫苦。

原本大鹏和小霜想着再生一个二胎，是想要一个乖巧可爱的小女儿，一子一女凑个"好"字，可是小棉袄没要着，又来了俩光头！

住在这个大城市，房价动不动就是好几万一平方米，给一个儿子准备房子长大讨老婆结婚都够呛，这一下仨儿子，这可怎么好，小霜噘着嘴对大鹏说："就是把咱俩骨头榨干也搞不齐三套房子啊！"

一对双胞胎，什么都是双份。小霜没什么奶水，两个光头小子全靠喝牛奶。国产奶粉不敢喝，被什么鹿的三聚氰胺搞怕了，只好买那些贵得吓死人的进口奶粉。

一罐四百多块钱的400克牛奶粉，两个光头小子三天就吃光了。尿不湿、衣服等等，都是钱，大鹏银行卡上那点钱就像在大太阳下融化的冰雪，看得他胆战心惊。

小霜要没日没夜地照顾孩子，上不了班，现在一家老小都靠大鹏一个人的工资收入。以前被胖主管骂一顿还敢回几句嘴，现在主管就是把他骂成孙子，他也不敢回半个字——若是图个嘴上痛快把主管惹恼了，要他卷铺盖，老婆谁养？三个光头谁养？

这一天，那个胖主管又把大鹏骂得狗血淋头，还问候了大鹏的祖宗八代，大鹏的拳头捏得骨节咔咔响，要在以前，他早就冲上去揍他了！可是现在……

胖主管说："大鹏，我知道你在心里骂我，没关系，你骂吧，骂完了接着给我加班把今天的活干完！都像你这样，和尚打伞无法无天，我还管不管人了？"

加完班回家的路上，已是深夜一点。寒风刺骨，大鹏跑24小时便利店买了三瓶啤酒，坐在冰冷的马路牙子上，对着瓶子就灌。冰冷的啤酒把他的心也浸得结了冰。

跌跌撞撞回到家，已快天亮了，他一头倒到小卧室的床上就不行了。

平时大鹏回到家还要帮小霜照顾双胞胎，可是今天他真的不行了。可他心里还是记挂着小霜，他打了一个酒嗝，对五岁的强强说："儿子，你是男子汉了，今天你别……别上学了，帮妈妈照顾弟弟，明天上学对老师说一声'妈妈给你生了两个弟弟'就行了！"

强强听了，挠了半天头。

大鹏说："怎……怎么，不愿意？"强强说："愿意，一百个愿意！"

"那还不快去！"

强强继续挠头，斜着眼看着大鹏，说："老爸，我想明天对老师只说生了一个弟弟。"

"为……为什么呀？"

"另一个留着，等我下次不想上学的时候再说吧！"

（选自《北京文学》（精彩阅读）2020年第9期）

儿子

_马 克

上弦月正挂在天边,月光如流水一般从窗口洒进屋里。已是夜半时分,刘大妈独自坐在床上没有开灯,这让屋子里更增添了几分神秘感。

屋子里很静,刘大妈絮絮叨叨的话听得分外清楚。

儿子,你爸走了有多久了?你还记得吗?

我想你肯定会记得的,他最喜欢你了,啥好吃的都给你买,有时候我看见都犯馋。说实话吧,我喜欢吃的,有时候他还不一定给我买呢!

儿子啊,你姐这会儿在美国应该是开始上班了吧,她忙啊,也顾不上给妈打个电话。也真是难为她了,一个女孩子跑到这么遥远的地方,还要上班挣钱,还要读书学习,也是不容易啊!

儿子啊,我最生你老姨的气了!这次拆迁改造,她为了你姥爷的那一间房子,把你姥爷气得差点背过气去。你妈说她几句吧,你看她那个厉害的,这一个多月了,没有再理过我。原来吧,隔三岔五地还过来跟你妈聊聊天,还看看你,逗你玩一会儿。想起来也真是,你也挺喜欢你老姨的,躺在她怀里,懒洋洋的,还撒娇呢。——唉,人的心眼儿怎么就那么小呢!都是让钱给闹的!

儿子,冰箱里还有剩饭呢,妈的饭量现在怎么这么小了呢!每次你老姨一家人来了,即便是做一桌子饭菜,几个人总是风卷残云,一会儿盘子就见底了。

儿子,隔壁李大妈这两天心脏病又犯了,她儿子也不知道把他妈接去他们家住一段时间,把老太太孤零零一个人扔在这里,万一哪天再有个三长两短怎么办啊!

儿子,楼下社区工作站办了个葫芦丝培训班,听说教吹葫芦丝的老黑,原来是哪个乐团的,葫芦丝吹得可好了。每次他吹给我们听的时候,我们一帮大爷大妈个个手舞足蹈的,你妈是不是也去报个名凑个热闹,反正也不收费,不用花钱。

儿子,楼下又在给灾区捐衣物呢,听说南方发大水,灾区的老百姓缺衣少穿的,咱家里有的衣服也穿不着,是不是给捐出去啊!对了,还有一床新被子也捐出去吧。妈也用不着!在妈这里放着不如捐给灾区更有用。

儿子,社区文化站小李说要举办健身操比赛,我看我就别去了。妈这身子骨恐怕不行啊,再说了,参加比赛时穿的那身衣服也忒新潮了吧,屁股和胸好像兜不住似的,多让人难为情啊!

儿子,我看楼下的秧歌队办得挺好的,那红绸子舞起来可好看了,跳秧歌的人那一身打扮挺喜庆的,妈准备也参加一下,到时候把你放在一边看妈是怎么跳的、怎么美的,到时候你可别乱跑啊,你要是跑丢了,妈的日子可怎么过啊!儿子,你说是不是?

刘大妈絮叨了半天,抬起头来,看见它这一会儿竟然打起了呼噜,便气呼呼地朝它屁股上拍了一下:"儿子,怎么不听妈说话呢?"

"汪汪——"

"唉,还敢跟妈发脾气呢!"

"呜——"它仿佛有些委屈了,弓着身子,打了个哈欠,口水差点没流出来,懒洋洋地睁开眼睛望着她!唉,都深更半夜了,困啊!

这时,刘大妈的眼里竟湿润了。她伸开双手心疼地把它抱在怀里,几滴泪水悄然落在它的身上。

(选自《北京文学》(精彩阅读)2020年第1期)

挂在故乡的钥匙

_ 欧阳明

吃过早饭,老栓取下挂在床头墙上的那串钥匙,就出门了。

钥匙总数 36 把,老栓记得清清楚楚。钥匙是湾里 26 户人家委托给他的。

湾里一共 27 户人家,现在家里还住着人的,就老栓一家了。说是一家,其实就老栓一个人。老伴两年前患肝癌走了。老栓想不通,农村山清水秀的,吃的菜和粮食,从没打过农药,咋也会像城里人一样,患个病就是癌症。

老伴走后,儿子和女儿劝老栓进城去一起住。老栓想去。湾里连个说话的人都没有了,太闷。但他走不了,那串钥匙把他拴住了。

老栓觉得,做人,必须讲信用,答应别人的事,哪怕是磨眼儿,也得钻过去。就对儿子说,等哪天大家把钥匙都拿回去了,我就进城。

26 户人家,最初是年轻人去外面打工,后来挣了钱,在城里买了房,就把家里的老人和孩子接走了。仅仅是每年清明和春节才回来。26 户的房子都是砖房,有的才建成几年,最少的花了七八万,最多的花了几百万。人走了,房子却搬不走,里面的家具,样式老旧,搬进城也没地方放,送人吧,没人要,烧了又太可惜,毕竟是钱买的哩。最好是留在老家,请个人看着。请谁呢?只有老栓。那时老栓老伴还在,都不想进城,说城里喝口水都要钱,空气也没乡下好。

最初给老栓钥匙的不多,就几户人家。后来越来越多,不得不用一根长长的铁丝串起来。

每天,老栓都要把那些房子巡查一遍。

大家觉得给老栓添了麻烦,说每年给他点钱。他不收,说,钱,我不缺。

老栓说的是实话。儿女给他的钱,都不知道干啥用。

大家过意不去，就送他烟酒。老栓还是拒绝。说，医生说我不能再抽再喝了。叫他拿去送人。说，送谁呀？我又不求人办事。

你这样我们过意不去呀！大家说。

一点小事，有什么过意不去的？放心，房子我会给你们看好的！

昨晚下了点雨，路很湿滑，老栓走得左摇右晃的。他从邻居老杨头家开始查看。先看大门上的锁有没有动过的痕迹，然后再开门进去，每间房每间房地看掉没掉什么东西。

一连看了25户，都没异样，老栓心里踏实多了。但他还不敢彻底放心，还有最后一家。

最后一家的房子三楼一底，有车库、花园，比城里有些别墅还豪华气派。

房子是江娃子的。为了回家方便，江娃子花两百多万，把进村的土路修成了水泥路，天晴落雨，都能过车，大家都说他好。江家最值钱的还不是房子，是房子里的那些家具，据说全是红木的，一把椅子就几十万。每次查看，老栓都丝毫不敢大意。

江娃子从小调皮捣蛋，经常惹是生非。大家都骂他没家教。说起江家，都朝地上呸口水。江娃子八岁那年，和生产队长儿子打架，输了，居然一把火把队长家的房子烧去一大半，把爹活活气死了。小学结束，他便出去了，从此不知是死是活。三十年后，他回来了，屁股后面跟了一大群人，里面居然还有本县的县长，还江总江总地叫他。

江娃子家除了院门和大门，屋里每间房也装了门，共十道，全是防盗的，都得用钥匙开，每次查看都得花上半个多小时。

老栓每把锁每把锁看了，无异样，再每间屋每间屋看了，也无异样，心才彻底安稳。

从江娃子家里出来，已近中午。老栓开始回家，手上的钥匙，一路上发出哗哗的响声，仿佛在和他说着什么。

以前，出去的人清明和春节都会回来，近几年，不知什么原因，有些不回来了，连过年都不回来。有几把钥匙，几年都没拿去用过了。怕钥匙生锈，老栓每月都要用猪油擦一次。

江娃子自从修了房子后，年年清明和春节都要回来。每次回来，天天都要请老栓过去吃饭，每顿都安排他坐上位。老栓先是推辞。江娃子不依，说，您年纪最大，辈分最高，您不坐谁敢坐呀？

都说从小偷油，长大偷牛，人，从小就能看到大。可老栓做梦都没想到，江娃子居然会比自己上过大学的儿女还有出息。老栓觉得自己的确是看走眼了。

转眼就到了四月。一天,老栓查看完房子,前脚刚进院坝,后面就来辆小车。

小车里下来的,居然是江娃子。

栓叔,我来拿钥匙。江娃子说。

你怎么回来了?还不到清明呀!老栓有些奇怪。

回来办点事。江娃子说。

江娃子回了趟家就走了。走时居然没把钥匙送回来。老栓很纳闷。

两天后,江娃子又回来了。

见面,老栓就问他,你是不放心我给你看屋子了吗?

江娃子呵呵一笑,说,栓叔,您误会了,我这次回来,就不走了。

为啥?老栓很惊讶。

春节吃饭时,您不是说,湾里的那些地都撂荒了,太可惜,要是有人来承包就好了吗?我这次回来,就是要搞个农业开发公司,把地全租下来,让大家回来一起挣钱。

真的?

现在国家不是要振兴乡村吗,这两天,我找了县长,说国家有政策支持。

你娃做了件好事啊!老栓笑着翘起了大拇指。

好不好我不管,我得给江家挣个好名声!江娃子说。

肯定是好事!老栓说完,抬头朝田野望去。他仿佛看见漫山遍野的杂草,一下子变成了绿油油的庄稼。再低头看着手中的那串钥匙,嘀咕道,你们哪,很快就会物归原主了,我也可以进城陪孙子啦!

(选自《山西文学》2020 年第 1 期)

哑叔

_ 张维菊

园子里的石榴，像多喝了二两似的，红扑扑的了。有两三枝，微醺着，倚在墙头上。园子里静悄悄的，偶尔有一两声鸟鸣，从这边枝头落下，又从那边叶间响起，欢气得很。

哑叔不在。

哑叔从哪儿来，没有人知道。哑叔来的时候，石榴园还不是石榴园。爹进的那批石榴苗，等长叶了，才认出来，有一多半是木槿。比起邻村的进宝，爹还算是走运的。

进宝三万块钱的苗，一粒芽芽也没冒出来——黑心的商贩，将小苗枝用滚水秃噜过了。一大锅一大锅的开水！为什么？黑心商贩发来的苗枝，全是假的！哪里是什么石榴苗？用滚水一秃噜，全烫死，不让发芽——发芽就露了馅儿了！若买家追问，那黑了心的商贩就会倒打一耙，说没管理好，把责任全推到买主身上。

爹疯了一样对着木槿又踹又砍又刨的时候，哑叔来了。胡子拉碴，头发乱蓬蓬的，枯草一般，他一定是渴坏了，也饿坏了。我到草棚里，把给爹冷好的水和娘烙的发面饼，炒的辣椒鸡蛋，端在哑叔面前。哑叔啊啊啊地比画着，我瞪大眼睛，追着他的手势，不懂他在说些什么，但大体意思我知道，他是在夸我心眼儿好。

吃饱喝足的哑叔，从爹手里夺过镰头，啊啊啊地比画着，不让爹毁树，还把爹刨的坑又埋上了。爹喘着粗气，瞪着这个不知从哪里冒出来的外乡人，然后泄气了似的，一腚坐在树底下，有气无力地喊——三妮儿，饭，你娘做的饭呢？

我拔腿就跑。我居然把娘给爹做的饭给了哑叔，一个不认识的外乡人，让又急又气的爹饿了肚子。

哑叔怎么撵都不走了。爹留他在草棚住了几天，每天捎去吃喝，娘又挑了一身爹的干净衣裳，让哑叔换上。我们都以为，他不过歇歇脚，就会走了。没承想，哑叔天天围着石榴园转，没有走的意思。爹拉他出来，领他到路上，一边比画着，让他回家，回自己的家，一边推着他走。哑叔就急，拍拍胸口，指指远方，跺跺脚。爹掏出身上的几十块钱，意思是让他买张车票回去。哑叔把钱扔到爹怀里，反手推着爹，撵爹走，仿佛那石榴园是他的，爹倒是外人。爹不走，哑叔甩手、跺脚，抱着头，慢慢蹲在地上，啊啊地哭，受了大委屈似的。爹没辙儿，领他去了村里的理发店。村里人眼睛就亮了，都说，古有王华买爹，三妮儿，你爹，这是给你捡来个哑叔呀。

也怪，哑叔对果园的活儿，样样拎得来。拿爹的话讲，老把式。株距、行距、剪枝、浇水、施肥、灭虫害，爹一样都不用操心。不操心的爹，忽然又有了担心。这么有活道儿的人，咋会落得流落他乡呢？有人提醒说，连个身份证都没有的流浪汉，不会是，不会是隐姓埋名的……通缉犯吧？娘吓出一身冷汗。让爹无论如何也要想法子将哑叔打发走，免生是非。爹打包票说，哑巴不是坏人，你看他的眼睛，看他的眼睛就知道了。他嘴不会说，可眼睛编不了瞎话啊！娘说，也是，这么大个人丢了，他家里不得找疯了？三妮儿，勤看着点电视和报纸，不都有那什么寻人启事吗？兴许，就能有了头绪，把家给他找着了。

哑叔在我家，过了中秋，过了春节。又过了中秋，过了春节。这中间，有一位房地产商前来，一眼相中了秀气的木槿树，雇了人来，全刨下，移到他开发的小区搞绿化了。爹带哑叔出去，又买来一批新石榴苗补上。那年五月，石榴花开得耀眼，那个旺哟，连过往的行人都忍不住停下来，看了又看。

我略懂些哑语了。偷偷买来的手语书，令人着迷。我问哑叔家在哪儿？他说很远很远。我问哑叔家里有什么人，他的眼光就黯淡下来。难不成，哑叔没有亲人？心里的疑问没有解开，我却不敢再往下问了。

上学学习好不？哑叔开始问我。

笨，学得不好。人家都笑话我。我给他比画。

哪怕是最后一名，也要把学上下来！我追着哑叔的手势，摇摇头，又点点头。

哑叔的眼睛格外亮，格外有神。

谎花落尽，树上挂满青石榴。一整个儿夏天的晚上，我都在抱着课本复习，从来没有这么用功过。一整个夏天，爹和哑叔把自己忙成了一棵石榴树。

青石榴慢慢变成了红石榴。咧开了嘴儿笑的红石榴，透着亮，汪着明，一粒粒，像水晶。我暗下决心，等中秋节，家里摆上月饼、石榴、葡萄、香蕉、苹果、花生供奉月娘娘的时候，我一定拿回一张满意的考卷来，给爹娘，也给哑叔看看。

月亮一点儿一点儿地圆。爹的石榴，成筐成筐地往外走。他盘算着，卖完石榴，就把这几年的工钱给哑叔结了。娘也一直念叨，当庄老孙家的二闺女，正般配哩，虽说带着个三岁的娃儿，可是过日子的人呢……这哑巴，也不会给句话，行，还是不行？

一天，哑叔突然不见了。草棚里，哑叔的铺盖叠得整整齐齐。床上一张旧报纸，上有寻人启事：某人，于某年某月某日某地走失……

某地，是爹当初买石榴苗的地方。据说，那儿的人们，或夫妻，或父子，或叔侄搭档，做苗木生意，发家致富，成为各路媒体的宣传对象。又一度，声名狼藉。

我踏上那片陌生的土地，是在师范毕业以后。最美乡村，榴园处处，哪里才能找得到哑叔呢？

（选自《北方文学》2020年第4期）

旅行的路

_崔 立

刘琴说:"我们出发吧。"

齐峰说:"好。"

凌晨五点半,天刚蒙蒙亮,他们的车就出发了,车灯明晃晃地闪着光。齐峰开车,刘琴坐在副驾驶座,豆豆坐在后排。后排宽敞,可以坐,也可以躺。刘琴说:"豆豆要不要也系个安全带。"齐峰说:"对,一定系上。"

车子从小区里缓缓地开出去,已经有遛狗的人走过,朝车里探头探脑地张望,一只狗的主人喊了一声:"齐峰,这么早,你去哪呢?不用摆摊卖早点了吗?"齐峰说:"不用,不用,我们出去转转。"

车子转到了马路上。宽敞的马路,足够让心情也变得更加宽广,以往,齐峰开车都是为了进货、送货,今天,是为了游玩。游玩是多么自由快乐的事儿。刘琴一直说:"我们要多出去走走,赚了钱为什么,不就是为了花钱吗?"但刘琴说过这句话后,很快就象征性地被遗忘了。为什么遗忘?那么多挤破脑袋来买早点的人晃了刘琴的眼睛,刘琴一手递早点,一手收钱,嘴巴笑呵呵地怎么也关不住。

车子从城区,到了郊区。

郊区的路显然没有城区的好,有了颠簸,咯噔咯噔地,车子时不时地像个顽皮的孩子样翻腾着,翻倒了齐峰,翻倒了刘琴,都没关系,不能翻倒了豆豆啊。齐峰回过头,说:"儿子,儿子,你没什么事儿吧?"豆豆笑眯眯地,没吭声。刘琴说:"儿子没事,咱儿子可结实着呢。"齐峰说:"对。"齐峰转过了头,赶紧又去扶那方向盘了。震动的方向盘,震得齐峰的手掌都红了。

车子在周庄停下来时,刘琴问豆豆:"要下来吗?"豆豆笑眯眯地点点头。

豆豆下来了。周庄是豆豆一直想要去的地方。豆豆说："周庄可好玩了。"豆豆说："我是在电视上看到的周庄，周庄有屋子，有水，也有水面上的桥。"豆豆说："我想要去周庄。"多数时间，齐峰和刘琴都在忙，忙着赚钱。一忙，两个人就顾不上豆豆了，豆豆就打开电视机，一个人坐在沙发前看电视。有时，中午两个人也没回来，刘琴就会打来电话，说："豆豆，冰箱里有馒头，是昨天晚上我带回来的，你放微波炉里转热就可以吃了。"豆豆瘦小的身躯就会站在微波炉前，转动了按钮。微波炉就嘟嘟嘟地闪着光转动了起来。

这个时间，齐峰他们已经走进了周庄。

周庄太有名了。

去周庄的人也多。走进周庄的青石板路上，有几个年轻老外在拍着照片，刘琴听不懂他们在讲什么，只看到他们的手势，还有脸上绽开的微笑。刘琴记得有一次，那天早上豆豆起得特别早，特别早的豆豆吵着要和刘琴一起去卖早点。就是那个早上，刘琴的摊位上竟然来了一对年轻男女老外，像一对情侣。老外们看到了豆豆，似乎特别兴奋，逗弄着他，嘴里叽里呱啦地说了什么，当然，刘琴是听不懂的，豆豆也是听不懂的。但从他们脸上友好的笑容里，只能猜出个大概来。

走了几步，走到了水桥上。

桥下是河。豆豆在探着头望着河。刘琴赶紧拉过豆豆，说："小心，小心，不能一头栽进了河里，这就危险了。"豆豆笑眯眯地，赶紧缩回了头。桥上的人很多，他们挤在人群之中，走下了桥。

周庄逛完后，齐峰开动了车，又去了锦溪。

锦溪离周庄不远，也是一个古镇。

豆豆特别喜欢看旅游频道，看到了周庄，说喜欢周庄，看到了锦溪，又说喜欢锦溪……齐峰他们在逛完锦溪后，又去了旁边的同里，再去了甪直，车子是他们的代步工具，脚也支撑着他们的行走。

在甪直，刘琴走累了，说："我们要不要歇歇？"

时间已经到了下午四点多，这一天，他们从早上出发到现在，已经快12个小时了，渴了，可以喝水。饿了，可以吃饭。累了，他们也没有好好休息。

刘琴问豆豆："累吗？"

豆豆笑眯眯地，摇摇头。

刘琴说："这孩子——"

他们继续在甪直行走，走啊走，像走一个走不出的轮回。

在夕阳慢慢往下走的时候，齐峰他们又到了要和甪直说再见的时候，在往出去走的时候，在一个桥头，刘琴说："我们合个影吧。"

刘琴叫过了一个路过的旅行的人。

那是个年轻男人。

年轻男人拿着刘琴的手机,对着他们说:"看我这边,看我这边的镜头——"

照片拍完了,刘琴说:"谢谢你,谢谢你给我们三个人拍照。"

年轻男人愣了愣,说:"三个人?"

年轻男人看着齐峰,也看着刘琴,还看着豆豆。

年轻男人走远了。

刘琴抱住豆豆。

盒子里的豆豆还在微微笑着。

眼睛红肿的刘琴,眼泪又掉下来了。齐峰去劝,劝得自己眼泪也下来了。像奔腾的海。

一周多前,豆豆一个人在家里的灶台上煮面条,锅里的水泼出来了,豆豆也没发现,还在津津有味地看着电视。齐峰、刘琴赶回来时,豆豆已经没了。

(选自《草原》2020年第8期)

项链

_陈　融

应聘到这家失恋博物馆没多久,我就看到了许多悲伤的故事。可我并不厌倦这份工作,老板去外地后,我便把店接过来,并有了女朋友嘉莹。

失恋博物馆的主顾都是年轻人,因此,当某个下午进来一位中年男士时,我还以为他走错了地儿。男士身材高大,穿长风衣,戴礼帽,很有点儿电影《卡萨布兰卡》中男主角的气质。

他从黑皮包里掏出一个盒子,拿出一条乳白色的珍珠项链,说要放进店里。说完,他留恋地盯着项链说:"这可是上好的澳洲珍珠,你看这成色。"

说实话,我见过不少心里犹豫的顾客,便说:"请您三思,如果项链过于昂贵的话。"

他微微一笑说:"你可能领会错了,我是想把项链放你这儿暂存一段时间,几个月或几年。"

这出乎我意料:"抱歉,店里没有这样的规定,无法为您保存珍贵物品。"

他摘掉帽子,一些白头发露了出来。"我即将远渡重洋,带上这东西不合时宜。你就把它当作普通物件展出好了。"看我仍疑惑,他掏出一千块钱,"这是托管费,你该信了吧。或许有位女士来取它,那最好不过。假如最后无人来领取,它就归你店了。"

我更加迷惑:"这到底是为什么呢?"

他笑着摇头:"你还年轻,懂不了。请为我破例一次吧。"

我没法儿拒绝这样一位有风度的中年男士。这条珍珠项链为博物馆增色不少,每天晚上我都把它收进保险柜。

就在男士离去快半年的一个夜晚,那条项链突然不见了,我在店里翻找了很多遍也没找到。这令我很不安。

一连三天,都没见到嘉莹了,这丫头不知在忙什么。我打她电话,过了好久才接通,她支支吾吾说感冒了,怕传染我。我嘻嘻地说:"不对吧,上次你感冒不照样和我接吻吗?"她沉默了一小会儿,发出嘤嘤的哭声。我说:"你今天怎么了?现在我就去看你。"她连忙说:"你别来。我……我真的感到对不起,那条项链,被我弄丢了。"

我大吃一惊,嘉莹断断续续地哭着、讲述着。那天店员下班后,她帮着收拾。她正要去参加一个重要的晚会,看到珍珠项链,她眼睛顿时一亮,心想反正就是戴一会儿,用完了就放回来。直到晚会结束回到家,她才发觉脖子上没项链了。跑回现场找了几遍,哪儿都没有项链的影子。她惶恐不安,不敢告诉我。

我重重地叹口气:"项链只是别人暂存在店里的,假如主人来取,如何交代?"嘉莹又哭起来。我只得安慰她,"别哭了,我没怪你,但愿无人来取。"

一段时间后,并没有女人来取项链,我从心理上放松下来,开始和嘉莹筹备婚礼。

转眼,冬天到了。一天下午,一个女人走进店来,转了一圈后,径直来到我面前。女人大概四十多岁,头发绾成一个髻,穿一件黑大衣,神情疲惫。她声音低沉地说:"八个月前,有位男士在你店里托管了一条珍珠项链,我来把它取走。"

我心里暗暗叫苦,而旁边的嘉莹脸色陡变,端茶杯的手颤抖起来。我接过茶杯递给女人,笑着问她:"他说可能有位女士来取项链,您为何现在才来呢?"

女人垂下眼帘说:"我们的爱情长跑了十四年,却始终不能成为夫妻。我对这份感情感到绝望,便把他送我的这条最心爱的项链还给他,以此表明我和他分开的决心。"

我点点头,又问:"那您为何还是来了呢?"

"现在我明白了,我和他的感情没错,这条项链更没错,我不想让它孤零零地躺在一个陌生的地方。"

我用力呼吸了两下,说:"抱歉,女士,项链目前没在这里,前段时间被带到其他博物馆展览了。"

不仅是女人,就连嘉莹都惊愕地望着我。女人愤恨地说:"你怎能这样?现在我想马上看到它!就像看到他一样。两天后,我再过来取。"

我故作镇定地对她说:"请放心。"

就在女人站起身时,让我料想不到的事发生了。嘉莹走到女人面前,朝她深深弯下腰，当嘉莹抬起头时，眼睛里已蓄满泪水："女士，那条项链其实是被我弄丢了。对不起，我愿赔偿您一条新的。"

女人瞪大了眼，随后摇摇头，用手指着嘉莹说："你竟然把项链弄丢了，你赔得了一模一样的东西吗？你知道它对我有多重要？你怎会理解我的心情？你……"女人捂住了胸口。

嘉莹边哭边说："对不起，对不起……"

我赶忙向女人道歉："无论我们怎么自责，事情已无法挽回了，您提一个条件，我就是把失恋博物馆关掉也会赔偿您。"

女人的愤怒减弱了，但她坚持只要她原来的那条。我无力地说："让我……再想想办法吧。"

女人说："两天后如果见不到项链，我会诉之于法律。"

我和嘉莹如惊弓之鸟，一日长过一年。一个店员说，干脆先停业一段时间吧；另一个说，你俩先去外地躲躲吧。我摇头说："那怎么行呢？"

两天过去了，意外的是女人没来，三天、四天过去了，女人还是没来。

第七天上午，我的手机响了两声，是条短信："馆长你好，这一周想必你们很煎熬，我也很煎熬。现在我不想再对你隐瞒了，那位寄存项链的男士上个月已经离世，他在回国的途中遇到海难，在那之前我告诉他想和他继续长跑下去。那天，我并非要故意为难你们，只是想取回他唯一的遗物——爱的赠予。它对我意义固然重大，但要是因为一件本已失去的东西再让其他人饱受折磨，我的罪孽将更加深重。我不会再去失恋博物馆了，余生只有回忆。失恋博物馆不能关门，请你们从即刻起，停止自责，好好相爱。"

心中电闪雷鸣。我把短信递给嘉莹，不到一分钟，她又哭了，这次，她紧紧地抱住了我。

（选自《啄木鸟》2020年第1期）

第八辑

第一个飞翔的故事

_李　浩

　　"在情绪之外，梁山伯与祝英台的故事也布满了寓意和象征。"1999年，来自法国的哲学家让-弗郎索瓦·何维勒在他的《沉重与轻逸的变奏》一书中写道，"生活象征沉重，一种下沉的、匮乏的、痛苦的和非自由的力量，一种人性的死亡性枯竭，就像进入到那座石头砌成的坟墓之中那样；而蝴蝶象征轻逸，是飞翔，从中脱离，将重量放下不再纠缠……生活的沉重有其令人窒息、不断放大自己的无力、无能的一面，它被诸多的规则缠绕，任何一丁点儿的突破、不同都会被视为僭越和冒犯——是故，覆盖于梁山伯故事之上的是坟墓，肉身上的层层重压。而变为蝴蝶，使这貌似爱情获得胜利的圆满结束暗含了某种危机：它过轻，缺少和风雨对抗的力量，是一种悬浮的、飘忽的、无力的姿态。他们为什么死后不化作山鹰、林雀，或者在中国普遍寓意爱情和不离不弃的鸳鸯？而只能是蝴蝶？"

　　让-弗郎索瓦·何维勒未做解答，而是转向关于沉重和轻逸之间对应性关系的哲学思考。收录在《沉重与轻逸的变奏》中的这段文字还有另外一个版本，它发表于1998

年6月的法国《快报》周刊,在那里,让-弗郎索瓦·何维勒还记述了他在中国杭州的旅行,并且在翻修过的、据称为"梁山伯之墓"的墓顶上,捉到了一只体形硕大的"中华虎凤蝶"。《快报》周刊在发表让-弗郎索瓦·何维勒的游记时所配的并不是蝴蝶照片,而是让-弗郎索瓦·何维勒一张手绘图,看得出他对自己的"意外收获"颇是兴致勃勃。

"化身为蝴蝶:是重生也是涅槃,一种对旧我的舍,但其中包含了生命的延续性。在本质上,它不应被看作是对生活沉重的拒绝——它没拒绝什么,它只是承担了它的躯体应该承担的那部分,我们没有理由把一头大象的负重一定要加在蚂蚁的背上,当然也不能指责蚂蚁为什么只能背那么少。同时,蝴蝶飞行中的'飘逸'是它自身的属性决定,它当然也不会因为'被注视'而改变属性,成为非我的存在。"1998年7月,因为一场法事而从尼泊尔谢城寺赶至杭州的僧侣马修·理查德写道——就在上个月,让-弗郎索瓦·何维勒还与他在谢城寺会面,讨论佛法和哲学,让-弗郎索瓦·何维勒还就《和尚与哲学家》的翻译情况以及版税问题对马修·理查德做了说明。"梁山伯与祝英台化身的故事更是轮回故事,是对线性时间的拒绝,也是对生死沉寂的拒绝,正是透过死亡,生命之间的跨界轮回才得以穿越狭小针孔。当然,死亡多数时候会抹去'之前'的痕迹,就像一只飞鸟在天空飞过不会留下飞行轨迹一样。梁山伯与祝英台的故事属于例外,前世的、遭受强力扯断的爱在化身之后依然获得了延续,它是希冀,也是业报。"

——作为前生物学家,马修·理查德其实更关心被让-弗郎索瓦·何维勒捕到的那只中华虎凤蝶。它已极为少见,而让-弗郎索瓦·何维勒在描述中谈到这只中华虎凤蝶前翅基部和后翅内缘的淡黄色鳞毛和黑色虎斑条纹之后,还描述到:它的后翅外缘意外地缺少一条黑色虎斑纹,代之的是两条褐红色的斑纹,中间由模糊的淡黄色鳞毛隔开……而此刻,同样是在称为"梁山伯之墓"的墓顶上,马修·理查德捕到了另外一只中华虎凤蝶,这是一只雌性的蝴蝶,后翅的前缘有一个漂亮的圆斑点。更让他心动不已的是,这只凤蝶同样极为特殊,它的后翅外缘也缺少一条黑色虎斑纹,代之的是两条天蓝色斑纹。"你知道,它意味了什么,它可以意味了什么?"

马修·理查德急急给让-弗郎索瓦·何维勒发去了邮件,他急于知道,被让-弗郎索瓦·何维勒捕到的那只中华虎凤蝶怎么样了?它是不是已经死去,被让-弗郎索瓦·何维勒制成标本带回了法国?如果那样,这只"祝英台"也实在太可怜了,等于是,在人世间她所挚爱的"梁山伯"先于她死去,让她见到的只能是坟墓和尸体,而化成了蝴蝶之后,她等来的还是"梁山伯"的死亡。

(选自《当代人》2020年第7期)

第三个飞翔的故事

_李　浩

她没有父亲，她的父亲早早地在战争中死去，是不是表现得英勇似乎也没人提及。在她四岁那年，刚刚成为部族之王的炎见她可怜，便收养了她，把她认作女儿。她也没有母亲，在她四岁那年，她的母亲殒命于狼群，这个年幼的孩子，竟然提着一根折断的树枝追打一匹受伤的老狼，要不是炎的队伍及时赶到，这个女孩很可能会被狼群轻易地撕碎。"打死它！打死它！"当她满身血污、气息奄奄地被炎帝从地上抱起的时候，手还在努力地伸着，眼睛里满是愤怒。

她成为了炎的女儿，住进王庭，同时获得了一个新名字：精卫。

我要说的是多年以后的事儿。一天早晨，精卫从一个令人不安的睡梦中醒来，两个女仆早已候在门口，服侍她洗脸、梳头、穿衣，端走她用过的便盆，并把穿着两颗狼牙的项链为她戴好。"告诉小厨，我今天不想吃粟糕，也不想吃鹿肉，要他们给我炒一盘鹅心吧，我还要一碗不热的鱼羹汤，告诉他们快些。""可是……"女仆看了看精卫的脸色，只得把后面的话低声说出来："可是您昨晚说要粟糕来着，两位厨师已经忙了半宿。""我现在不想啦，又怎么样？"精卫怒气冲冲地甩掉刚穿了一半儿的靴子，"我说过了不要这双，我要穿那一双，你们的耳朵都长着管什么用？"精卫拉长了女仆的耳朵，"快点给我拿来！""可您昨天说……"女仆用更小的声音嘟囔着，她不得不咽下了后半句。

用过餐后，兴致勃勃的精卫决定要去海边，当然这是她的临时决定，在喝着鱼羹汤的时候她记起梦里的情景，那里有巨浪和波涛，它们翻滚着向她压下来，雪白的浪花骤然地变成了狼牙。"我倒要看看，海浪里面是不是真的藏着可恨的狼！"一脸委屈的女仆试图阻拦，她询问精卫：是不是要向炎帝汇报一声？毕竟，到海边要走三天的路程，而且炎帝曾反复嘱咐过他们一定要看护好精卫，别让她磕着碰着，别让她进深山、进沙漠、进大海……"不用！"精卫摆摆手说，"父亲忙得很，再说你们见他什么时候管过我？"那，要不要向王后汇报一下，和她打个招呼，毕竟……"够啦！"精卫拉下脸来，"才不用呢！那几个儿子已够她心烦啦！我又不是笼子里的鸟！你们谁也不用告诉，只要告诉我的车夫，告诉我的厨师和卫兵们就得啦！我们现在上路，马上！"

精卫的脾气不好，想想吧，从那么小就经历那么多的变故……没有谁敢忤逆她，她要是发起火来……女仆们飞快地收拾了行装，马夫们迅速地备好了马，卫兵们则以最快的速度整理了铠甲，擦拭了长矛，而汗流浃背的厨师们则慢了许多，尽管他们并不敢有丝毫的偷懒，可是，那么多的粟米、蔬菜，那么多的鹿肉、鱼肉、牛肉、狼肉、虎肉、羚羊肉，那么多的锅碗瓢盆以及柴草、火炉、食盐……在一阵叮叮当当的忙乱之后，他们出发了。

经过三日的旅程他们来到了海边。海风吹拂，海浪汹涌、白色的海鸥在海面上翻飞，它们如同是被打成了碎片的布。"走，我们靠近些！"两个女仆出来阻拦：小公主啊，可不能啊，你看这么大的风，这么大的浪……

"让开！"精卫脱下靴子，径直朝海边走去，海风忽然变小，而海浪也安静了许多。精卫踩在沙子上。翻滚的乌云在她的头上聚集。精卫朝着一大团远处的海浪跑过去。"小公主，别，不要！"女仆在岸边呼喊。"你们不用管！"

奇怪的是，不安的海浪再次变小变得平静，只有海鸥和海燕的叫声尖锐，它们跳着奇怪的舞蹈。"小公主，不要再往里面走啦！太危险啦！"侍卫长冲着精卫的背影大喊。"不用你们管！"

海浪又一次退后，远处，它们汹涌翻滚，几乎要和压低的乌云粘在一起了。海鸥们、海燕们像离弦的箭，它们插入到云层，然后急速地坠落，即使离得那么远，女仆和侍卫们也能听得见这些水鸟骨头碎裂的声音。"求求你啦，小公主，千万不要向里面再走啦！海龙王已经退了三次，他绝不可能再退啦！"

"我偏要他退，我偏要他再退！看他能把我怎样！他一定知道，我是炎帝最娇惯最纵容的女儿！哼，在梦里，我看到竟然在海浪的里面藏着狼牙！你们说，他是不是觉得我软弱可欺？难道，他不知道我最最痛恨的就是狼吗？"

精卫昂着头，一步一步，朝着迎面的巨浪走过去。

……得到消息的炎急忙赶往海边。他见到的是女儿精卫的靴子、漂浮在水面上的尸体，以及冲至沙滩上的狼牙项链。傍晚时分。炎帝命人向龙王献祭，朝着波涛之中丢下三只羊和两张豹皮，然后在海边点燃篝火。深夜，内疚不已、悲痛不已的炎帝沉沉睡去，没多久便被一阵凉风吹醒，他发现营帐里多了一个长着赤发赤须的人，那个人自称是龙王，此处的海神。他的脚跟处一直向外滴着水。

他告诉炎帝，他可以归还炎帝这个女儿，之所以精卫的尸体一直不腐不坏，完全是因为他的护佑。只不过……"不过什么？"炎帝焦急地询问。他向龙王致歉，因为自己平日里实在繁忙而很少关心和关注这个孩子，因此让她有些娇惯任性，不合群，他是知道的。无论她做了什么，做错了多少，他这个名义上的父亲都应当有更多的承担。"如果是供奉和祭献，您尽管开口……"

龙王摇摇头。不，不是，不是这个意思。当海水淹没了她的时候我为了保护她，就赶在死神到来之前取了她的魂魄，将她的魂魄留在了水中……你不知道，这些天，她都是怎么闹的，我怕把她还给你之后她依然不依不饶，那样我的龙宫就会永无宁日。"那，您放心，我来劝她，我告诉她不许与您为敌。"好吧。龙王点头，你如果能劝得住她，我会在明天把她完整地还给你。如果你劝不住，我只能……龙王没有再说下去，而是朝着炎帝挥了挥手。

"父亲！"红着眼珠的精卫出现在炎帝的面前，"父亲，马上去调您的兵马，这个龙王实在是欺人！我们必须给他点颜色看看！"

"孩子，你不能这样……"

"父亲，难道连你也不肯帮我吗？就任凭他这样欺侮你的女儿？"

"孩子，不是，你先听我说……"

"父亲！如果你不肯帮我，我为什么要听？难道，你宁可相信他也不肯体谅我？我知道，我不是你的亲生女儿……"

炎帝和精卫不断地争执，越争执，炎帝就越感到愧疚。"孩子啊，这些年，我收养了你却没把你带在身边，没能好好地教你，我……""父亲，我感激你，一直都是。如果你真的想多为我做点什么的话，那就发兵，我一定要报仇，要掀掉他的龙鳞！你知道，这些天他都是怎么对我的，把我关在了什么地方！"

"孩子，你知道他这样做其实是为了保护你么？"

"我不需要这样的保护！"精卫的眼睛变得赤红，"我不会放过他的，我不会放过水里面的任何一种活着的生物！只要我活着，有一口气，我就不会放弃复仇，哪怕，哪怕……"精卫忽然扭过头去，"哪怕我重新成为孤儿！"

——你都看见了吧。赤发赤须的那个人重新出现在营帐里。我想，我们都没有办法让她改变秉性，她的固执远比石头更为坚硬。

第二日早晨,部族之王炎帝从悠长悲伤的睡梦中醒来,他发现,营帐的烛台上多了一颗亮晶晶的、樱桃大小的珠子。它有些软,拿在手上的时候不得不小心翼翼。炎帝叫来侍卫,把他带到存放精卫尸体的营帐中。精卫的脸上依然是那副怒容,只是比平日里苍白得多。炎帝按照昨夜梦见的那样,掰开精卫紧紧闭着的嘴,生硬咬着的牙,将那枚樱桃大小的珠子放进她的口中。

只见,刚才还在的精卫不见了。在她的衣服里面,钻出一只鲜血一样颜色的鸟。它一从里面钻出来,就尖叫着从营帐的门帘处急速地飞了出去……

(选自《江南》2020年第4期)

《山中故事》之《郑某》

_ 陈应松

郑某是武汉人，二十一岁时，国民党抓丁，顶替哥哥当兵。他读过正规的国小，写得一手好毛笔字，但个头较小。他属国民党28军5团，曾驻守宜城、襄樊、宜昌。团长也姓郑。在一次进行士兵登记时，郑团长见郑某的三个字（名字）写得好，一句话，"看在咱们是家门的份儿上"，就让其留在了团部当差，既当文书又当勤务兵。

武汉人精明，见过世面，能说会道，把郑团长哄得团团转，郑某跟着团长也未打过什么仗，尽过着吃喝玩乐的生活。1948年，解放军攻宜昌，郑某为保护郑团长，胳膊受伤，一直退至四川巫溪县，伤得不到治，左胳膊肿后发黑，后用土锯锯掉了，郑某受尽痛楚，总算捡得一条小命。

半年后准备撤退至云南，再到台湾。临行前一夜，郑团长灌了郑某太多的酒，第二天开拔把他扔下，等他醒来，部队不见，他只好留下来，但不敢回武昌见亲人，在川鄂边界一带帮工、流浪。在湖北神农架深山中，有一大地主为武汉市郊蔡甸人，将其视为老乡，收留他，并认作干儿子。郑某独臂但毛笔字甚好，能为地主抄抄写写，收租立契，于是留下来。不久，地主又为郑某找了一房老婆，老婆为寡妇，有三个儿子。郑某就成了三个继子的爹。有了家，就留在了神农架。

三个继子长得人高马大，却因继父的问题，一个都不能当兵，只好在家务农。

郑某枪法极准，虽独臂却常上山打猎，家中养有六条猎狗，赶仗（围猎）时，唤三个儿子同往，人称"独臂枪王"。他平时在家爱读古书，抄古书，四书五经共抄过五本送人。1971年冬，上山打"羊子"（苏门羚），在围猎时，枪走火，打死了二儿子，回家后被老婆和另两个继子痛打了一顿，双腿打断，投入猪圈，后经一个好心的土草药接骨医生接骨，竟双腿复原了，行走如常。二子葬后，与其感情特深的一条猎狗在坟上号叫三夜，不吃不喝而死，后葬在二子坟旁。

二子死后，他发誓不再摸枪，与大儿和三儿关系又渐渐恢复。70年代中期，当时生产队响应公社号召，开展秋冬季打害兽（如熊和野猪）的活动，队里一致推举郑某再次出山，郑某推辞无用，只好当了打猎队队长。这一年，郑某打了二十多头野猪、七头老熊。为此，公社奖励了生产队三千斤粮食，村里人十分感谢郑某。

80年代中期，郑某的哥哥从武汉来看他，因弟弟是顶替他去当兵的，见他如此景况，兄弟俩抱头痛哭一场，其兄那时是一个电子元件厂的厂长，答应为他办好一切回武汉的手续，但他坚持不回武汉，兄长只好带走了他的三子去当工人。

新世纪后，郑某已衰老，政府不许打猎，猎枪全收了，于是野兽剧增。但郑某尚有一杆老铳，当年放在牛栏屋架子上，因其生锈，未收缴，他也差不多忘了。每到秋天苞谷、土豆、黄豆成熟时，山上的野兽就下到低山，糟蹋粮食，因此家家田里都有守庄稼驱野兽的棚子，野兽一来就敲盆子、燃鞭炮以驱之。

大儿子有一子十二岁，有一天晚上替父去守庄稼时，被熊咬死。郑某十分喜爱这个孙子，视若掌上明珠。于是怒火汹涌，决定以七十高龄上山，把此熊打死。他先是想下套子，后记起了那支铳，找出来将枪膛捅亮，又晒了多年未用的火药，填充了许多八厘米钢筋头子及滚珠。但被大儿子和老伴劝住。后劝不了，只好把他锁进屋里。大家都知道，打熊要力气，若一枪打不死熊，它会顺着火药味向猎人扑过来，凶多吉少。而往往一枪打不死熊，所以换药要快，手脚要麻利，郑某年老体衰，已不能制服老熊。

被关的第三天，郑某还是上山了，他也许是想爆发一下，也许是命该如此。等家人不见了他的身影，上山去找，第一天没找到，第二天找到了，在一个山崖下，熊也死了，他也死了，他死了，一只膀子却没有了，成了无臂人，那只独臂在熊的口里。

（选自《雨花》2020年第3期）

《山中故事》之《崔某》

_陈应松

崔某是江苏人，六十年代的大学毕业生，后成为武汉市某中学教师。在特殊年代，他属于一般造反派。在一次批斗区教育局局长时，他作为三个会议主持人之一（他主要做记录），将局长押上台来时见他脸色浮肿不好，另一个主持会议的不仅拒绝他要坐下接受批斗的要求，还打了他几拳。三天后，此局长死亡。原来他有严重肝腹水，但主持会议的以为他只患了感冒。几年后追查旧账，将三个主持人（包括崔某）逮捕，主犯判了十五年，另两个（有崔某）判了十年。

崔某是一个书生，进牢后被狱霸以"包饺子""坐轿子"等酷刑折磨得九死一生，被打掉了两颗门牙，脾脏破裂。此人手无缚鸡之力，因读书甚多，特别是记忆力奇好，能记住读过的《三侠五义》《水浒》《说岳全传》等，每夜给犯人"说书"，竟成为新狱霸。

崔某说，在狱中意志从未消沉，相信总有一天会平反。然而自他被抓进去，其妻被教育局一位科长相中，成了他人新妇，而此科长正是搞他材料、将他送入狱中的人。其女儿也成了他人女儿，改名换姓。

崔某在五年后就平反出来了，被安排到一郊县中学继续任教。而那位夺妻科长到了另一郊县任教育局局长。

每每到周末，崔某就坐车去另一县，守在此教育局长家门口，见自己的女儿。此教育局长的房子在一座小石桥那边，他就坐在桥上守。桥是局长一家（包括崔某前妻及女儿）出入的唯一通道。女儿还是认他。那局长见他长时间如此，一到周末有家不敢回，对继女说，你跟你父亲讲，不是我把他送到牢里去的。可崔某不这样认为，他说不是你那是鬼？

前妻看他神经兮兮的，就托人给他找女人。在城区找了一个纺织女工，同居了，可是到了周末，崔某不仅不去城区与新女友见面，还继续去见女儿，坐在那小石桥上。

崔某没有神经病，课讲得很好，评上了高级教师。倒是那县教育局长被崔某逼出病来了。崔某认为，并不是他逼出病来的，那局长是该死了。

局长害暴病死了，有人劝他与前妻复婚，他不干，前妻后与局长又生了两个孩子。而那个同居的小崔某二十来岁的纺织女工，因不同意调到郊县去，与崔某分手了。

崔某后来找了一个小他三十岁的姑娘结婚，是他的学生。妻子没给他生子，到惠州跟人做生意去了。崔某也退休了。崔某说，不晓得老婆搞什么生意，据笔者找他人打问，大约是搞"皮肉生意"去了。

崔某退休后在县里帮着编教育志，每天在原学校与住读学生一起吃食堂。他说他有许多朋友，都是坐过牢的，因为他是狱霸，每年春节，还有许多牢友给他提烟酒来孝敬他，不过他烟酒不沾，除了三餐食堂饭外，也不下馆子，生活极其节俭。他镶有两颗大金牙，他自己说是纯金的，他另一个显著特征是皮鞋擦得锃亮，一尘不染，头发理得很顺，丝毫不乱。在全县城，他是最整洁的老人。

（选自《雨花》2020年第3期）

《众生》之《陈大夫》

_金仁顺

陈大夫和我们家很熟,所以,连我们这些晚辈都知道女护士是陈大夫的情人。

陈大夫脾气不好,待人接物有些酸气,但他是医院最好的儿科医生,没有之一,患者父母为了自己孩子的病痛,没有谁不奉承讨好他的。那个女人是儿科护士,文静秀气,笑容比话语多。

陈大夫五十五岁就可以退休了。他们家的房子正好在临街,是最热闹的地段,他开了一家个体诊所,女护士也跟随着到他的诊所里当护士。那些得了病的小孩子全被带到了陈大夫的诊所里来,医院里的儿科变得清闲了。

陈大夫和女护士的工作方式,跟从前在医院里别无二致。他们的关系维系多年,早已经不是秘密。有她在眼前和身边,陈大夫说话和声细语,偶尔和小朋友们开开玩笑。她从年轻到中年,细白皮肤,眉眼秀媚。病人多的时候她忙工作,人少的时候,她坐在病床边儿上,织织毛衣,或者从陈大夫手里接了钱,出门买水果和零食。

一个医生和一个护士,一个男人和一个女人,他们每天在一起,配合得天衣无缝。

陈大夫的妻子也整天在诊所里忙碌。以前她是医院的药剂师,丈夫回家开诊所,需要护士,也需要她的扶持。诊所开在临街,中间有一个小院落,后面就是大夫家的房子。陈大夫的妻子前后里外地忙,诊所病人多时,她要助诊、开药、接待;病人少时,她要买菜、洗衣、做饭,还要照顾一个儿子。她好像是唯一一个不知道自己丈夫婚外情的人。每天中午陈大夫雷打不动的午睡时间里,她和护士在诊所里聊聊家常,说说闲话。

有一次我们在家里谈起何谓爱情,和往常一样,有人举陈大夫和女护士的关系当论据。前阵子陈大夫生病卧床了一段时间,诊所临时由陈大夫的妻子照看打理。有一天中午,刚好送来一批药品。她和护士一起整理了一会儿药箱,看到午饭时间快到了,她把剩下的活儿交给护士,回到家里做饭。饭做好后摆上桌,陈大夫见饭桌边没有女护士,当即摔了筷子,拉下脸来,拍着桌子气势汹汹地对妻子强调:"我还没死呢!"

他的妻子什么也没说,起身去前面诊所把丈夫的情人找到后面来吃饭,她自己去整理剩下的几箱药品。

(选自《广西文学》2020年第8期)

《众生》之《宋惠玲》

_金仁顺

  宋惠玲是在河里淹死的,那一年她十四岁。那条河在我童年的记忆里淹没了不少生命,矿长的小儿子也葬身其中。我从未见过那个据说是很文雅、有礼貌、相貌周正的少年。他的尸体从河边抬回来的时候,他的妈妈抚尸痛哭,对上前来安慰自己的、有点儿痴傻的大儿子说道:"为什么死的不是你?"这句话后来传诵极广,当人们形容丧子母亲的悲伤,或者表达对矿长大儿子智力的轻视时,都会把这句话搬出来。

  虽然都是溺亡,但宋惠玲进入河中的理由却和大家不同,这也是日后她成为英雄人物的原因。她的一本"红宝书"掉进了河里。

  很多插图和版画都再现了宋惠玲打捞"红宝书"时的情景——河水的波浪画得比海浪还要高,宋惠玲一只手紧紧抓着一本"红宝书",劈波斩浪的动作看上去分外矫健,表情也非常坚毅。那不是一个濒死者的表情,是草原英雄小姐妹手握羊鞭与大风雪战斗(好几本小人书里,宋惠玲的故事都和她们的故事并列编在一起),并且获得最后胜利的表情。

  我和伙伴们经常去河边玩,她们最初说起宋惠玲的时候,我无法相信这是真的。英雄人物都是光芒万丈的,怎么可能这么轻易地在我们身边就出现一个呢?但小人书是真的,时间、地点、姓名都对,让人无法质疑。有一次我还被伙伴们拉进河边的一个树林,柳树长得弯弯曲曲的,枝条披头散发的。在一个石头堆前,有人凑近我的耳边说道:"这就是宋惠玲的坟。"我掉头就跑,宋惠玲在那个时刻丧失了英雄的形象,变成了游出水面回到人间的女鬼,摇曳的柳树枝是她的头发和手臂,为了躲避这些柔软的纠缠,我差一点儿跳到河里去。

不管宋惠玲，也不管有多少人死去，我们还是经常去河边，二十世纪七十年代的童年是很难绕过河边的。

"宋惠玲真的那么爱'红宝书'吗？"我反复猜想，"就算她爱'红宝书'，也不能为了一本书跳进河里连命都不要了啊。书可以再买啊。"我自己是绝对不会为一本书跳进河里的。我的疑问后来得到了答案。

"那本'红宝书'里夹了五斤粮票。宋惠玲怕回家挨爸爸的打，才跳进河里去追'红宝书'的。"

"那宋惠玲怎么还成了英雄呢？"我问。

"那些写书和画画的人不知道'红宝书'里有粮票的事儿呗。"

（选自《广西文学》2020年第8期）

塔兰的商店

索南才让

1

塔兰和我坐在黑漆漆的屋子里。

"我有点头晕。"塔兰说。

"你没事吧?"我说,"你不要担心。"

"我们没钱了。"她再次强调。

"我们会有钱的,这没什么大不了的。"我说。我看着她,她刚刚哭了一场,目光游离。

"钱在哪儿?"

"卖掉羊就有钱了。"

"那我们就真的什么也没有了。"她又开始垂泣。

"你不是想开商店吗?"我说。

"嗯,我们开商店吧。"她说,"开个好商店,你说好不好?"

"好啊。你来开,就当然是好商店。"

我在一个微信群里发布了出售八十只羊的信息,就有十个人打来电话,我在其中找了一个觉得靠谱的,让他来看羊。买卖很成功,一次完成交易。他把钱转到我的银行卡,我收到短信,三万五千块钱已经到账。

羊群离开我的视线后我一屁股坐到地上,把雪压得尖叫起来。我使劲揉了揉手腕,让血液活动,让身体热起来。看一眼空荡荡的草场,心里也空荡荡的。塔兰提着扫帚立在家门口。我走到她身边，接过扫帚，一边扫雪，一边安慰她："不要难过，等我们开商店赚了钱，再买回来更多的羊，我们养三百只母羊，一年领二百八十只羊羔。"

当天晚上我们一口东西也没吃，睡不着，于是我们做爱。在这过程中她不停地打我。我知道是为什么，我说对不起，对不起。后来她安安静静地抱着我，她的声音变得非常陌生。

2

我们买了315国道边上的一栋房子。这三间房子是砖木结构的，粗糙，结实，冰冷。要是一天不生炉子屋里就跟冰窖似的，水瓶都能冻裂。房子是冈秀加几年前盖的。他开了三四年商店，心高气傲地想干点有意思的事情，不想荒废时光。他想连里面存的百货一起卖给我们。"比批发价更低，超值。"他对我说。他是个永远刮不干净胡子的邋遢男人，永远对星空充满迷恋，你总能在各种有他的地方听到他对宇宙满怀崇拜敬畏的宣传。他这些商品我看不出什么毛病。这事我做不了主，下午和塔兰一起过去。

他对塔兰说："塔兰，你看，超值！"

"这些东西你打算要多少钱？"塔兰说。

"我有清单，可以一样一样算，我给你比批发价更低，我说过的。"

塔兰和我打量这些乱七八糟的商品。塔兰越看越不满意，她说："怎么连这种东西你都卖？这些东西有人要吗？"

"马掌好卖得很，很赚钱。"冈秀加说，"螨净和敌敌畏这两种羊药更好卖，尤其是春天和秋天洗羊的时候，有人都买不上呢。"

塔兰说："你这是个杂货铺。我可不想开杂货铺。"

"你可以不开，只要不进货就行啦。"

"我讨厌杂七杂八的东西。"塔兰说。

"那你想卖什么？"冈秀加讥讽地说，"难道你想卖特产？"

"我会卖的，但我先要卖食品和衣物，所以你的这店面也太小了。"塔兰开始弹嫌起来。

"你可以把隔墙拆了。"他指了一下右边的墙壁。

我们花了两天时间才把所有乱七八糟的货物整理清算出来。我们付给冈秀加三万块房款，另欠两万块货款。冈秀加离开他住了四年的地方后，塔兰看着冰冷的屋子和垃圾般四散的百货对我说："这下好了，我们真的没钱了。"

"我们干起来吧。"我说,"一开张就会有钱来了。"

事实上那天下午不断有人来买东西,晚上我们已经有了一百多块钱的收入。但我们不知道利润有多少,我们没算。

晚上塔兰高兴起来了。每到夜里她都会高兴起来。她高高兴兴地做晚饭。她做羊肉粉汤,在平底铝锅里煎饺子。我打开两瓶啤酒,我们碰了一下,塔兰说:"祝我们生意兴隆!"

"日进斗金。"我说。

我去货柜里再拿来两瓶啤酒,我们坐在热乎乎的炕上,看着电视,一边计划未来一边喝。十二点一过,塔兰说:"咱们去把东西摆好吧?明天一早就开张。我睡不着。"

"好啊,我也一点瞌睡没有。"我说。

于是我们下炕,来到中间的屋子里。塔兰让我先把炉子烧起来。"我怕是已经感冒了。"她说,"有点发烧。"

我说:"塔兰,那我们来一个吧,我把感冒引到我身上来。"

塔兰说:"去你的,胡说什么呢,我才不亮着灯做那事。"

我说:"那我把灯关了。"

塔兰说:"关了也不成,我冷。"

天亮之际,一个崭新格局的小商店出来了。我们听了一晚上的风,风差点把我们催老。我们站立在商店门口,塔兰看着头顶说:"还差一个好名字。"

"名字太重要了。"我说,"塔兰,你起一个吧。"

塔兰咧开嘴一笑,说:"我想叫塔兰商店。"

"好名字。"我说。

"我的名字是阿爸起的。"塔兰得意地说,"我还没出生,就已经有了名字。"

"所以从那时候就注定是个好商店的好名字。"我说。

"你这是什么话?这首先是我的名字。"

"对啊,所以才是一个商店的好名字。"我说。

我们吃中午饭的时候来了一伙醉鬼。里面有两个是本村的。他们买了酒坐在炉子边的三人沙发和两张矮凳上,把两瓶白酒放在茶几上,把烟掏出来放在茶几上。他们抽着烟。有一个人大声恭贺我说大吉大利。我和他们一起碰了一杯。尼玛走过去,隔着一排货柜和塔兰说话。塔兰没有理他,但他死乞白赖说个不停。我讨厌这个人贼兮兮盯着塔兰的眼神。所以当第二次碰杯的时候我没有和他碰。

商店里的人渐渐多起来,喝酒的人也多起来,很多人没地方坐,就站着。

后来走了一拨，剩下三个人里仍然有尼玛。这次我主动和他喝了几杯，我们聊起来。"以前，"尼玛说："以前，冈秀加开商店的时候可没有这么火的人气。今天你瞧瞧。"他从酒碟子里端起一杯酒，看着我。我也拿起一杯。

"那是当然，"我说，"塔兰商店以后会很有名的。"我们将杯中酒一饮而尽。我们这会儿是站在柜台边喝的，旁边是很旺的炉火。靠西边窗户那里的沙发上坐着两个穿一模一样黑色皮夹克的男人。他们低垂着脑袋，轻微地摇动着，说着胡话。塔兰在我们兼做卧室和厨房的那间屋子里，我能听见电视里的声音。要是有人来买东西，我就叫她。

"以后，"尼玛说："以后我可能会赊一些东西，以前我也这样，春天赊着，秋天一次性还清。"

他保持着一种过分伪装的自信神态，这让我警惕起来。我说："好啊，我记在本子上。"

"我们到里面喝吧？"他拿起我请客的那瓶酒说。

"不，塔兰昨晚一点没睡，我们不要打扰她。"我说。

"呀。"他把酒放到柜台上，冲我喷出一口浊气。

3

我告诉塔兰我要出去一趟。"我去把商店的牌子弄出来，顺便采购些东西。"我让塔兰给我拿件厚衣服。天气阴冷，几乎要下雪了。我的白色二手雪佛兰小汽车里的暖气坏了，车窗也需要用手扶着才能升降，我想着是该修一修了。

"买一些蜂蜜怎么样？"塔兰说，"我想做一些饼干摆出来。"

我回味着塔兰做过的美味的饼干，觉得没有理由卖不好，"要一罐吗？"

"要两罐。"塔兰说。

我在一家复印店里打印出商店的牌子，我要求在上面打印上一个美女。那个年轻的女人侧着身子，含情脉脉地凝视前方。她的前面就是"塔兰商店"四个字。我想我失策了，应该把塔兰的照片放上去。我给她打电话，告诉她这件事情。

"我不会让自己风吹日晒呢。"她说，"你这个笨蛋，别人会看洋相的。"

"可这个女人没有你漂亮。"我走出复印店，感受着沙子般的雪粒从天而降，琢磨这样做是否没错。

尼玛的红色长城牌小汽车停在商店门口。我从窗户外看到他站在昨天站过的地方。

"尼玛送牛奶过来了。"塔兰对我说。

尼玛和我握了手,有点遗憾地说:"我说了要送给你们,塔兰非要给钱。"

"因为现在我们做生意了嘛。"塔兰从玻璃货柜里面伸出手,她的手里有五十块钱。

"好吧。"尼玛接过钱,"下次,我给你们拿一桶酸奶来,那可千万不要给钱了。"他的脸今天很亮,头发梳得一丝不苟,穿着讲究得不像放牧的人。

他走了以后塔兰说:"你把那奶给我。"

我将脚下的奶桶提起来。"他怎么来了?"我说。

"来送牛奶啊。"塔兰说,"不知道这点奶够不够?你说够吗?"

"我不知道。你要做多少?"我说,"他来得可够勤快的。"

"开门迎客嘛。"她说。

"他怎么知道我们要牛奶?"

"他来买东西,然后送牛奶过来了。"她说。她提着牛奶转身到另一间屋子里去了。我将车开到商店旁边的一个阴森森的小道里停好。觉得需要盖间车库,而这得花钱。我不知道钱会从哪儿来。现在,至少短时间内,商店的盈利指望不上。我不想把主意打到塔兰的饼干上,尽管我十足地有信心她的饼干会大卖,但那也不行。我也没人可以借钱,我不受控制地想到尼玛,他会借钱给我的,但我绝不借。

在另一间没有炉子的屋子里塔兰在做最后的准备。她明天就要做她美味的饼干了。

"我好久没有吃你做的饼干了。"我说。

"如果成功了,以后你会吃得想吐的。"

"不可能,怎么会?"我坚决不相信会有这种状况出现,"我不可能吃腻,你做的东西我什么时候吃腻过?"

4

还是在昨天的那个时间点,来了一伙人,坐下来就要了扎啤酒和两包烟。塔兰热情地招呼了他们。因为塔兰生动而明亮的笑容,他们千方百计和塔兰说话,开玩笑。这时候,我在卧室里坐下来,给自己倒了杯茶,轻轻地啜饮。门没有关,隔着道暗红色的门帘我听见她在介绍牛奶蜂蜜饼干。他们表示,明天过来看看。我将手中黄色杯子里的红茶喝完,想,在我运气好的那段日子里,我的意志也没有得到完全的执行，但也不至于使我难过，但现在我的运气很不好，我做每件事都有一百万种可能变坏，而我没办法阻止。下午的阳光从水缸旁的窗户里进来，照射在我身上，我的左半身比右边更暖和。凯热的冬天，第二场雪很快会降临，覆盖一片虚伪的恶心。但不过是徒劳而已。我有些昏昏欲睡，想站起来走过去，双腿却麻木了。我叫了一声。过了一会儿，我又叫了一声。塔兰来了，她神情愉悦地说："怎么了？"

"看看炉火，我的脚麻了。"我说，"你该做饭了吧？"

"还早着呢，你饿了？"她给炉子里添了羊粪。

"没有。"

"要不你把商店的牌子换上去吧？"

"好。"我说，"你得帮我一下忙。"

我们走到门外。里面几个家伙在看着我们。"你拿张凳子来。"我说。

塔兰搬来一张靠背椅子，我踩上去，用小刀把螺丝拧开。十六根螺丝全部拧下来，把牌子扔到地上，我撕掉牌子上已经晒得白白的塑料，量了尺寸。这时店里的人在叫她，她进去了。

我进去拿钳子，找到后，我和他们聊起来。我端起一个不知道是谁的酒杯。塔兰在货柜后面看着我："你要喝吗？"

我眯起被黄昏的夕阳逼迫的眼睛："我喝一杯。"

她不再看我，转身整理两排大铁柜里面的百货。于是我坐下来，怀着一种难以名状的情绪坐下来。明天，"塔兰商店"这个招牌会挂起来。明天开始这就是塔兰的商店了。

（选自《作品》2019年第11期）

它们来了

_索南才让

　　我们从早晨坐在这里喝酒，一直没离开。朗坐在沙发上抽烟，漩涡状的蓝烟和亮堂堂的光线交织着贴到彩钢的屋顶上飘游。
　　"你说什么来着？"朗再次问。
　　"扎巴。"我说。
　　"他出来了？这进去才几年呀就出来了？"朗高着嗓门，"他偷我三十头牛，才坐几年牢啊，这就算完啦？"
　　朗的心情变得很糟糕。他的那么多牛是被扎巴偷走卖掉的，事发后朗一分钱也没有要回来，损失了十几万。扎巴才吃了三年监狱饭，就没事了。
　　"他得病了。"我补充道。
　　"所有的人都在得病，我也有病，你也有病。得病不是事儿。"
　　"但他是精神病。"
　　"管他什么病。"他愤懑地说，"总有一天我要让他还钱。"
　　"你还是不要去找他。"
　　"我会去找他的，不能就这么算了，哪有那么好的事？那样岂不是人人都愿意当贼？"
　　"我才不愿意，给我多少都不会那么做，你愿意？"
　　"我也不。但我气不过。"他说。
　　"说气话没有意义。"我说。
　　"他们怎么还不回来？"朗把右腿抬到茶几上面，伸了伸说。
　　"我们该走了，他们俩忙着呢。"
　　"大概是不想陪我们了。"

"这两口子人不错。"我说,"她叫什么来着?"

"我们都叫他小龙。"

"我说的是他老婆。"

"哦,你叫她黛青措吧。"

"他们两口子赶羊去了。"我说,"一个人赶生羊羔的母羊,一个人赶没生羊羔的母羊。"

"他让我们等着,我看他还想接着喝。"朗说。

"我看他喝不动了,咱们走吧。"我说着站起来。

朗也站了起来说:"还是等他们回来吧。"

我看了手机上的时间,看了微信朋友圈,看了邮箱。我看QQ邮箱是因为和她的交流都是通过QQ邮箱进行的。前天傍晚我给她写了信,到现在她还没回复。我有点难过,我对自己没有信心。更让我难过的是,她远比我想象的镇定。她一直没有表现出异样的情绪,我难以判断她是不是生气了。

他们回来了。小龙说:"今天这么冷,羊羔生了五个。你们怎么样了?"

朗问:"你的羊羔是欧拉羊吗?"

"全是欧拉羊羔,一个比一个好。"小龙满脸笑容。

"我今年错过了好时机,羊价涨得太快。"朗抹抹脸,痛惜地说,"春天的时候我也差点就买一百多只欧拉大母羊。"

"我一心写作,等回过神来,已经痛失良机了。"我说。

"你写字赚了多少钱?"小龙好奇地问。

"一两万吧。"

"这么少?"小龙惊奇地看着我,"我以为有七八万呢。"

朗倒满三个酒杯说:"咱们干一个。"

我说:"好的。咱们干一个,就走吧。"

小龙说:"干嘛呀?吃完饭咱们接着喝呀。"

朗说:"不行,我还要去见一个人。"

小龙说:"好啊,那我也去。"

"你还有事呢,你忘了?"黛青措说。

小龙偏头望了她一眼:"对,我还有事,那我就不能去了,你们去吧。"

朗说:"我的车呢?"

"在房后面停着呢。"小龙说。

"再见黛青措。"朗说。

"再见。"她终于正正规规地看着我说。

之前的一天,我去山里。我之所以去山里是因为那天我无事可干,我一旦无事可干就心焦，于是我就想，干嘛不去山里看看今年草长得怎么样呢？要是长得不好，我还需早做打算。于是我爬上对面的山头，回望远处的公路，我看见315国道上十几辆白色的汽车串连着驶向海西方向。我想那些都是丰田霸道。我最喜欢霸道了，我多想拥有一辆啊。长久以来，我都在为这样一个梦想努力奋斗着，现在也是。可我不愿意自己这样，于是我喝酒的时候越来越多了，我已经喝上瘾了。这件事谁也不知道。

我在我的草场里看见一辆蓝色的摩托车，摩托车旁边有一头死牛。这不是我的牛，我的牛要到十二月份才会到这儿来。过一阵子，大概有一个小时吧，桑日杰来了。

"桑日杰你来了。"我说，"这是你的车吗？"

桑日杰笑道："就是我的。我的车没油了。"他把手里的塑料桶提高了给我看。

"这牛是你的吗？"

"牛也是我的。"他把油桶放到地上说。

"牛怎么在我的草场里？"

桑日杰瞅了瞅我："我也不明白。它是一头母牛。"

"我知道是母牛。"我说，"它从哪来？"

"它从夏窝子来，我的牛全在那儿。"

"你在偷吃夏窝子的草？这可不好，我们都没吃，你却先吃上了。"我说。

"我没有偷吃，是它们自己跑掉的，我今天就要去把它们赶出来。"他说。

"我会在群众大会上提出来的。"我说，"你太过分了，你的行为很过分。"

"我再说一遍，我不是故意的，我又不是傻子。"他围绕着死牛走了一圈，语气硬邦邦地说。

"我不明白，它怎么在我的草场里。"

"老天知道。"他说。

"你这是什么意思？"

"那你想怎么着？我又不是故意的。"

"你一直在说你不是故意的。"

"我当然要说，因为我真的不是故意的。"他一遍又一遍地说。

"可你的牛在我的草场。我的草场正在长草，我都舍不得让我的牛吃，但你的牛却光明正大地吃，你的牛群还在光明正大地吃夏窝子的草。"

"得了，才让。"他不耐烦地说，"不就一头牛吗？你干吗发火？"

"你这是什么意思？难道你没错？"

"好了好了。你说怎么办吧？"他这会儿已经骑到摩托车上了。

"你要把这牛怎么着?"我看着那牛,这是一头有土黄色皮毛的成年牛。

"我没时间管它,再说它已经死了。"

"你不能把它留在我的草场里,你把它弄走。"

"我怎么弄走?这是一头牛。"

"我不管。总之你不要留下它。或许你可以卸开了弄走。"

"再见,才让。"桑日杰启动摩托车说,"你今天让我感到吃惊。"

"你让我感到震惊。"我朝他的后背喊。

他走了很久,我还坐在那里盯着死去的母牛,我认为它是一头怀有小牛犊的母牛。这么说就是死了两头牛。如果牛犊是一头母牛,那么再过几年,就会变成好几头牛,这么算桑日杰损失不小。我以前不这么算账,我觉得没有的东西不能算在财富里,但有一个老头一直在我耳边唠叨,他永远这么算账,渐渐地我也认可了这种算法,因为当你和别人有财产纠纷的时候,这是一个很有用的法子。它可以保证你不吃亏。

当我回到家时,朗在等着我。他说:"才让,咱们走吧。"

在沙砾路上,我意外地闻到了尸臭。我说:"这是怎么回事?"

朗说:"哦,我车后备箱里装了死羊。你知道是怎么回事吗?"

我说:"我当然不知道。"

"是我打死的。我在羊棚里把它扔了五天,现在丢到大坑里去。"

"都已经发臭了。"我说,"臭死了。"

朗说:"我是故意的。我要让它们知道我的厉害,我得让它们害怕我。我告诉你,所有招惹我的羊都已经死了,真的。"

"那它们害怕你吗?"

"它们快害怕死我了。但它们不怕我老婆。"他说,"你看,它们来了。"

这会儿快到他家了。他的羊群出现在山梁上。我们给他的那匹安静的黄马打了针。它是一匹比赛的马,却被一场流感击垮了,瘦得翘起了三叉骨。

后来我们到了黛青措家里。这是第二天的事了。

(选自《红豆》2020年第4期)

《梦熊杂钞》之《琴高》

_许梦熊

  德胜从宁国来,带回一种盐渍的鱼干,下酒极好。早先时候,他读过《宾退录》,这是南宋赵与时的笔记,其中提到宁国泾县东北二十里,有琴溪,溪边有一座石台,斑斑苔痕,很是古老,这回去,已经焕然一新。丈高的台上立了一尊琴高的铜像,据说面目是按照县里某位领导的脸孔制作,也是赵人,好鼓琴,从冀县而涿县,再到泾县,可见神仙的路数。
  "人们都说琴溪里的小鱼是琴高倒下来的药渣所变,别的地方没有这种小鱼。"德胜说道,我一想吃了这种药渣变的小鱼,人会变成什么也很难说。琴溪边上就有一座琴高庙,渔人在溪边捕鱼,腌渍,铺晒,德胜听渔人说,琴高在这里骑着鲤鱼升天,这样的事情,到了苏州,便有另外的说法。
  苏州有法海寺,此法海姓丁,与琴高同为道友,成仙之路,砥砺以行。法海对做官没什么兴趣,琴高来,他们就去田边走走,当然在别人看来便是这样。法海听琴高说起,当年他在康王门下,见识过一种琴虫,兽首蛇身,凡上古的琴曲多能记诵,尤精音律,弹得好的,它便目光炯炯,授予一支仙曲,从此声名鹊起;弹得不好,琴师的拇指就成了它的点心。
  那日,法海和琴高在东皋的田野,找的便是这种琴虫,没想到,他们见到一尾大鲤鱼,丈余长,头上有角,两足双翼,在田中翩翩起舞。法海见之心喜,他捉住鲤鱼的角,蹬着左翼而上,鲤鱼丝毫没有动静,只好下来,让琴高试试。琴高也不犹豫,攀上鱼背,只见双翼鼓动,冲霄而去。法海看得出神,等他再次见到琴高,法海着一双飞凫,拱手笑道:"既然乘不了鲤鱼,弄两只野鸭当鞋穿也不错。"
  德胜听了许久,很是讶异,当然,干宝《搜神记》中的琴高又是另一回事。那是战国末年,宋国最后一位国君宋康王子偃,或传其人"面有神光,力能屈伸铁钩",不想祸起萧墙,齐兵至,出亡魏国,与他一起逃到温邑的便有琴高,"琴高啊,我还有明天吗?"宋康王问他。"明天人人都有,只不过君上的明天已经过去了。"琴高说道,宋康王只有嘿然,没有什么毛病,只好无疾而终。

琴高回到涿县,战国已经结束,心有不甘的六国子弟,要到二世以后才有成效,其实何必如此,子在川上曰,逝者如斯夫,不舍昼夜。琴高那天跟随从们说好,明天骑鲤鱼走,没有人相信。如同许多年以前,王子乔说自己要乘凤凰远去,谁会理会他呢,"轩辕不可攀援兮,吾将从王乔而娱戏"。琴高只好立约盟誓,到了第二日,万人空巷,他骑着鲤鱼翻来覆去一个月,终于回到水里,再也没有音讯,那座桥被人称作乘鱼桥,德胜平日路过,从来没有想过是这样。

不论我们附会哪一种传说,今夜我和德胜喝了许多酒,都是从兰溪运来的酒,去年杨梅时节,许多感念,心中千般事,今朝一一讲来,语言形同盐渍,人生亦如鱼干,却再也没有琴高,借此说了许久,没有任何解脱,未来真是难以释怀啊。

(选自《西湖》2020 年第 8 期)

《梦熊杂钞》之《万回》

_许梦熊

雅堂街有西华寺，西华寺前有四五家测字打卦的摊铺，对面则是香烛铺，逢上神佛菩萨的诞辰，信众摩肩接踵，所求所愿，为着人世的欲望能够一涨再涨。在此道人祸福、指点迷津的先生，坚固的是人们趋利避害的信心。其中有一位先生，姓万名回，面有须髯，年纪不过四十许，手中常执折扇，上书"一朝从此逝，人间万回难"，人们到他跟前，总想要有所挽回。

万回的摊铺置一幅中国地图，图侧有雕刻精巧的一应动物，如马，如鸿，如鸽，当然，那些道不出名姓的动物，总有奇异的用处。有一女子，她的丈夫远在天边，音信遥隔，前来找万回打卦。万回问她："是走马，还是走鸿？走马十分钟，价五百；走鸿两分钟，价一千。"女子选走鸿。万回令其将信笺取来，烧作灰，灌入鸿腹，不多时，这只鸿鸟便缓缓飞向墨脱，两分钟后，便听到有一男子的声音从鸿鸟的口中传来，女子听后，唯有泪数行。像这样的事，万回做来一点都不犯难。男女不合亦来求他，求的是回心转意，一旦心意回转，总是差了时辰，最终劳燕分飞，无可奈何。

在杭州，人们给万回塑像盖庙，已经是许久以前的事了。当年，逢腊月为祭，其像蓬头笑脸，身着绿衣，左手擎鼓，右手执棒，说他是和合之神，男子远行万里，向他祈求，便能万里归来。西华寺前的万回却是一袭浅灰长袍，细看他的神情，倒有几分促狭。某日，司空做东，蒋先生亦来，我第一次见到万回，听他道男女情事，真是深入骨髓，"男女若是一条心，何必分男女。"只听他细细分说开去，"这就跟人有静脉、动脉，电有火线、零线，汇通其中的血与光是一致的，我们把它们分作两样，起初只为了好辨识，未想时间在这些上面层出不穷，茫无涯际，如此便有整个人世的劫难，一念促，万念急，念念不忘，难以消亡。到如今呀，人们拜万回，万回也要拜万回哪！"

人们以为烧一炷香，念一段经，说一声好，便有无数的福报，若是求个心安，倒是不必到万回摊前。有时，又是走马，又是走鸿，从它们口中却没有任何消息来，人们问他，这是怎么回事？万回摇着折扇道："阴阳永隔哉，听不得声了。"若是其人一定要听，万回挑出一只白瓷烧制的犬，也不向人收费，此去郾都城，不过一盏茶，等他喝完茶，白犬便开口说话，听上去就像信号接收不好，总有无数杂音，只有那个想听的人能听明白，此去何所道，托体同山阿。"据说万回在藏区遇到法王，法王座下便有一只白犬，他取了白犬的毛发烧作灰，这只瓷犬，便是以此灰和入陶土，烧制而成。"司空说道。我随手翻看那只白犬，它的腹部有两个小字：谛听，身兼九气，也是天底下最通灵的生物。

但凡听过另外一个世界的声响，人们总有一些时候容易走神，不知道这个世界的声响是否也在别处为其他生物谛听？每逢下雨，万回便与我们几个人结伴去一座无名的小山，至少还没有人为其命名，我们找到那些日落的石头，敲出火花，眼看四下的雨花和火花在山中迸发，没有见过这种美景的人，难以想象水火如何既济，一旦见过，便知道天地的伟大。造物必有神灵，不如此，人则碍于一隅。"龟甲上的消息，蓍草上的动静，曾几何时都是真的，我们都可以看出来，如今消息铺天盖地，时时都有动静，反而听不到一点消息，看不出一点动静。"万回说道，"这真是行不得也，哥哥，不论我们走上哪条道路，最终都化作风，化作雨，化作泥。"

这座小山上的泥土也是众生所化，风是，雨是，所有的树木无不是我们的祖先，万物有灵，便是我们的灵魂仍有归宿，不在这一点上坚固自己的信心，我们就只能在冰冷的宇宙中，等着自己落到影子里去。

（选自《西湖》2020年第8期）

第九辑

南京往事

_刘兆亮

那年,在西南一座城市里,我认识了老段。

老段并不老,1975 年出生,但长相比实际岁数往前赶了十多年。在那座城市里,我们都是异乡人,偶尔朋友带朋友,赶一个并不重要的饭局,认识了,就成了重要朋友。

其实,我与老段一年也没约过几次饭,可能有四次吧,但第一次吃饭,连了两场。

第一次见老段,是一年初夏,在一个叫黄泥岭的中餐厅。我坐在一张 13 个人的大桌边,记得是贴着左手边,来了一个戴着眼镜、胖乎乎、头发根根竖起、可爱型的中年男子。他的短袖白衬衫扎进牛皮裤带里,脖子 V 领处趴着几颗豆大的汗珠子。

当时,这个中年男子来得不算早,也并不迟。从他脖下的汗珠可以判断,他想准时,不知是在路上还是在楼梯里赶了一阵猛路。不然,哪里会有那么大的汗珠子——滴水藏海,汗里识人,他应该是一个会尊重别人时间的人。

饭局里尊重别人时间,还包括,你端起或放下酒杯所说的话、所讲的故事,要是不好听,像老太婆的裹脚布,那就是耽误人家了。一顿饭，两三个钟头，人又多，每一句话，或者每一个段子，都要精彩，这样才让人觉得时间过得值。

我认识的老段，就是这样的人，尽量把话省着说，说一句算一句，大家都觉得很合适。比如，相互敬酒，我们两个杯子碰到一起，他说："听口音，你不是这里人。来，为了能在异乡相聚，干。"

一桌13个人，一多半都是外地的，老段这句话，说得他们有了碰杯的理由，说得那个城市的人也有了借口喝酒："我们这个城市很包容，你们都会混得很好。来，敬你们！"

再和老段的杯子碰到一起，他又找了个理由："你是江苏人，我在你们省会南京念大学，你小，算是师弟。——来，师弟，再干一杯，等会儿加个微信。"

三个小时一晃而过，桌子大，对面说话都不方便，算起来，我和老段说的话最多。

散场后，有几个人提议，大家认识得还不够，到新牌坊大排档，再整几瓶啤的。

老段呢，说自己喝得眼睛发直了，还没喝啤酒呢，脑细胞一个个都像啤酒花似的正在往上冒，有根神经好像也在传递信号，它在跳，"多了""多了""多了"，这样在跳。

老段这句半醉的话，真像个单口相声啊，大家都听乐了。

对了，老段是西南大医院的神经内科医生、博士。他把大脑里每一根神经当成高速公路网那样去研究，怎么能不堵、堵了怎么修，说白了，就是让神经都舒舒畅畅、精精神神的。

当晚，我们三五个人又去了大排档，是在一个朋友住的小区后门，也就是坐着吹吹风。

每人只要一杯扎啤、几根串串，顺便也等一个朋友的老婆下夜班。

我们刚喝到半杯时，老段来了。他跳下出租车说："好了好了，不跳了，稳住后我觉得还是得找大家，特别是师弟，喝点儿啤酒漱漱口。"

虽是初次见面，但老段说的那些话，原来都不是"酒桌话"，而是真性情的心里话啊！

他刚坐下，又站起来说："这样，我先去买几根冰棍，下到啤酒里，这样高端大气。"

我赶紧起身陪老段到路对面小卖部。老段站在冰柜前，犹豫了一小会儿，是冰棍还是雪糕呢？最后他来了一句："软的那种。"老段不晓得这里叫什么，老家是叫雪糕的，像雪那样柔软，还有奶油，比雪白，比花甜。

他先剥开两根雪糕，递给我一根先吃起来，再抱着五根，慢慢回到大排档。

老段说："小时候，家里穷，哪里吃过软雪糕啊！都是五分钱一根的硬冰糕。上了大学后更穷，连一根硬的也舍不得吃了。"

那个雪糕冰镇啤酒的夜晚，真的很高兴。我们等到一个朋友的老婆下夜班才散。老段跟那个朋友说："兄弟，你等你老婆，是放着岗让她查，还是脚踏实地的爱？"我那朋友说了一句话："兼有。"老段笑了一下说："单线条比较好，不交叉，不然容易堵。"

告别时，老段拉着我抒情："师弟，我对南京有感情啊！虽然，我没有在那个城市吃过一根雪糕，软的硬的都没吃过。"

中间，我们用微信联系了几次，老段很不"单线条"，说他除了给人看病外，还在攻课题。老段嫌微信上打字慢，干脆电话拨过来说，课题一弄，人就兴奋起来，睡不着觉了，这些东西啊，真是好玩儿。"神经系统是个比高速公路网复杂一亿倍的东西，我的脑细胞就是在头皮上、脸上给这些课题弄死的，小炮弹一样，炸得脸上坑坑洼洼，显老。"

一些大大小小的节日，我们也会互致问候。

有一次，他用错了一个标点，可能他还在研究人的神经为什么会有迟钝反应，为什么有犯错意识吧。总之，他的短信原文是："师弟，端午快乐？"

看到了这个问号，我心底漾起笑意，这真是一个欢乐的错误、欢乐的祝福。不信，你琢磨一下，特别有老段的意蕴，可以换成这么一句：端午了，你是快乐还是不快乐呢？

又一年冬季，老段约我到南滨路吃"顺风188"。又是一桌人，有男有女，都算是事业有成的人，是在旅游大巴上或一次偶然的问诊中认识的。还有的是夫妻档，老婆在南京念过书，他一定让人家把老公带着，说不然会误会，会堵的。

第四次吃饭，就在前不久，我约的老段，到"加州花园"吃老火锅。老段又是穿短袖衬衫，脖子下解开两个扣子，又是趴满豆大汗珠。他总是那么努力地准时。

我们喝得满桌底都是凌乱的啤酒瓶。老段说，他得去个厕所，歪歪斜斜的，很像个醉样。

他竟是伪装去买了单。

我狠狠地怪他，老段来了一句："我对南京有感情，谁买不一样啊！"我笑着问："师兄呀，你是不是曾经有一段很美好的感情，搁在南京？"老段认真地说："没有，没有，不然多堵啊！其实，我跟你说呀，要不是去南京念大学,可能留在山西老家挖煤了。我就是觉得,人不能忘记自己改变命运的时光。"

看来,老段没有醉,或者说,他真的醉了。

如今,我早已离开了那座城市,来到南京附近的一座城市打拼,还常跟老段联系。老段最深情最有诗意的话,也是在一次喝完酒之后的夜里说的。他说:"师弟啊,我又是帮人看病,又是研究神经高速公路课题,比较忙。等你有空了,帮我踩一脚油门,到南京地界,帮我看一看,南京往事!"

（选自《百花园》2020年第7期）

上海夜晚的风

_ 刘兆亮

　　三叔在上海当老板好几年了，我到这个周日得空买了张下午票，从杭州坐高铁去看他。

　　他这个老板，其实就是带着七八个乡邻，给毛坯房装修。三叔以前只是个小木匠，手巧、眼活、人稳，十几年做下来，他能从自己老板手里分包点儿整活儿，也就成了所谓的老板。

　　我出高铁转地铁，再叫网约车，又走了一段绕城高架，才到了三叔在微信里发来的定位。这是一幢城郊的高层建筑，五六公里外就是著名的迪士尼乐园。对于我的到来，三叔没声张。他收完工，饿着肚子在路口足足等了一小时，本想直接带我吃小馆子，但他还是先把我领到十六楼。"跟良好、文壮招呼一声，就下来。"三叔说，其他几个人，只听说过你，不见得会认识你，整体性叫声叔就行了。

　　我们在毛坯电梯里，说了没几句话，就到了十六楼。这个正在装修的空房间中，已隔成酒店房间的大模样。一个大通间里，摆了一排木板床，大家都困乏了，斜躺着。入夏了，上海夜晚的风，有点儿大，从空窗口吹过来，呼呼作响。

　　曾经的乡邻，好久没见，他们瞬间躁动起来。有个人大声提议，咱们一起在这里吃夜宵！"咱们村出来的大学生，是第一个到工地看我们的呢。你就在这儿等着。"

　　他们快速套上衣服，我赶紧上前拦，但拦不住。三叔也被按在床沿上说，你是老板也不行，大学生来看谁，谁都有份儿，你也等着。良好、文状等人，很快下了楼，四散到风吹过来的那些地方。半个多小时后，也可能是一个小时。他们陆续上来了，提着鸭爪、豆干、凉拌海带、烤鲫鱼等，从小善于爬树掏鸟窝的文状，还提着一大兜盐水鹌鹑蛋，大家把一块塑料布铺到地面上，再摆几块红砖当板凳。

最后一个上来的，就是提议夜宵的良好。他左手提着一整只烧鸡，右手指缝里紧卡住两瓶白酒的脖子。他说，问了十几个小卖部，最贵才56块一瓶的，大上海的小地方，大学生将就着喝啊！

那一晚，我和以良好为首的乡邻，在上海的郊区，在四面透风的凉爽的毛坯房里，说着家乡话，用家乡的方式喝起酒。良好说，他来上海十几年了，装修工钱，从一天23块，涨到230块了，喝酒也可以吃菜了。

我艰涩地咽下一口酒后说，这些年，房子也涨了10倍。

良好顿了下塑料酒杯说，怎么？有压力？杭州的房价也很高，很多大学毕业生，都说压力山大啊，转工地时在地铁上听他们说过的。良好跟我碰杯说，没事的，有地方住就行，你看上海住在大街上的，都是精神有点儿毛病的，大多数人还是有地方住。"像这里，你看白天这么热，可晚上风呼呼叫，多凉爽，多好。"

良好一杯又一杯，喝得很扎实，三叔持续给他斟酒。我也很高兴，记得当时他家里是多么穷，曾经揭不开锅，现在终于一天230块钱了。他有点儿醉，话有点儿结巴，说，人活在上海，不，在这个世界上，就要——高兴，就要——没压力……

"不然，头发，会——白的。"良好指着自己的头发说。毛坯房中临时灯泡中发出的光虽然毛毛的，但也照出了良好头发上的几缕白发。

文状摸了摸自己的光头，跟我说，大学生啊，你记不记得，小时候掏鸟窝，整天捉虫子给小鸟吃，一个暑假抚养大，再把它们放飞，第二年暑假再爬树上掏，多高兴啊！有一次，我费了牛劲儿，爬到树梢，结果看见了一窝鸟蛋，不甘心，也想端下来，老斑鸠在树上叫，你也在下面叫，说，文状，笨蛋，不要鸟蛋啊，人是孵不出鸟来的，快下来，再等几天……你记不记得？我当然记得，但那些一起喝酒的人都附和着：保准忘不了！

上海的夜有点儿深了，大家敞开喝，只有三叔留了量。良好指使文状下去再搬两箱啤酒上来时，三叔果断控制住了酒局。三叔要送送我，说大学生明天还要在市区处理公务。良好硬是要送，被三叔死死按住说，休息，大家都休息吧！

出了门，三叔对我说，良好这个人，就是要面子，讲感情，其实，他还是穷，一个人挣钱，每月寄回家三千多。这些年你回老家少，可能还不知道，他的孩子还在吃药，可能是先天性的，十多岁了，还不会说话，走路像是被风吹斜了一样……

　　我问三叔，良好在工地上主要做什么？他说，油漆工。这个工种比其他工种一天多30块，他就把这30块钱用来招呼大家喝啤酒，现在他也不吃菜的，最多揣一包花生米。三叔继续说良好："他这些年打工都在上海，兼顾带孩子到这里的医院看病。这个项目靠近迪士尼乐园，这次帮儿子看完病，还用粉彩把儿子的脸画得很滑稽，带他到迪士尼乐园玩了一天，连迪士尼的道具人都拉着儿子来拍照，他们真的很开心……"

　　借着酒意，我望一望上海的夜晚天空，竟还能看到云，风吹着云在动。

　　我叫的网约车快到了，赶紧跟三叔说，到市区住一晚，第二天还要见客户，你就不用送了。还叮嘱三叔，好好带着良好他们干活儿，注意安全，赚多赚少，开心最好。三叔在上海有风的黑夜里，重重地点了点头。

　　那晚，快到凌晨了，我没有住宾馆，第二天上海也没客户，而是挤进了午夜开往杭州的夜班高铁——第二天还有一大堆客户投诉需要处理！

　　而车门合上的瞬间，一股风从地铁与人海中，朝我身边吹过来。我打了一个良好买的每瓶56元的酒嗝儿，本想捂住嘴，却没想到捂住的是眼睛——是那里率先溢出水来的。

（选自《天池小小说》2020年第9期）

木楼梯与高跟鞋

_王　溱

　　这房子年代久远，木的，她租住的是顶部一个阁楼。跟许许多多租住在这条旧街的白领一样，选择这里是因为便宜，且有格调。掉漆的外墙有一种沧桑美，高跟鞋笃笃笃踩在木楼梯上更是别具风情。

　　哪怕为了这木楼梯，她也必须坚持穿高跟鞋。

　　当然偶尔也有例外的。像今天，为了照顾磨破的脚指头，她改穿运动鞋去上班，结果在镜子前左看右看总觉得哪里不对，把披肩发扎成马尾，再换个素一点的口红，还是觉得不对。下楼梯的时候，每踩一步都听到嘎吱一声，像是楼梯也在抗议，仿佛还有无数只眼睛同时看向她，来自墙壁上的，窗台上的，摇晃的吊灯上的，甚至漆黑的木楼梯底下的……她逃一样地跑下楼，冲到街上，冲向公司。直到进了公司里，她还是觉得那些眼睛一直尾随着她。她不敢像往常那样昂首挺胸抱着文件去影印，而是斜侧着身子，迈着小碎步溜进影印室，偏偏她喜欢的那个业务部的帅哥也抱着文件进来了，她赶紧低下头假装看不见，匆匆影印完又抱起文件小跑着回到工位上，做贼似的。

　　这感觉糟透了！这一天都糟透了！

　　回到家她把运动鞋甩在门口，光脚冲过去仰倒到床上，呆呆看着天花板。天花板当然也是木的，但是拼得很乱，层层叠叠，横七竖八，她猜想着当初建造这屋顶的工匠是怎样的心情，大概就是没啥心情。每次她想凭眼睛识别出哪一根横梁是在哪一根的上面，总是以失败告终。并非她眼神不好，她眼神好着呢，第三根横梁末端有个蜘蛛网，有只小虫子正在网上扑腾挣扎，她都看得一清二楚。小虫子好几次快要逃脱了又被看不见的细丝拉了回去。直到那只小虫子不再扑腾了，视线之内没有任何活物了，她才懒洋洋地爬起来，给自己冲了一盒泡面。

嘀嘟，手机响了一声。当然，此前一直叮咚在响，她都没理，这个"嘀嘟"声则是设了特别关注的，是来自顶头上司的消息。她条件反射地抓起手机。上司敲着桌子交代过了，任何人任何时候任何情况下都必须在三分钟内回复。

果然是布置工作。

她匆匆把笔记本电脑从包里掏出，盘腿坐在床上就忙碌起来。

她是那样的投入，全然不顾这样坐腿铁定要麻掉。床头的泡面已经不再冒气了，汤却溢了出来；床底下有只老鼠弄倒了什么东西，慌慌张张蹿出来；头顶上那只蜘蛛放弃了眼前的美餐落荒而逃……她感觉到床似乎在晃动，腿上的屏幕抖得有些看不清，她并没有太在意，这种破旧的木房子稍微晃一晃也是常有的事，她用手按住屏幕费劲地读上面的字，直到房门外响起咚咚咚奔跑的声音，还有人大喊"地震啦，地震啦"她才意识到不妙，把电脑合上往胳膊下一夹就往门口跑，刚跑几步腿就麻得迈不动了，她只好扶着墙龇着牙忍着，试图轻轻动一动以期望麻劲儿快点过去。这一来反而让她惊慌的心渐渐冷静了下来，反正都动不了，惊慌也没用。刚才那阵摇晃已经过去，看起来也没多大件事。过了一会儿，房子又摇晃起来了，幸好她的腿也稍微缓和了过来，能慢慢移动到门口了，她在心里默默估算了两次震动之间的间隔，愈发淡定了，顺手又把手包拿上。

门口有两双鞋，摆得整整齐齐的高跟鞋和东一只西一只的运动鞋，她略犹豫了一下，把脚套进了高跟鞋。就这样，她左手抱着电脑，右手拿着手包，像电视里的女王或者什么名媛出场那样，缓缓从木楼梯上走下来。

租住在这栋楼的，大多是年纪不大的男孩女孩，刚毕业不久的，这会儿都已经跑到了楼下叽叽喳喳拿着手机左拍右拍，看到她下楼的那一刻，瞬间静了下来，目光齐齐望向她。她的高跟鞋在木楼梯上发出了优雅的笃笃声，那声音穿透了时间，超越了空间，镇住了所有人的耳朵。如果非要说那笃笃声有什么节奏的话，应该是莫扎特歌剧《魔笛》的序曲那种节奏，高傲的，神秘的，与木楼梯这个天然的大音箱产生共振。

但这只是片刻的事，很快，大家又恢复了喧闹，叽叽喳喳讨论着这鬼地方怎么老是地震，讨论这房子这么旧了会不会塌，甚至讨论房子要是塌了算是谁的责任，她下楼后自然也加入了讨论，且思维敏捷用词生动，赢得很多人赞同或仰慕的目光。在一群光着脚或者穿着拖鞋的女孩当中，她鹤立鸡群。

房子又轻微晃了几次之后，终究安静了下来。

满脸疲态的房东太太开始把人往楼里赶，"都睡觉去，睡觉去，摇几下而已,没什么大不了的。"

见大家还犹犹豫豫不动,房东太太又说:"怕什么,房子是木的,而且顶上我都叫人加固了好多层了,掉不下来的,放心。"

可大伙儿还是不敢上楼。房东太太不耐烦了,"淡定!遇见啥事都得淡定!那么怕死能成什么事儿!"冷不丁指着她说,"瞧瞧人家!"

她一惊,猛地想起什么,尖叫一声把高跟鞋一甩,打开胳膊下的笔记本电脑盘腿就坐到地上。

"惨了惨了完蛋了完蛋了……"

(选自《百花园》2020 年第 5 期)

龟背竹与仙人掌

_王　溱

　　他其实很不满意这个位于一楼走廊尽头的房间，潮湿，阴冷，唯一的窗户还被几株茂密的龟背竹挡了个严严实实，一进门就像进了地窖。事实上房间的一角还堆放着房东的几箱葡萄酒，确实也就是个地窖。

　　他多次跟房东太太提出换一个房间，房东太太都不肯。她说："哪里也没有这里住着方便。"又说："有龟背竹多好啊，不知足。"

　　他当然知道龟背竹好。闭上眼，房东太太就会举着龟背竹那大大的叶片骑在他身上，像高傲的女王驾着马车，一边发号施令，一边催着马儿快跑、快跑！

　　他偏不，就要慢慢地跑，就要她着急。

　　房东太太着急的时候，两颊就绯红，细细看确有几分怀春少女的味道。尽管她眼周已布满细纹，尽管她腰上的肉凸出来好大一圈。

　　他就喜欢看她两颊绯红的模样。也只有在床上，她才会两颊绯红。

　　平日里在外面看到的房东太太，全然不是这样的。紧裹肥肉的紧身毛衣，广场舞裤子，没有鞋钉的平跟皮鞋，头发烫了大波浪——如果头发再套上些卷发棒，那活脱脱就是电视里那个经典的包租婆形象，精打细算，不好惹，一声吼能把整栋楼震塌。

　　按照电视剧的套路，这样的包租婆通常会有个瘦小、怯懦的丈夫，被包租婆治理得服服帖帖，叫往东不敢往西。房东太太家不是这样。整栋公寓的人都看出来了，她对其他人凶，但对那个干瘦的房东是真的好，经常挽着他的手有说有笑一起去遛弯儿，冬天还会给房东打毛衣。她打毛衣的时候，就搬个凳子坐在公寓门口打，顺道把房东最宝贝的那盆仙人掌也搬出来放到脚边，一起晒太阳。

租住在这栋木头公寓的大都是刚毕业的单身男女，图的就是便宜，但也不得不忍受像宿管一样严厉的房东太太，干啥事都得躲着她那摄像头一样的眼睛：就算没干啥坏事，经过时也顶多恭维一下她手上的半成品毛衣，或者脚边的仙人掌，然后呼一口气快步离开。

越是这样，他越是迷惘眼前的房东太太，就像她脚边的那盆仙人掌一样，大大咧咧晒着太阳，全身是刺；可他记忆里的那个房东太太，却像那棵龟背竹，躲在阴暗里娇弱柔软，兴致来了甚至会脱光了拿着宽大的龟背竹叶子跳舞给他看。这让他十分疑惑，到底是眼睛出了错，还是记忆出了错？

这太难以理解了，就如同自己忽然被裁员一样难理解——前一秒钟，老总还拍着他的肩膀说好好干，后一秒他就收到了辞退通知。

为了解开疑惑，他故意把垃圾乱扔，被房东太太狠狠训了一顿，全然没有顾忌他脸上的愠色。还有一次，他看到房东和房东太太要出去散步，故意摘了一片龟背竹叶子拿在手上走过去，房东太太不仅没有丝毫脸红，反而又当着房东的面训了他一顿，叫你乱摘！

可就在第二天下午，房东太太又莫名其妙地出现在他的房间。一进房间的房东太太，又是记忆中的模样，又成了一株可人的龟背竹，缠着他要抱要亲，好像丝毫记不起昨日才狠狠地训斥了他。

他意识到自己有点儿精神分裂，但是又毫无办法。看医生，是没钱了。谁让自己没有工作呢！住在这里，至少可以不用交房租。

为了缓和这种焦虑，他干了一件奇怪的事——把那盆仙人掌偷到自己房间里来，好像这样做就能把疑惑给解开一样，他不敢明目张胆地摆在外头，怕给房东太太看到，就摆到了衣柜里，一个人的时候偷偷拿出来看。奇怪的是，自从仙人掌出现在这房间，房东太太就一次也没踏入，好像丢了仙人掌那株龟背竹也会消失不见了一样。

龟背竹当然不会不见，叶片还越长越大，故意在他的窗外摆出一个个破破烂烂的心形。但衣柜里那盆仙人掌却渐渐疲软下来了，像人老了一样，皮肉都耷拉下来。他有些慌了，像是看到房东太太在急速变老，却又不知如何是好，慌慌张张地浇水。直到有一天，他忽然发现仙人掌上爬满了虫子，已经腐死。他终于彻底崩溃了。他发疯一样把龟背竹的叶子都扯下来往地上扔、踩，然后做贼一样胡乱往包里塞进几件衣服逃出去，好像走迟了自己也会像那棵仙人掌一样腐烂坏死。

走在街上，他清醒过来，怀着对房东一家的愧疚和感激，幻想着有一天，他怀抱一盆鲜绿的仙人掌重新回到这栋木头公寓。

房东发现人去屋空已经是三天后的事了。房东太太看着满地凋零的龟背竹叶子和那盆坏死的仙人掌，气得差点儿岔气，破天荒地对着房东发脾气："你看看，你看看，就你好心！早跟你说了这人眼神怪怪的怕是神经病，你还非要借储藏室给他住！"

　　"这不是可怜他吗！"房东也很纳闷儿，"为啥要偷我的仙人掌呢？"

（选自《百花园》2020年第8期）

《餐饮人笔记》之《小菜一碟》

_赵文辉

今天又是一个重霾天气,压得人喘不上气来。他们在等一个人,给饭馆供应木耳的那个东北人。

两人都没有吃早餐,大伟给丽菊冲了一碗鸡蛋水,丽菊根本没有心情碰它,慢慢地变凉,变凉。饭馆里空空荡荡,曾经的喧哗和人声鼎沸已成过往,明天,这里的一切就不属于他们了。

两人是从农村来的80后,属于那种"家里没矿、身后没人"的阶层,能在城里安个家,考个驾照,让儿女顺利进入县城某所学校,成了他们这一代人朴素而热烈的愿望。他俩在同一个饭店打工,非常优秀。大伟英气逼人又舍得吃苦,从配菜工干到厨师长,尽管他出身寒门,母亲天生残疾,丽菊那个圈子里的女孩们却依靠私下里抓纸蛋来决定谁做他的女朋友。丽菊从收银员到大堂经理,付出了常人无法付出的辛苦。三十岁那年,他俩用全部积蓄和借款开了一家不到一百平方米的小店,主营私房菜和鸡汁面,还起了一个特别亲切的店名——"小菜一碟"。大伟的拿手菜——百年老汤鱼锁住了很多客人的胃,加上丽菊丰富的管理经验和人脉,"小菜一碟"开业后出奇地火爆。有一天,"小菜一碟"的营业额突破了五千元,两人都吓了一跳。他们像编制绳索般严谨地还清了最后一分钱,并在开店的第三个年头分期付款买下一套一百一十八平方的单元房。

自从度过最初艰苦奋斗的岁月,他们懂得了珍惜,每一分钱都花得恰到好处。就在他们计划购买一辆哈弗小型越野车时,丽菊一个在秦皇岛发展的闺蜜找上门来,执意带她去见识一下自己的事业。丽菊去了一趟秦皇岛,立即被那种热血沸腾的赚钱方式迷住了。先是说服大伟把酒店的节余全部拿出来,后来又动用了供货商的材料款，再后来就身不由己地借了高利贷。秦皇岛半年，她收获了两件事：一次小型车祸造成的挥鞭式头疼，另外就是刷新了对闺蜜的认识——所谓闺蜜，就是让你在最短的时间内倾家荡产的人。最后，他们不得不把住了不到一年的房子卖掉，同时把"小菜一碟"转让给了一个觊觎已久的同行，这个同行没有趁火打劫，出了一个不菲的价格，交接期限也很宽容。

签过转让合同，他们开始着手退还客人寄存的酒水和发放出去的充值卡，供货商的欠款更是头等大事。他们不打算逃避，转让费根本不够支付这些欠款，剩余的他们重新打了欠条，然后认真地摁下自己的指头印。今天是最后一天了，木耳商去东北订购木耳，他在微信里回复今天一定来，还说有一个重要的消息告诉他们。大伟和丽菊决定等到最后，虽然囊中空空，他们还是要等到最后。他们非常留恋这里的一切，转让后，他们不知道还有勇气踏进"小菜一碟"没有。

一整天两人都在打扫收拾饭馆，从前厅到后厨，里里外外，每个细部都不放过。在这个不足一百平方米的小店里，随处可见一个脚踏实地的女人的精明和细心。傍晚的时候，终于结束了，大伟摘下蒙在头上的毛巾。两人坐下来喝水，丽菊额头冒着细密的汗珠，她把脖子上那条货真价实的千足金项链摘下来。她想不出别的办法了。大伟一阵惊慌："不，不！"他的眼睛里噙满了泪水，丽菊装着没看见："等将来有钱了，你再给我买。"接下来丽菊迅速转移了话题，谈起了那个木耳商。

木耳商是一个完全不像东北人的东北人，清瘦单薄，双眸明亮，每次来送货，过完秤拿到收条就走，他活得不声不响。即便是那一次月结，他把几张欠条都丢了也没着急。那是饭店给供货商的唯一凭证。不像那个粮油供货商，长了一副亵渎神明的模样，丢过一张欠条仿佛天塌了一样跑来找他们。这一回又是第一个跑来要账，一分钱的欠条都不让打。那次丽菊和大伟翻看存根后就把木耳商的账结了，从此后他们就成了朋友。

暮色一点点加重，整个城市街道开始变幻，准备融入黑夜之中。商家纷纷拉下卷帘铁门。丽菊头又开始疼了，好像有根铁丝在脑袋里搅动一样。她把十根手指头插进头发里，使劲揪拽。她让大伟去药店买复方羊角颗粒，她决定加大剂量。大伟出门时差点跟一个人撞上，四季自吸门帘被撞开又合上，木耳商一脸倦容地站在他们面前。

木耳商端起桌子上的水就喝，脖子鼓了一下又一下，水珠顺着下巴滴下来。放下水杯他就从夹克兜里掏出"红旗渠"牌香烟，抽出一根递向大伟，又抽出一根，捏一下海绵嘴，往嘴里送。两只鼻孔冒出第一波烟雾后，他开始说话了："我刚从老家订购木耳回来，你们知道不知道，今年木耳丰收了，品相好,价格也不贵,我订购的数量是往年的双倍。"也许这就是他在微信里说的重要消息了。丽菊给他续上水,请他坐下来。木耳商又开了口:"我需要帮手,需要在各县区设立送货点,你们明白吧?要是你们不嫌弃的话……"这时,木耳商抬起低垂的眼睛,面孔大大张开了,出现了一个男人的全部诚意。丽菊面对这个木讷、诚实、不善于花言巧语的东北人感到很踏实,她轻轻叹了一口气。

大伟愣在那里,点燃的火柴烧疼了他的手指。他从内心感激木耳商的好意,显然,木耳商来之前已经知道了他们的遭遇。木耳商等待着他们的答复。"小菜一碟"出现了从来没有的寂静,只有门帘被风掀动的声音。

最后,大伟和丽菊还是拒绝了他的好意。他们有自己的打算,他们决定还去干老本行,他们已经联系好了打工的地方。他们觉得自己还年轻,希望之火没有熄灭。无论如何,那个傍晚因木耳商的到来突然明媚起来。头突然不疼了,丽菊的手指从头发里抽了出来,她的头发很黑,像是上过漆似的。她去洗了洗手,开始张罗"小菜一碟"的最后一场酒宴。

大伟进厨房精心烧制了一锅冬瓜排骨汤,余下的菜交给丽菊了。一瓶"牛二"被木耳商拧开口,咕嘟咕嘟倒进了两个酒碗里。

(选自《湖南文学》2020年第6期)

《餐饮人笔记》之《传菜少年》

_赵文辉

这年头,找个靠谱的传菜员可真不容易:年龄大的踏实能干,只是看不清菜单总上错菜,要是跌一跤就更麻烦了;年富力强的嫌工资低,养活不了一家老小;来应聘的小年轻倒不少,就是坚持不了几天,不是我炒他们的鱿鱼,就是他们不辞而别,不少人穿着工装就没影了。一直到宋少华出现,我眼前才猛然一亮。

厨房门口晕黄的灯光下,一个精精神神的小伙子,微黑的皮肤,乌亮的眸子,不太张扬的"飞机头",脑袋右侧两道清晰的闪电刻痕代表了他们这个年龄段的审美追求。我问他干过传菜没有,他说以前在"三锅演义"干的就是传菜。问他为啥不干了,他怯怯地笑了,说那里传菜员太多,需要走一个。我同意他留下来试试。

宋少华干起活来真不含糊。大包桌的时候,他一托盘端五盆米酒小汤圆,上下楼梯健步如飞,汤汁在盆中激荡却无半滴溢出。自打他来之后,托盘、传菜柜和传菜部的白瓷砖墙变得干干净净,调料碟、大汤勺、镊子、酒精锅仿佛被施了魔法一样,都找到了自己的位置。"工具不回家,我就不回家。"我喊了半年的口号第一次被宋少华执行到位。宋少华是个闲不住的人——干完本职工作后,帮前厅扫地,替砧板择菜,和洗碗阿姨一起洗小件餐具,眼里啥时候都有活,一刻都不消停。要是一连几天大包桌,宋少华会早来晚归,像个机器一样停不下来,回到宿舍后腰都直不起来了,有一回正泡着脚就睡着了,厨师们把他抬起来放到床上,他竟一点都不知道。

后来,一个从"三锅演义"跳槽过来做了主管的女孩"揭发"了他的假话:"少华就是个闲不住,在那里除了传菜,啥活都抢着干,他呀,是自己把自己累跑了！老板哪舍得放他？"她还告诉我，在那里大家送了宋少华一个绰号——"停不下来"。

忽然有一天，我的办公桌上放了一份辞职报告。我一惊，检点自己哪点做错了没能留住这个孩子。宋少华吐了真话："叔，我知道你对我好，我也舍不得离开'烙馍村'——"十七八岁，技校毕业，没找到一件自己愿意干上一辈子的事情，宋少华也很迷茫。母亲是一位勤劳而正派的独身女人，依靠打零工把他和妹妹养大，却没能力给他买房买车，将来娶媳妇也全靠他自己。母亲一直在攒钱，想从黑市中介手里买一份社保，行情一年一个价，从最初的四五万涨到了十几万，涨价速度跟县城的房子差不了多少，母亲经常叹息，于是他想帮母亲实现这个愿望。他打算去深圳那家著名的公司，去挣更多的钱。讲完这些，少华的眼睛里开始噙满瞬间而来的泪水，我装着没看见。我知道留不住他了。

宋少华一去就是两年。我不时会想起他，那种牵肠挂肚的想，好像是自己的孩子出远门一样。一开始，我们经常在微信里聊天，他有一个你一次就能记住的昵称："你是猴子请来的救兵吗"？他会在我的朋友圈留言点赞，翘大拇指，充满了激情。后来联系就少了，我想他可能是忙的缘故吧，他好像说过他们基本上没有星期天。

有一天，一个中年妇女来参加亲戚的婚礼，结束后找到我，说他是少华的母亲，少华从南方回来了，还想来"烙馍村"上班。果然，几天后少华出现了，骑着一辆新买的电动车，护膝部位装了一款样式别致的棉挡风。还是那款"飞机头"，那两道闪电刻痕，除了脸上多出几粒粉刺外，跟离开时一模一样。我高兴得直搓手，冲他打招呼：

"嘿，你是猴子请来的救兵吗？"

在场的人都笑了，少华却绷着脸，严肃的样子我从来没见过。

没几天我就发现，少华变了。以前那个机灵勤快的少华不见了，取而代之的是另一副模样：行动迟缓、丢三落四、慢慢吞吞，传菜柜上堆满了菜他都不会快走一步。跟我好像路人一样，我不主动打招呼，他从来都不搭理我。那个从"三锅演义"跳槽的女孩，如今做了我们的大堂经理，少华见了她也形同路人。我忍不住问少华，你不记得她吗？她叫什么名字？少华点点头又摇摇头，好像想起了什么：她是个爱罚款的娘们。少华的记忆真的出了问题，有一回我让他端了一份藤椒龙利鱼送到9号餐桌，他下到一楼又端了回来，站在我身边也不说话。我问他怎么了，他反问我：几号呀？我感到问题的严重了，又极力说服自己这不是真的。

事情越来越糟糕。那天分店大包桌人手不够，派他去帮忙，包桌结束后他却走丢了，最后全店人出动才找到他。第一个月工资发放后他去洗澡，一个人竟消费了八百多元，虽然那是一家高档洗浴中心，但我们把脑袋想疼了也想不出一个人咋能花那么多钱。洗碗阿姨看出他不对劲，想进一步试探一下："少华，给你介绍个对象吧？"

他点点头，认真地回答："问我妈吧。"

"你想让你妈给你找个啥样的对象？"

他思忖半天，还是那副认真的模样："公务员吧，存款不下六十万。"他的表情不像开玩笑。

有一次，少华突然举着一根紫茄问另一个传菜员："这是什么玩意？"我在一旁看见，心都碎了。我去找少华的母亲，拐弯抹角给她讲了少华的反常表现，我这张嘴勉强称得上能说会道，但是一离开酒店，我却一句话都不想多说，那一次真是意外。少华的母亲迷茫地看着我，满腔的忠厚老实："我只是觉得他这次回来话少了，更依赖我了……"我上上下下打量着这一贫如洗的家，感到腹内充满寒气：他们是这个社会最庞大的下层土壤，无法完成他们经济与道德上的义务和职责。"这年头把孩子养大不容易，像我们这样的家里没有父亲就更难了，需要别人帮助时我们没有。"她又长叹一口气。

我去找过他母亲不久，少华一连七天不见露面，打电话问他母亲，说是遇到一点麻烦。正要去他家里，他又来上班了。问他这几天去哪了？他双手比画着，很激动的样子，说："去了一个管吃管住的地方，妈妈给我送的被子、牙刷，警察叔叔让我给一个农民伯伯赔了六百元钱。"我越听越觉得不对劲，决定去他家问个明白。

起初他的母亲还很平静，给我讲了事情的经过。讲着讲着她突然泪流不止，歇斯底里般地吼叫起来："为什么！为什么倒霉事都叫我们碰上！他只不过想多挣点钱，去了那家员工爱跳楼的公司，你知道的，叫人加班加不到头！他一到那就说自己喘不过气，我真傻！"

我再次感到腹中充满寒气：在那里，少华究竟遭遇了什么？生活肯定粗暴地对待过他。

（选自《湖南文学》2020年第6期）

长康伯

_岑燮钧

长康伯是从供销社退下来的。退休之后,帮着老伴带孙子,带外孙女,刚开始时也忙得不亦乐乎。等到孙子、外孙女长大,跟着爹娘到城里读书去后,周塘的老屋里就只剩下他和老伴了。

晚上看电视,看着看着,一个囫囵,睡着了,醒来,却只有一两点钟,再也睡不着。医生那里配了安眠药,可药一停,又是老样子。

他跟老伴说过好多次,老伴有时会说他:你不好出去散散心啊?

这天正好礼拜天,他看见甜瓜上市了,就买了一些,来到女儿家。女儿正在一边洗碗盏,一边骂外孙女。外孙女一看外公来了,外公长外公短,长康伯就说:"今天礼拜天,外公带你去南山公园玩,好不好?"外孙女一跳三丈高,女儿劈头一顿骂,埋怨长康伯道:"爸,你也真是的,她哪有时间去玩啊,上午必须完成作业,下午还要去弹琴呢。"

长康伯想想无趣,就打算回家。临出门时,女儿给了他一张超市卡。他想,要不去看看大姐。兄弟姐妹六人,现在就剩下他和大姐了。

大姐快八十了,姐夫早些年没了。本来是好人家,乡下有老房子,城里也买着一套房,打算给儿子的。谁知儿子不争气,老是赌博,结果把乡下的老房子给押出去了。她只能住到城里来。有一阵,大姐还把房产证藏到他这里。唉,儿子的事还没了,半年前,女儿阿丽又离婚了。

大姐有风湿病,不知好些没有。她住在城西,路有点远,长康伯怕电瓶车半路上没电,又空着手,最终还是没去,但去年自己七十岁时,大姐送给自己一个大大的红包,他一直记在心里,很觉过意不去。

第二天,老伴查问超市卡,长康伯感到莫名其妙。两人扯来扯去。老伴说:"你是不是把超市卡给你大姐了?"长康伯有点生气:"我去都没去,怎么送她?"老伴就上上下下地找,让他拿出电瓶车的钥匙,她打开后兜,果然有一张超市卡。

长康伯就呆坐在藤椅上,一直想。那边老伴在给女儿打电话:"你爸真是没记性了,是不是得了老年痴呆症?"

老年痴呆症?长康伯心里一惊,这如何得了?他就一个人去人民医院看了一下,但也没看出什么。

有一回,他听见女儿在跟她妈嘀咕:"老爸怎么变得这么娇气了,动不动就去医院?"

这天醒来,他发现自己睡在厨房间的瓷砖地上,隐约记得自己晕倒了。他想爬起来又爬不起来,呆了会,看见米淘箩还放在水槽上。莫非我中风了?他亲眼看见过老年室里,一个人搓麻将,说了声"胡了",哧溜滑到桌底下去,第二天就没了,说是脑溢血。他赶紧给女儿打电话,女儿心急火燎地赶来,好不容易把他扶到车上,倒车时还碰了一下。挂急诊,让拍 CT,拍出来,医生说脑溢血倒没有,但有中风迹象,需进一步住院检查。

住院了一个礼拜,医生说,差不多了,周一就可出院了。周日早上挂过吊针,他让老伴回家去,自己一个人在走廊上散步,忽然想起,大姐那里好一阵没去了,人民医院离大姐家不远,何不去一趟。他就去问护士,有没有要检查的,还挂不挂针。护士说,今天是礼拜天,基本没事。他就换上自己的衣服,走到外面,才知外面冷得很。天阴沉沉的,布满彤云,欲雪未雪的样子。他裹紧了衣裳,等了十多分钟,车才来。车上人很多,没位置。他侧头看着外面,感觉好像到了,就下了车。下了车才知下早了,还有一站路。车上热空调,外面一下子冷到刮脸。冷风飕飕飕地,直往脖子里钻。他一阵哆嗦,就学老农民,把手互相套进另一边的袖口,这样挡着胸口,才稍微暖和些。

大姐在三楼。他上楼按门铃,按了好几次,都没回应。他一边敲门一边大喊,过了半晌,隐隐约约听到有点声响。终于,门打开了,大姐头发散乱,旁边放着一个学步车,原来她是撑着学步车挪过来的。天气一冷,她的风湿越发厉害了,就躲在床上。两人相对唏嘘,长康伯本来想告诉大姐,自己住院了,但看看大姐的样子,还是没有说。

"你一个人怎么办,要不,让阿丽住到你这里来!"

"她结婚了!"

"咋不告诉一声,礼都没送呢!"

"唉,二婚还有什么好大操大办的!"

于是,两人说阿丽的事。长康伯的意思是一个人住总不是办法,最好住到阿丽家里去。

"她那边公婆都在,又是二婚,我去不是添乱吗?"

"这倒也是。"长康伯想。大姐长叹了一口气,看看外面,"哎呀,落雪了!"

周一的时候,长康伯咳嗽个不停。一量体温,竟发烧了。医生又查了一番,肺炎!

"你这个人哟,你这个人哟,自己都住院着,去看什么大姐呢!"老伴埋怨道。老伴晚饭前就回来了,还比他早到,正在找他。他瞒不住,就实说了。当时,老伴看着外面的风雪,恨恨地说道:"你这么有力气,还住什么院!"

女儿也埋怨:"你要去看大姑,给我们说一下,开车送你去——这么大的雪!"

"她有儿有女,犯不着你这么个老阿弟去伺候她!你看看,现在好了吧!"

长康伯像一个犯错的小孩,一声不响,他知道,又给儿女们添麻烦了。果然,又住了一个礼拜,才出院。

出院不到半个月,突然接到了阿丽的电话,说她妈不好了。原来大姐想到外头买点东西,本来就是老寒腿,楼梯上一软,就从休息平台上摔下去了。邻居打120,把她送到人民医院时,已经没救了。

"她去买什么哟,要什么跟我说一声嘛!"阿丽号哭着。

长康伯很想骂她一顿,但话到嘴边,还是咽了下去。他知道,兄弟姐妹,现在就只剩下自己一个人了。

(选自《百花园》2020年第5期)

僵卧

_岑燮钧

杨小娟下放时叫刘红旗,这是她的本名,她没打算再做杨小娟。她是一个随遇而安的人。

但是,回团的前一晚,她还是失眠了。她的脑中,一直回响着《英台吊孝》的唱段,结尾的那句,反反复复地缭绕在耳际——梁兄啊,不求同生求同死!……这是母亲杨素娟生前演的最后一出戏。很多剧团演这一场时,只摆出素桌白帷,以示梁山伯已亡。而他们团,一直是旧式演法,梁山伯必须直挺在床上。母亲曾说,只有这样,才能演得感天动地。有一回演这一折时,母亲就让她僵卧在床上,充当梁山伯。"梁兄——"母亲的喊声由远而近,这一声喊,直听得她汗毛倒竖。"不求同生求同死",结尾时一个高八度的大跳,声遏行云,那种凄厉可怖,多年后回忆起来,依然觉得是一种不祥之音!

生死事大。果然,在那场运动中,母亲跳楼而死,凄惨绝烈!

从此,演戏成了她的忌讳。她已不能再承受生离死别,哪怕是在舞台上,都感到是一件可怕的事。然而,杨素娟平反了。

她是战战兢兢重上这个舞台的。演《英台吊孝》这个折子戏时,她总觉得母亲影影绰绰在身边。她并没有坚持梁山伯必须僵卧在床,她是无可无不可的。但是母亲的一个老姐妹站出来说:"老团长当年一直坚持这样演的,我们不能改!"大家都不大愿意挺僵尸,只有周密挺身而出,说:"杨老师,我愿意!"杨小娟觉得这小姑娘倒是挺上进的。母亲说,她当年就是这样挺尸"偷戏"的。但是,杨小娟在舞台上,总感到有什么束缚着她,直至她靠近梁山伯,开唱"见梁兄一眼闭来一眼开"时,发现"梁山伯"真的半开着眼,不由心中一惊,仿佛再次见到了母亲口眼不闭血流满地的惨状。这时,一阵大恸袭来，才开始入戏。当唱最后一句时，一个"死"字，声音从牙缝间喷出，一直缭绕在上空，久久不散。戏结束了，她依然沉浸在自怨自艾中，站起来要走时，才觉汗湿内衣，一阵寒意沁入骨髓。

这种寒意，总是在一些莫名其妙的关头涌起。自从母亲"自绝于人民"之后，她的资料几乎都被焚毁了。所以，杨小娟也只恢复了几个折子戏。周密老是怂恿她去跟领导说："我就是演个书童，演个丫鬟都愿意！"杨小娟感激地看着周密，但是，麻烦大家的事，她总是很犹豫。

团长说，当务之急还是抓新戏。

一天，从排演厅出来时，团长像是无意中遇见了她一样，斟酌着字句与她说道："小娟啊，我们团里还没有一个梅花奖，说出去不响亮，团里觉得周密还不错，想冲冲看，她是你的搭档，你扶持着点，她若得了奖，是团里的光荣，也是你妈妈的光荣！"杨小娟很客气地说："我好好配合！"下楼梯时，踩了个空脚，一个趔趄，惊出一身汗。"也是我妈妈的光荣？"她觉得这句话有点怪怪的。团里早不起意，晚不起意，偏偏在她过了年纪的时候，要去争夺"梅花奖"了。

周密得了"梅花奖"。但争夺"梅花奖"的戏太豪华，演一场亏一场，一阵过后，就不演了。

她是看着周密一步步上去的——业务骨干、副团长。后来，周密做了团长。

一天散会后，周密叫住了她。她不知道周密有什么事，心里揣摸着。这时，周密泡了玫瑰茶，端过来："杨老师，你知道，我们团有三年没有商业演出了。上面拨的经费总是有限的，我总得找米下锅吧……""剧剧团都不景气啊！"杨小娟算是安慰。"也不是我们没接到过商业演出的业务，但是，演出公司就是点您的名，没您挂牌，这票子卖不出去！"杨小娟第一次听到这样抬爱自己的话。"不会吧……"她一边谦虚着，一边心里咯噔了一下。这演出的事儿，从你做副团长时就开始管着了，以前咋不说呢？

但杨小娟也懒得计较。团里决定《梁祝》作为开门戏，杨小娟、周密领衔。果然，巡演收到的订单不少。

那天上台前，杨小娟在后台默戏。这些年来，她心中一直有一股长长的气需要抒发。这会儿，这股气仿佛托着她，让她很快进入了角色。嗓子越唱越亮，几乎每唱一段，都会引来热烈的掌声。两人的对手戏，尽管周密使出浑身解数，终不敌她浑身是戏，如有神助。当周密演完"山伯临终"回到后台时，只见她额头全是汗珠，以至于把妆都毁了。周密说："我有些胸口闷。"杨小娟说："那索性我们临时改一下，你先休息，不用再上台了，我们就改为素桌白帷吧。"周密说："这样不会影响你'吊孝'吧？"杨小娟说没关系。她在上场处，看着白光盈盈的舞台，宛若进入一种巨大的虚空，让她忘记了场下的一切。一声"梁兄"，碎步紧移至梁山伯灵前，一个跳跪，让她忘记了自己的年纪。场下顿时一片喝彩，但她似乎没听见，只感觉四周下了大雨一般。"嚣板"托着她的长歌当哭，而"回龙"之后，又是如泣如诉如怨如慕的清板。虽然，周密没有僵卧在场，但是，她有足够的悲哀需要倾诉。一个哽咽，一个小小的痛哭失声，让她的唱腔声情并茂。这不是预先设计，这是临场发挥，情不自禁。当她终于把这场戏演完之后，全场沉默了好一会，才涌起如暴雨般的掌声……下了场，她的脸上并没有汗珠，但是她的背上，已经热汗淋漓。

　　周密说："杨老师，这一场你比老团长的录音都唱得好！"但是小娟的心里并不受用，她其实不想跟母亲比较。毕竟，母亲过世这么多年了。

　　她多想仅仅是她，杨小娟，或者干脆就是：刘红旗！

（选自《百花园》2020 年第 5 期）

安哥拉的鸟

_ 谷　凡

　　刚刚下过雨，空气里有一股潮湿味道，胡同里的地面湿漉漉的，她感觉两边的石阶眼泪汪汪，随时都有要哭的冲动。也许是因为这场雨，她的心也跟着潮湿了，再看到胡同里熟悉的门脸，也有想哭的冲动。

　　她拿着一把伞，雨已经不下，但她还是撑着。一个身材消瘦、穿着长裙的女人，在这样的时刻走在这样的胡同里，画面感非常强的。当然，她不是为了画面感才这样的，在生活里，她是最怕烦琐的，她希望什么都是简简单单的。

　　她径直往江边走去，走了多久已经不记得，甚至雨又开始下她也没有在意。她的心情沉重，一步一步离开喧嚣，离开城市。

　　雨越下越大，她的衣服被打湿了，雨伞也在一阵风来的时候被刮走了。她就那样让自己在雨里，一直走，一直走。当然，她心中是有目的地的。

　　嗨！嗨！雨声太大，她没有听到嗨嗨的声音。在她就要做出决定的时候，一个陌生男人的脸出现在她的眼前。实话讲，这个男人很英俊，尽管伴着瓢泼大雨，她依然能判断男人的脸是英俊的。

　　男人穿着雨衣，这雨衣很特别，她是第一次见到这样的雨衣。男人的手里拿着她刚刚遗落的伞，看来是给她送伞的。她接过伞，因为心里想着其他的事，忘记了说谢谢。

　　男人说："这雨真大，这里经常下这样的大雨吗？"看来男人是外地人，只有外地人才会用"这里"称呼这个城市。她望着男人摇了摇头，表示出没有想搭话的意思。是的，这么多年，这么多天，她对说话已经失去了兴趣，有什么好说的呢？

　　男人说："我就是研究雨的，所以喜欢在雨里待着。"她没有听清楚男人说什么，所以，也没有接男人的话。她还在想着她自己，想着这场雨。

这场雨是有预报的，所以她来到这里。这里距离市区比较远，平日里是没有人来这里的。这里的水流很急，而且水很深。

"有一种鸟，叫罗贵鸟，生活在安哥拉山林里，罗贵鸟喜欢在树上捉虫，每天都幸福快乐。"男人像是在讲故事一样，对着她说。

"这种鸟有一个弱点，就是害怕雨天，淋雨对于罗贵鸟来说就是灭顶之灾。但安哥拉每年的六月是雨季集中的时间，所以，为了避免淋雨，罗贵鸟会在六月之前飞走，躲过这场灾难，等雨季过后再飞回来，继续享受它们的快乐生活。"

她认真地听着男人所讲的内容，奇怪，此刻她居然听清楚了。她的心情一点一点开始舒展。

"那么，在安哥拉六月的雨季过后，还会有很多的罗贵鸟死于非命，你知道这些鸟为什么会死于非命吗？"

对于男人的问题，她当然不知，因为罗贵鸟这个名字，她也是第一次听说。至于安哥拉这个国家，她也是陌生的。她不好意思地动了动嘴角，看不出是在哭还是在笑。她知道他的问题并非需要她回答，他只是为后面的内容铺垫一下。

"这些死去的罗贵鸟有些是没有飞走的，有些是飞走的。没有飞走的罗贵鸟是因为它们找到了树洞，以为有了树洞，就可以安全地躲过雨季。但树洞毕竟是树洞，时间长了，依然会被雨水打湿，甚至漏雨。罗贵鸟过于相信自己的判断，没有按照自然的法则，所以才死于非命。"

男人望向远方。她得承认，男人是一个非常会讲故事的人，没有飞走的罗贵鸟死了，那么飞走的罗贵鸟为什么也会死？飞走的罗贵鸟为什么会死她想知道，男人也没有准备结束他的故事。

"飞走的罗贵鸟为什么也会死？是因为它们飞回的时间太早了，比别的鸟提前到达。虽说这个时间段虫子养肥了，而且多，可以美餐一顿，但代价是昂贵的，因为雨季还没有完全结束。所以，活下的罗贵鸟都是智者。不要去强求任何事，一切都按照自然规律来，躲过去雨季，生活还会幸福快乐。"

她听不到男人后来又说了什么，这男人来得及时，走得迅速。她一个人站在雨里，想安哥拉的罗贵鸟。

（选自《福建文学》2020年第1期）

海桐花和车轮梅

_ 谷　凡

　　海桐花和车轮梅同在她的窗前，每天晚上，她都会对着海桐花和车轮梅望上一阵。海桐花是她栽的，车轮梅是男人栽的。

　　男人走的那个月圆之夜，她永远记得，那月光，水洗了一样清亮，海桐花和车轮梅同时开放，海桐花的香味在院子里弥漫，她被男人拥着看月亮，看海桐花和车轮梅。

　　在每个月圆之夜，她都会特别激动，因为男人告诉她，他在下一个月圆之夜归来。

　　一绺儿头发落到额前，要是平常，她会很快将头发挂到耳后，可今天，她实在是太忙了。她已经忘记自己在这个院子里忙了多久，总之，每月的这一天她都要忙，忙她的幸福，也忙她的快乐，更忙她的安慰。在这种不停的忙中，她认识了镇子里的很多人，也听说了男人的一些事情。男人的父母去世很早，男人是跟着打鱼的船长大的，所以，他离不开水。

　　她是镇子里最漂亮的女人，这话是男人说的。那天男人把她救上船，她的衣服全是湿的，人也失去了知觉。男人把她引到屋里，换了干衣服，在风吹树叶的沙沙声中，她就变成了男人的女人。他们在一天天的恩爱中结束了幸福，因为男人还要去远方。男人告诉她，下个月的这一天他就会回来。她含着泪也含着笑送别了男人，然后开始收拾这个被树叶封了很长时间的小院子。

　　因为这小院子是男人的，所以她喜欢这里的一砖一瓦，一草一木，尤其是那棵车轮梅。每每想到男人也欣赏过车轮梅，触碰过那些东西，想着这些东西曾经见证过男人的成长过程，她的心里就会流过一丝丝喜悦。

　　……

她在细细地打扫着卧室里的卫生，连窗户玻璃都不放过。天快黑的时候，阿婶过来借了一把刷子，随便和她扯了几句闲话，就回自己家去了。收拾屋子，这就是她一天生活的全部内容。

风吹，树叶动。她的身影在月光下移动，她在洗，她要将一天的疲劳全洗掉。她一件一件脱掉衣服，拿了一个盆，哗一声从缸里舀了一瓢水倒进盆里。她把整张脸淹在盆里洗。

洗完以后，她对着月亮深情一笑，尽管月亮没有懂她的意思，但她懂月亮的意思。

这一天很劳累，在柔和的月光中化解开来，邻居总是觉得她这样做是多余的，但这样的劳累对她来说是幸福的，除了她以外，没有人知道她是愿意天天这样劳累的。

一缕风穿过窗户吹到她的脸上，她想象着男人的船在海上颠簸的情景，他是一个很优秀的水手，不管多高的浪他都见过，她愿意这样的男人牵着她的思念去远航。她想着，忍不住抿着嘴笑了。

墙上的钟表一直在嘀嗒嘀嗒，没有一刻停止走动。一整夜，她都在想事情。天刚蒙蒙亮，一阵急促的脚步声在她的大门外响起。她一翻身下了床，飞快地拉开房门，跑似的朝院子里走。是阿婶，阿婶大声叫喊着推开了院门："船回来了！船回来了！！我们的船回来了！！！"她的脸上彻底地绽开了微笑，为了这一刻，她已经等了太多的日子。

到海边迎接船的人很多，有父亲、母亲、妻子、孩子。她和阿婶跟着人流跑，顾不上和熟悉的人打个招呼，此刻，她感觉脚下的沙滩是那么的亲切，如果不是急着跑，她真想捧起一把吻一吻。她的全身都被欢喜雀跃装点了，连发梢上都摆动着她的幸福。

船越来越近，她的心像是跳到了嘴边，就在父母盼回儿子，妻子盼回丈夫，儿子盼回父亲的那一刻，她屏住了呼吸。她的男人，会在最后一刻走出船舱。

阿婶牵着儿子的手归家了，阿婶忘记了还在海边等待男人的她。所有的人都忘记了，没有人告诉她关于男人的任何事情，他们像是忘了她和男人是有关系的，即使能想起，他们也认为这种关系对他们来说是不重要的。她也没有向任何人打听男人的事情，一切，又是那么自然地进行着。

东方，有红晕慢慢涨开，预示着太阳要出来。孤独的海滩上，她凝望海里那艘刚远航归来的船，用潮湿的衣角擦了擦眼睛。她忘记了自己是第一次来接船，也忘记了是带什么样的心情走回小院的，总之她没有后悔对它的细心整理和打扫。回到小院，她立刻就感觉到了男人的气息，海桐花和车轮梅依然开放,她的心情又开始愉快,脸上也有了笑容。——等待,重新主宰了她的生活。

(选自《福建文学》2020年第1期)